VOL D'UN NID DE BIJOUX

DU MÊME AUTEUR

Aux Éditions Fayard :

FLIC STORY (porté à l'écran avec Alain Delon et Jean-Louis Trintignant).

RENÉ LA CANNE (porté à l'écran avec Gérard Depardieu, Michel Piccoli et Sylvia Kristel).

LE GANG (porté à l'écran avec Alain Delon et Nicole Calfan).

Aux Éditions Grasset :

LE PLAY-BOY.

L'INDIC (porté à l'écran avec Daniel Auteuil et Thierry Lhermitte).

L'ARCHANGE.

LE RICAIN.

LE GRINGO.

LE MALTAIS.

LE TIGRE.

LE BOSS.

ROGER BORNICHE

VOL D'UN NID DE BIJOUX

BERNARD GRASSET
PARIS

Aux critiques, sceptiques et autres esprits forts, je conseille de consulter la presse de l'époque sur cette affaire qui marqua profondément les annales judiciaires de l'après-guerre.

R. B.

LEVER DE RIDEAU

Août 1949

Je sprinte.

Je fonce comme un dératé, les coudes au corps, le souffle court. Je joue les kangourous entre les voitures. Chaque bond me rapproche du catafalque. Et pourtant, je n'en finis pas de la poursuivre, cette église qui semble vouloir m'échapper.

Ma poitrine siffle, ma bouche se dessèche. La sueur dégouline tout au long de mon échine. Depuis mon inoubliable prestation à l'épreuve du quinze cents mètres au concours d'inspecteur de la police nationale, je croyais être débarrassé du marathon. Eh bien, non!

Je redoute le pire : le point de côté, la pierre sur laquelle on trébuche, la culbute au milieu des piétons, tel le lièvre fauché par les plombs de la Manufacture d'armes et cycles de Saint-Etienne.

Commencerais-je à faiblir ? Pas encore. La nature m'a doté de solides jarrets. Je m'arrache du sol. La hargne me propulse vers le porche de l'immeuble que j'ai repéré hier soir, avec Marlyse, face au parvis d'où partira Mathieu Costa pour gagner le caveau de famille. Même si je frise l'asphyxie, il faut que mon œil de flic puisse embrasser la place de l'église, lors de la levée du corps, photographier la foule des amis venus de Marseille, d'Ajaccio ou d'ailleurs, pour rendre un ultime hommage à celui qui fut l'empereur des boîtes de nuit. J'ai encore des forces en réserve. J'accélère.

J'aurais dû me lever plus tôt, prendre le métro jusqu'à la mairie du XVIe arrondissement, rejoindre mon poste d'observation, la cigarette au bec, *le Figaro* dans la poche. Voir sans être vu, c'est l'apanage des flics. J'ai préféré rester au lit avec Marlyse. Août est le mois des amours moites.

Tous les Parisiens sont sur les plages. Des nuées de touristes qui tourbillonnent et s'agitent sans but les ont remplacés. Ils ont envahi Montmartre, Notre-Dame, les Invalides. Le Champ-de-Mars, la tour Eiffel, le sommet de l'Arc de triomphe grouillent d'hommes, de femmes, d'enfants chamarrés de couleurs disparates. C'est sacré, les vacances ! Pour les autres, pas pour moi. Heureusement, il y a Marlyse, qui m'aime et qui me comprend. Elle a calqué sa vie sur la mienne. Elle partage la passion que je voue à mon métier. Au gré des circonstances, elle participe à mes planques, à mes filatures, à mes arrestations. Un couple d'amoureux, ça passe plus inaperçu et c'est sacrément plus efficace que deux flics boudinés dans leur légendaire imperméable, le visage allongé, l'œil inquisiteur.

Toute l'année, je suis aux prises avec des marginaux, des truands assoiffés d'argent ou de sang. Depuis mon affectation à la direction des services de police judiciaire, j'essaie d'en éliminer le plus possible. Ma vie privée s'en ressent, fatalement. Les jours de repos sont bannis des calendriers Lavauzelle, l'imprimeur du ministère de l'Intérieur, que la gestion nous distribue au compte-gouttes pour les punaiser sur les cloisons de nos bureaux. Vieuchêne, l'amiral de l'armada policière de la rue des Saussaies, affirme qu'on a beaucoup plus de mal à ne rien faire qu'à travailler. C'est sans doute pour cela qu'il souffre de mes absences, rares je dois le dire, et qu'il fait la gueule quand je débarque en retard au bureau.

— On ne vous a jamais appris que l'exactitude est l'âme des affaires, Borniche ?

Bien sûr que si ! Il me la rabâche à longueur d'année, sa formule à l'emporte-pièce, dénichée dans un dictionnaire de sentences et maximes qu'il garde jalousement au fond du tiroir supérieur de son bureau. Mais l'exactitude, au mois d'août, il ne faut tout de même pas exagérer ! A défaut de vacances, je prends mes aises. Cela compense les heures supplémentaires que je lui consacre en palabres, le soir, devant les verres de pastis de Victor Marchetti, le tenancier des Deux-Marches, une buvette-épicerie-restaurant de la rue Gît-le-Cœur où des journalistes en mal de copie aiment le rencontrer. Ce n'est pas du temps perdu. C'est du temps non payé.

Cent mètres encore à absorber. Les tentures funèbres, le fronton décoré d'un majestueux C d'argent sur fond noir s'inscrivent dans mon collimateur. Le fourgon vomit des couronnes de fleurs. Une file de voitures américaines a envahi la rue. Des badauds, les yeux arrondis, s'agglutinent de part et d'autre de la chaussée. C'est impressionnant, l'enterrement d'un caïd !

Je pique mon dernier sprint. Les jambes douloureuses, hors d'haleine, je jaillis devant l'estrade funéraire. Trop tard. L'absoute est terminée, le fourgon, dans lequel se sont entassés les proches du défunt, commence à se détacher du trottoir. Une à une, les Cadillac, les Buick, les Chevrolet se dégagent pour se placer dans le sillage du corbillard. Les huit cylindres des moteurs ronronnent comme des matous débonnaires.

Mes semelles ont freiné toutes seules. Au milieu de la rue, je tente de rétablir mon équilibre sur des mollets de flanelle. Je contemple le cortège, les bras ballants.

Vraiment pas la peine de risquer l'infarctus pour un résultat aussi minable. J'aurais dû abandonner Marlyse plus tôt. L'été, elle dort nue, Marlyse, à plat ventre. Ses cheveux blonds, son dos lisse, ses cuisses si douces sont un aimant dont il m'est impossible de me détacher. Le résultat, le voilà !

Je suis groggy. Le boxeur que l'adversaire vient de cueillir au menton. Quatre lourdes voitures défilent sous mon nez, au ralenti, chargées de passagers. Les visages sont flous derrière les glaces. Inutile d'attendre la suite, je m'en vais. Je remets mes chaussures en marche.

Encore heureux que le commissaire Vieuchêne ne sache pas que j'ai décidé, moi-même, de me rendre aux obsèques. J'en entendrais parler toute la semaine, de mes initiatives fantaisistes !

Une De Soto noire s'arrête à ma hauteur. La portière arrière s'ouvre. Une silhouette sombre. Une voix chaude. Le soleil dans les yeux, je distingue mal l'homme qui m'interpelle :

— Un peu plus, tu le ratais, le départ du pauvre Mathieu...

Je me penche. Je tente de reconnaître l'occupant de la voiture. Une main agrippe mon bras, m'attire vers l'intérieur :

— Monte, on va perdre la file.

La tentation est trop forte. Je plonge sur la banquette. La portière se referme, la De Soto démarre. Je me cale. La sixième voiture, une Chevrolet, fait des appels de phares. Le chrome de sa calandre danse dans le rétroviseur d'aile de la De Soto.

Heureusement, je m'adapte vite aux situations inattendues. Ma profession est faite de hasard, de nouveauté, de découverte, de pièges et d'obstacles aussi, qui m'enchantent et m'habituent à me jouer de tout. Je jauge d'un coup d'œil mes compagnons de parcours. Quatre durs, tous coiffés de chapeaux sombres. Costumes aussi noirs que leur cravate. Lunettes à verres fumés. Visages impénétrables. Je n'entrevois, du chauffeur, qu'une nuque épaisse sous le poil grisonnant. Une chevalière de belle taille emprisonne l'auriculaire droit. Je plisse les yeux pour déchiffrer les initiales entrelacées : un G et un B à moins que ce ne soient un B et un G. Mais est-ce un nom, ce G, ou un prénom ? L'individu apparaît d'autant plus massif que son voisin n'a que la peau sur les os. Son cou de héron émerge de la chemise de soie bleue à fines rayures. Ses oreilles décollées singent les huîtres grand format. En me penchant, je vois qu'un chapelet défile entre ses doigts décharnés. Un parent de Mathieu, sans doute. Un bon chrétien, sûrement.

Le fourgon a pris de la vitesse. Notre paquebot aussi. Nous naviguons maintenant sur les boulevards extérieurs. Sur notre gauche défilent les arbres du bois de Boulogne.

Je gamberge. Où s'arrêtera notre course ? Dans un cimetière de Paris, de banlieue, ou de province ? Pourvu que je ne tombe pas sur un ancien client, style Bonfanti, ce vieil Antoine à qui je rends souvent visite au Petit-Trou, un bar de la rue Blondel, porte Saint-Denis, afin d'y rencontrer l'Archange[1]. Le G de la chevalière ne s'appliquerait-il pas à Barthélemy Guérini, le beau Mémé, roi de Marseille ? Non. Il a les cheveux plus fournis, Mémé. Ses oreilles ne sont pas décollées et les cheveux ne grisonnent pas. Du moins, pas encore.

Et si le convoi se mettait à filer vers Marseille ? Des heures et des heures de banquette à me taper ! Je me rassure : il ne prend pas la direction de la porte d'Italie. Mais comment vais-je m'échapper de cette De Soto trop silencieuse ?

Mes coéquipiers d'habitacle ne sont ni bavards ni

1. Voir *l'Indic* et *l'Archange,* éd. Grasset.

curieux ! Perdus dans quelles pensées ? Celui qui m'a coincé dans ce piège a le teint basané des hommes de grand air, un nez de faucon et des yeux dont je ne vois, de profil, que les fentes. Le veston dépareillé, le pantalon de velours noir, les chaussures sans éclat révèlent la pauvreté. Un berger, alors, venu sur le continent pour l'inhumation ? La famille lui aura payé le voyage. Quarante ans, au plus. Deux rides joignent les ailes du nez au cou raviné. Mon œil s'attarde sur les mains. Elles ont un langage, les mains. Comme le nez, le front et les oreilles. On nous apprend cela, au cours de signalement descriptif de l'identité judiciaire. Au premier coup d'œil, on doit déterminer si le dos d'un nez est cave, rectiligne, convexe ou busqué et le lobe d'une oreille, golfe, d'équerre ou descendant. On vous abreuve de détails pittoresques qui vont des nodosités dans la bordure, à l'antitragus oblique ou horizontal, en passant par la conque repoussée ou le pavillon écarté !

Les mains de l'homme sont larges, avec des doigts courts, épais, des ongles en deuil. Pas d'alliance. Il se tient droit, regardant fixement la route, serrant les coudes pour me laisser le plus de place possible.

Le bord du chapeau rabattu sur les lunettes, la tête penchée, son voisin somnole. Le costume est élégant. La chemise de soie, les chaussures en crocodile à boucle dorée et l'énorme chronomètre en or du poignet témoignent de l'aisance de leur propriétaire.

Si je ne connais aucun de mes compagnons de funérailles, ils ne me connaissent pas non plus. Ça prouve que je ne pue pas trop le flic !

Nous roulons. Plus nous avançons, plus je me demande où et comment se terminera ma folle équipée. Moi qui avais promis à Marlyse de ne pas traîner. « Juste un coup d'œil pour photographier les copains de Mathieu. » Réflexe professionnel. Que va-t-elle penser si je m'éternise dans cette bagnole de luxe ? Elle est capable de s'inquiéter, de demander au Gros des explications. Vieuchêne ne manquera pas de lui poser des questions, lui qui s'ingénie à contrôler mon emploi du temps et considère mes initiatives personnelles comme une offense à sa personnalité.

Mon voisin exhale un soupir aussi puissant qu'un soufflet de forge. Il ouvre les mains, les retourne, à plat, sur ses genoux. J'en examine la paume : son métier semble s'y refléter. Elle est dure, calleuse, crevassée. Ce n'est pas un berger, c'est un artisan. Elles doivent scier, ces mains, clouer ou maçonner. La pratique policière amène à ces déductions-là. J'entends d'ici le Gros ricaner : « Nul, mon pauvre Borniche, vous êtes nul. Prendre un menuisier pour un tueur ! Votre imagination vous perdra. Au lieu d'aller gaspiller l'argent des contribuables dans une promenade touristique, vous feriez mieux de vous occuper des affaires que je vous ai confiées. A propos, où en êtes-vous des dossiers Van Cleef, et de la bégum ? Ça avance, j'espère ! »

Je change de position. Je me détourne vers la vitre de gauche. Mes jambes sont toujours endolories par la galopade forcenée de tout à l'heure.

La De Soto amorce la descente de la porte de Champerret, se glisse dans le passage souterrain. Entre les murs de faïence, l'horizon s'assombrit. Le fourgon et sa queue de voitures ralentissent, serrent à droite pour faire place aux maniaques de l'accélérateur. En voici un, justement, dangereux maniaque au volant d'une Citroën perfo à roues jaunes. Notre chauffeur mastodonte frôle le mur pour le laisser passer.

Dans la Citroën, près du conducteur, un homme. Un autre à l'arrière, le vent dans la figure. Ils doivent avoir chaud, ils ont baissé les glaces. Moi aussi, je transpire. Le climatiseur de la De Soto ne fonctionne pas. La

Citroën n'a pas l'intention de nous doubler. Au contraire, elle ralentit à notre hauteur. Les passagers nous dévisagent. Ces petits curieux seraient-ils des collègues de la préfecture de police qui viendraient piétiner mes plates-bandes ? Moins désireux d'admirer le char, les couronnes de fleurs que d'identifier les amis du défunt ? Normal. Ce n'est pas tous les jours qu'on côtoie derrière le carrosse de feu Mathieu Costa, mélangée aux gerbes mortuaires, la fine fleur du Milieu.

La Citroën nous a dépassés. Elle réitère son manège près de la voiture qui nous précède. C'est bien ce que je pensais : nos rivaux du Quai des Orfèvres sont en train de repérer les occupants des voitures suiveuses, pour mieux les ficher. Il me semble même connaître le passager de l'arrière, tout au moins à ce que je vois du bas du visage, puisque le haut m'est dissimulé par le chapeau et les lunettes de soleil. On dirait Jo Benutti.

A cet instant précis, une lumière clignote dans mon cerveau : ce ne sont pas des flics, retardataires comme moi, mais des truands qui cherchent à s'insinuer dans le convoi. La preuve, c'est que leur voiture roule à la même allure que la Buick, attendant, sans doute, que notre De Soto lui laisse du champ.

Je n'ai pas le temps de poursuivre mes élucubrations. Deux mitraillettes ont jailli des portières de la Citroën. Elles arrosent la Buick dans un crépitement de machine à coudre qui se répercute contre les parois bétonnées du tunnel et s'amplifie sous la voûte. Je perçois l'impact, sec, violent, des balles contre la carrosserie.

La Buick, dont les glaces et le pare-brise ont volé en éclats, se met à zigzaguer. Une embardée la projette contre la paroi du souterrain, la fait rebondir au travers de la chaussée. Le chauffeur est-il touché ? Le jet des mitraillettes repasse plusieurs fois sur le véhicule immobilisé, que notre Fangio évite de justesse avant de s'arrêter, lui aussi. Une balle étoile notre pare-brise. Elle a méchamment miaulé au ras de mon oreille avant de venir se loger dans l'encadrement de la lunette arrière. Plus question de batifoler. Cassé en deux, j'ouvre la portière. Je saute. Un roulé-boulé, puis je rampe vers le bas-côté. Il faut échapper au crescendo de l'artillerie. Les secondes sont des heures ! La Citroën a disparu mais la Chevrolet qui nous suit manque de m'écraser. Un choc assourdissant. Elle s'est encastrée dans l'arrière de la De Soto !

L'homme aux mains de menuisier est allongé près de moi, face contre terre, le bras droit replié sur le crâne. S'il n'est pas atteint, il joue les morts à la perfection.

Je n'en mène pas large. Le convoi a stoppé. Seul le corbillard poursuit son bonhomme de chemin. Dans un hurlement de pneus, la Citroën s'est évanouie par la bifurcation du boulevard Berthier.

Je me relève. Autour de moi, ce ne sont qu'imprécations et gémissements. Blêmes, les membres de l'armada noire se regroupent autour de la Buick défoncée. Un homme gît, les bras en croix, près de la roue arrière gauche. Il a payé de sa vie sa fidélité à Mathieu. Ange Salicetti, le propriétaire du bar L'Equipage, à Pigalle, l'ennemi juré de Jo Benutti, est là, lui aussi, avec ses légendaires lunettes cul-de-bouteille. Il se penche à l'intérieur de la Buick.

Je frotte les genoux de mon pantalon, souillés de poussière, récupère une chaussure perdue au cours de mon vol plané.

Le menuisier n'est pas mort. Il est là, vivant et tremblant, près de l'homme assassiné.

— Robert Régent a son compte, dit-il. Henri Vignon, aussi. Un peu plus, c'était nous !

Il a son compte, en effet, le nommé Régent. Une balle l'a frappé à la tête, une autre à la poitrine. Son sang forme un joli ruisseau, qui s'écoule vers le bas du souterrain. Henri Vignon, l'autre garde du corps de Salicetti, a reçu deux dragées mortelles. Je le vois, affaissé dans la rutilante américaine, la bouche ouverte, la tête renversée sur le dosseret du siège. Il enserre dans ses bras un homme que Salicetti tente de dégager et qui gémit, le visage noyé d'hémoglobine.

Le fourgon a fini par s'arrêter. Ses passagers, la veuve Costa en tête du commando de croque-morts, accourent sur le lieu du drame. Dans le groupe, le client que je redoutais. Cravate noire et costume prince-de-galles, l'inévitable Bonfanti. Je n'ai que le temps de me précipiter dans la montée du souterrain, de l'escalader avant qu'il ne m'ait repéré. Des bribes de conversation parviennent à mes oreilles surchauffées : « Il ne perd rien pour attendre, le Jo... »

Je ne me retourne pas.

Je respire un grand coup à l'air libre, au moment où retentit la sirène de Police secours. C'est bon, la vie.

Je m'en souviendrai, de cette journée du 20 août 1949 ! Elle restera gravée dans les annales de ma vie de flic qui aurait pu se terminer, bêtement, dans le souterrain de la porte de Champerret. J'aurais mieux fait de rester au lit avec Marlyse. Et tout ça, parce que le Gros, quelques semaines plus tôt...

ACTE I

Juillet 1949

1

— J'ai dit vingt minutes, Borniche.

C'est tout. A l'autre bout du fil, il a raccroché.

Un instant, je fixe le combiné du téléphone, tandis que ma main gauche malmène une tignasse hérissée par ce réveil intempestif. Je le repose avec lenteur, encore étonné par le ton cassant du Gros, hier encore courtois et presque onctueux.

Mon regard s'agrippe aux aiguilles de la pendule-baromètre en sarment de vigne, suspendue dans l'entrée au-dessus de la table rognon en pur Louis XVI des galeries Barbès. 5 h 40. Juste le temps de me donner un coup de peigne, d'enfiler le pantalon de flanelle que Marlyse m'a offert pour mon anniversaire, de chausser mes infatigables Bata et de filer vers Le Gaulois. Par chance, il fait beau. Le soleil illumine déjà la blanche pâtisserie du Sacré-Cœur de Montmartre et, au-dessous de mon trois-pièces qui met Paris à mes pieds, les toits se succèdent, en un dégradé ardoisé, jusqu'aux collines de Meudon.

— Qu'est-ce qu'il te veut encore, Vieuchêne, pour nous réveiller un dimanche à des heures pareilles ? ronchonne Marlyse qui apparaît, tout ensommeillée, au bout du couloir. Ça en devient grotesque, à la fin. Tu es son larbin, au Gros, ou quoi ?

Un baiser. J'attrape ma veste pied-de-poule que j'avais abandonnée, la veille, sur le dossier d'une chaise, je vérifie qu'elle n'est pas froissée, car le Gros exige de ses collaborateurs une tenue correcte, sinon élégante, j'ajuste ma cravate et je sors. Trois marches à la fois, je dégringole mes cinq étages. Un bond me propulse par-dessus une poubelle traîtreusement placée, aussi dangereuse que nauséabonde.

La rue Lepic commence à bouillonner. Derrière leur voiturette, les marchandes de quatre-saisons échangent des plaisanteries de corps de garde. Un balayeur municipal, en ciré de pêcheur d'Islande, n'en finit pas de pousser vers le caniveau des tas de papiers multicolores. Des boîtes de conserve résonnent, en cascades, contre les bouches d'égout.

C'est vrai qu'il exagère, le commissaire principal Vieuchêne. Hier soir, lorsque je l'ai quitté au comptoir des Deux-Marches, le café de Victor Marchetti, il nageait dans l'euphorie. Son inscription sur le tableau d'avancement des futurs commissaires divisionnaires avait été retenue par Pierre Bertaux, le nouveau directeur général, un homme long et sec, aux cheveux crépus et noirs, au visage osseux, que Jules Moch, le ministre de l'Intérieur, a appelé près de lui pour redonner à la Sûreté le tonus qu'elle a perdu depuis la Libération.

Oui, il pataugeait dans l'enthousiasme, le Gros ! Au point de m'offrir de savourer les tripettes, le plat favori de Dolorès, la compagne de Victor, arrosées du fameux Patrimonio qui échauffe les sens et délie les langues. J'avais décliné l'invitation. Marlyse m'attendait devant le hall du Gaumont Palace où Cécile Aubry et Michel Auclair triomphent dans *Manon* de Clouzot.

Tout à l'heure, quand j'ai décroché l'appareil, je suis resté pantois. Rien ne laissait prévoir cette agitation matinale. Je me suis d'abord demandé si le Gros ne se trompait pas de destinataire. Mais il disait « Borniche », et Borniche, jusqu'à preuve du contraire, c'est bien moi.

Je traverse la place Blanche, évite une benne d'éboueurs à l'angle du boulevard de Clichy, me hâte vers la place de la Trinité. C'est beau, Paris, un matin d'été. Et calme, la rue Blanche, à l'aurore d'un dimanche. Même la caserne des pompiers respecte le sommeil de ses voisins : pas de manœuvres de grande échelle, pas de cris gutturaux des sous-officiers instructeurs.

De l'autre côté du carrefour, à l'angle de la rue de Mogador, le néon incandescent de l'enseigne du Gaulois guide mes pas. Dans le bistrot flotte une odeur de café et de pain grillé. Le cuivre poli du comptoir reflète les innombrables ampoules du plafonnier en forme de corbeille.

Pas de Vieuchêne à première vue. Serais-je en avance ? Je me faufile entre les tabourets, bouscule un chauffeur de taxi en blouse grise qui, les bras déployés, lit un *Parisien libéré* de la veille. Il beugle à la cantonade :

— Qu'est-ce que j'en ai à foutre que Bao Dai ait accepté de rentrer à Saigon ! Tout ça, c'est pour s'en mettre plein les poches !

De rage, il jette le journal sur le comptoir, rabat la visière de sa casquette sur les yeux, quitte le café en maugréant.

— Hep...

Mon hypothèse était gratuite. Il est là, le Gros, et bien là, étalé dans l'angle de la banquette, les lunettes d'écaille au ras du napperon de papier gaufré. Il lève le sourcil vers l'horloge hexagonale, constellée de chiures de mouches.

— A deux minutes près, vous étiez encore en retard, remarque-t-il.

A mon tour de fixer les aiguilles :

— Vous m'avez donné rendez-vous à 6 heures, patron. Il est moins 1.

Je me laisse choir sur la banquette. Dans un froissement de tablier, le garçon se pointe devant notre table :

— Un noir pour monsieur, commande Vieuchêne. Pour moi, un crème, deux croissants et du sucre.

Le serveur prend son virage. Le Gros chausse ses lunettes, tire un feuillet de la poche de son veston, dont le revers s'orne du large ruban rouge de la Légion d'honneur. Plus il approche de la retraite et plus le ruban s'élargit. Le complet, trop ajusté, ne fait que souligner l'abdomen.

Au premier coup d'œil, j'identifie le papier pelure qui porte la marque, à l'encre violette, du Télétype du ministère de l'Intérieur. Si Vieuchêne m'a fait venir à l'aube au Gaulois, démarche pour le moins inhabituelle, surtout un dimanche, c'est qu'un événement important s'est produit pendant la nuit. Il tripote le message quelques secondes, me dévisage en silence, le front barré d'un pli. J'en profite pour constater que ses cheveux noirs, plaqués à l'arrière, ne sont pas aussi brillantinés que d'habitude. Et j'en déduis que l'information l'a touché au milieu de son sommeil.

Il lève enfin le voile en demandant à demi-voix :

— Vous le connaissiez, Costa, vous ?

L'œil s'est fait interrogateur. De quel Costa parle-t-il ? J'en connais des foules, de Costa, qui ont défrayé la chronique policière ces dernières années. Récemment encore, en janvier, lorsque le sous-directeur de l'institut Pasteur, M. Dujarric de La Rivière, s'est retrouvé au domicile d'une de ses amies, saucissonné dans son habit de soirée et, bien entendu, soulagé de son portefeuille.

Vieuchêne m'épie toujours. Un soupir traverse sa massive carcasse. Le silence, ponctué des tintements de verre et de porcelaine, se prolonge :

— Enfin, vous le connaissiez ou vous ne le connaissiez pas, le Mathieu ?

Ainsi, il s'agit de Mathieu Costa, l'ami de truands en cavale, qui a su recaser une fortune durement acquise dans l'exploitation de cabarets, de restaurants et de cercles de jeux. Il a dû avoir un accident de parcours pour que le Gros s'y intéresse, soudain. Arrestation par un service de police ou expédition dans un monde dit meilleur par un concurrent irascible, détenteur du fameux colt 11 m/m 43 qui fait des ravages dans le Milieu depuis que les Américains nous ont libérés.

Je cherche la raison qui a incité Vieuchêne à carillonner chez moi à 5 heures du matin, tout ça pour réveiller Couinas, mon rébarbatif voisin de palier qui pousse des cris d'orfraie dès que le moindre soupir traverse la cloison mitoyenne.

Mathieu Costa est un Corse de génie, intelligent, audacieux, serviable. Pas de sang sur les mains. Et jamais une parole plus haute que l'autre, lorsque, jouant son rôle d'arbitre, il réconcilie les mauvais garçons. Il possède, rue de la Faisanderie, dans le quartier résidentiel du XVIe arrondissement, là où quelques truands tentent de se refaire une virginité au sein de la bourgeoisie ancestrale, un luxueux appartement qu'envierait plus d'un collectionneur avisé. Il envisage de se porter candidat aux prochaines élections. Bref, un homme arrivé. Un seigneur. Intouchable, de surcroît, grâce à de solides appuis politiques.

Je l'avais raté de peu, après la Libération. Je cavalais après Pierrot le Fou. Un canari[1] m'avait fredonné dans le creux de l'oreille que les deux hommes sablaient volontiers le champagne dans un bar du XVIIe arrondissement. Des jours et des jours, j'avais surveillé le Monceau-Bar, rue de Logelbach. En vain. Avec la

1. Indicateur que l'on fait chanter.

disparition de Pierrot, mortellement blessé lors de l'agression du bijoutier Serafian, rue Boissière[1], tout espoir de faire inculper Costa de recel de malfaiteur s'était évanoui. Quelques mois plus tard, Emile Buisson et René la Canne s'évadaient de l'asile psychiatrique de Villejuif où ils avaient réussi à se faire interner en simulant la folie. J'avais soupçonné Costa et son compatriote Salicetti d'héberger le tueur Buisson. Mes planques n'avaient pas donné plus de résultat.

— Je le connais, finis-je par dire. C'est un malin. Qu'a-t-il fait ?

J'ai baissé le ton. Le garçon, qui a déposé devant nous les tasses et les croissants, m'interroge du regard pour savoir qui va régler la note. Ma passivité contraint Vieuchêne à ouvrir son veston. Il en extirpe un billet qu'il abandonne, en marmonnant, sur la table. Quand le garçon s'est éloigné, il plonge le bout du croissant dans sa tasse de café-crème.

— Vous permettez, dis-je, en m'emparant du message.

Je lis :

PRÉFECTURE DE POLICE, DIRECTION DE LA POLICE JUDICIAIRE A TOUS SERVICES PRÉFECTURE DE POLICE, SÛRETÉ NATIONALE, GENDARMERIE — STOP — IL Y A LIEU DE RECHERCHER TRÈS ACTIVEMENT LE NOMMÉ FREDERICCI JEAN, DIT JEANNOT LE FOU OU ENCORE JEANNOT BATTI, DOMICILIÉ 42, RUE DELAMBRE A PARIS, AUTEUR TENTATIVE DE MEURTRE SUR LA PERSONNE DE MATHIEU COSTA, AU BAR L'AUTOBUS 22, RUE QUENTIN-BAUCHART A PARIS (VIIIe) — STOP — TAILLE 1,78 MÈTRE, CORPULENCE ATHLÉTIQUE, CHEVEUX BRUNS. CONNU COMME PROXÉNÈTE ET RACKETTEUR — STOP — DANGEREUX, PEUT ÊTRE ARMÉ. SUSCEPTIBLE DE GAGNER MARSEILLE ET LA CORSE — STOP — EN CAS DE DÉCOUVERTE, PROCÉDER ARRESTATION ET AVISER D'UR-

1. Voir *le Gang*, éd. Fayard.

GENCE PRÉFECTURE DE POLICE, DIRECTION DE LA POLICE JUDICIAIRE, 36, QUAI DES ORFÈVRES, PARIS, TÉLÉPHONE TURBIGO 92 00, POSTES 357 ET 865. SIGNÉ DESVAUX, DIRECTEUR. FIN.

Je repose le télégramme sur la table. Vieuchêne a englouti ses deux croissants. Il se rejette en arrière sur la banquette, livrant à son ventre l'espace qui lui convient. Il me considère sans rien dire, puis, essuyant ses lèvres d'un revers de ses doigts-saucisses :

— Ils croient au père Noël, les petits copains de la préfecture, s'ils s'imaginent qu'on va leur filer Fredericci. D'abord, je bloque la transmission du télex sur la province. Ensuite, c'est vous, mon petit Borniche, qui allez me le retrouver, Fredericci. Et je lui mets aussitôt le marché en main. Vous comprenez ce que je veux dire ?

Comme je demeure bouche bée, il enchaîne, sur le ton de la confidence :

— Non, vous ne pouvez pas comprendre. Vous n'êtes jamais là quand il le faut. Vous savez ce que j'ai appris, hier soir, chez Victor ? Que son copain Costa était sur un coup dont on parlerait longtemps dans les chaumières. C'est cela, le métier de flic, Borniche. Savoir faire parler les gens au lieu de se pavaner dans les salles de cinéma avec sa bobonne. Malheureusement…

Vieuchêne marque une pause, reprend sans pouvoir dissimuler sa déconvenue :

— … Cette nuit, le ventre de Mathieu Costa a mal digéré la lame de son copain Fredericci. J'ai téléphoné à l'interne de service. Etat grave. Impossibilité de l'interroger jusqu'à nouvel ordre. J'ai pensé que, si nous piquions Fredericci, nous saurions ce que Costa avait dans la tête. S'il est compréhensif, le Jeannot, j'arrange son affaire. Sinon…

Le Gros n'achève pas sa phrase. Mais je le pratique

suffisamment pour savoir qu'il ne faut pas se fier à ses promesses. Qu'un indic, pour garder sa liberté, lui fasse des confidences, et voilà qu'il le cajole, le chouchoute, pendant des semaines, des mois même. Il le presse comme un citron au cours de bons déjeuners dans des restaurants discrets de banlieue. Et un jour, le canari se fait épingler, comme un papillon, par une équipe qu'il ne connaît pas mais à qui, en douce, Vieuchêne a donné l'adresse de la cache. Je n'apprécie pas sa manière d'agir.

Je suis figé. Que dire ? Le Gros parle de bloquer la diffusion. Mais, à l'heure qu'il est, toute la région parisienne est déjà touchée. La brigade criminelle, la brigade volante, les renseignements généraux, tous ces services qui dépendent de la préfecture de police, sont en alerte. Et moi, je suis seul pour m'insérer dans cette bataille de flics, pour tenter de retrouver un homme que je ne connais pas et qui doit être sur ses gardes. Une bête traquée ! Si encore Hidoine était là. Mais depuis le premier juillet, il est en vacances, Hidoine. Il a profité de la mise en vente libre de l'essence pour foncer vers sa chère Vendée, au volant d'une bagnole d'occasion. A l'heure qu'il est, il s'en moque pas mal, des états d'âme du Gros, de la guerre des polices en général et du groupe de répression du banditisme, qui se réduit aux deux esclaves de Vieuchêne, lui et moi, en particulier. Pour Hidoine, les vacances, c'est primordial. Il a raison. D'ailleurs, cette année, toute la France est en vacances. Les tickets de pain ont disparu, l'emprunt a été allègrement souscrit en mai, le marché libre des devises a été rétabli. Les Parisiennes ont la gorge pigeonnante et le décolleté profond. Toute la France est en vacances, sauf Borniche accablé devant sa tasse vide, dans la salle enfumée du café Le Gaulois !

L'horloge indique 6 h 20. Marlyse a dû se rendormir. Que faire, sinon filer au fichier central et consulter les dossiers Costa et Fredericci, dans l'espoir d'y glaner une quelconque information ? Le grand Roblin doit déjà être à son poste, lui, à cette heure-là. Les dimanches, les jours de fête ne l'intéressent pas. Pour un peu, il y coucherait, aux archives, sur ses matelas de documents. Je me demande comment il fera, quand il atteindra l'âge de la retraite, sans fiches à classer, sans casiers à tripoter, sans chemises à composter !

Et le Gros, donc, sans larbin à réveiller, comme dit Marlyse !

2

Le gyrophare bleu et blanc de la Chevrolet de police ouvre la route à Angelo Ceppa. Il peut foncer, Angelo, franchir à une vitesse record l'interminable MacArthur Causeway qui enjambe Biscayne Bay, filer plus vite encore sur Collins Avenue. Il ne risque rien. La limitation n'est pas faite pour lui. Il est au-dessus des règlements. En cette fin de matinée de juillet, la Chevrolet de la Florida Highway Patrol protège sa Lincoln Continental. Et au volant, le sergent Curns.

Un rusé, Frankie Curns qui, depuis son entrée dans la police, s'est mis au service de la Mafia. Quatre jours par semaine, il fait son métier de flic. Trop bien, trop mal. Il sillonne la Higway 1, de Miami à Fort Lauderdale. Sa Chevrolet se cache derrière un pilier de pont, s'enfonce dans une traverse de bas-côté d'où elle surgit soudain. Le hurlement de la sirène déchire l'autoroute, précède la queue de poisson qui gifle l'adversaire, le contraint à s'arrêter. Dans la vitre de sa portière s'incrustent le nez écrasé du sergent Curns, son front étroit, ses cheveux rasés, en hommage aux Marines.

Nul, jusqu'ici, n'a eu le courage de discuter le montant de l'amende que Frankie impose, pour excès de vitesse, selon son humeur, selon la tête du client. Pas de récépissé. Le carnet légal reste dans sa poche où le rejoint l'argent tendu d'une main fébrile.

Au Central, chacun sait que le sergent Curns multiplie son salaire par cinq, au moins. Mais aucun officier n'a été assez malin pour le surprendre en flagrant délit. On sait aussi qu'il bénéficie de la protection d'un gouverneur en relations étroites avec les dirigeants de l'Honorable Société[1]. Alors...

Les trois autres jours de la semaine, donc, Frankie Curns atteint au sommet de sa gloire. Et de sa petite fortune. Une Harley-Davidson aux chromes étincelants remplace la Chevrolet de service. Elle s'immobilise à un point bien précis de Coral Gables, de Coconut Grove ou de Meridian Avenue. Frankie l'assure sur la lourde béquille. De son pas pesant, il disparaît dans un drug ou un condominium. Un moment après, tout aussi éléphantesque, il réapparaît. Il appuie sur le bouton du démarreur. La puissante moto repart, silencieuse.

Les fesses bien calées dans la large selle, les bras tendus et l'œil sur le rétroviseur, Frankie jouit de l'argent gagné aussi facilement. Il sait qu'un émissaire d'Angelo Ceppa, le patron de la Mafia pour la Floride, a glissé une enveloppe bourrée de dollars dans la sacoche gauche. Comme d'habitude.

Bercé par le gyrophare de la voiture de police, Angelo Ceppa roule dans la fournaise. Il ne ressent même pas l'humidité qui fait fuir de Miami, en cette saison, les bateaux des milliardaires vers l'alizé des Caraïbes. Il regarde le ciel où glissent les cormorans, le long de la côte, au ras des buildings. Une nostalgie d'enfance le projette, lui, le tueur devenu patron, vers la solitude des rives de l'Indian Creek.

1. Mafia.

Nostalgie et rêve, peut-être, dans les yeux d'Angelo. Mais ses cheveux noirs et lisses de danseur de tango dissimulent une machine diabolique. Ruse, cruauté. Dès ses débuts, lorsqu'il n'était qu'un petit cambrioleur, bien avant d'être un *made guy* intronisé par don Giuseppe Guidoni [1], il s'était permis d'abattre le propriétaire d'une villa qu'il croyait abandonnée. Les mafiosi aiment les hommes de sang. Ils avaient noté le fait. Angelo a trente ans aujourd'hui. Giuseppe Guidoni l'a formé, le patronne encore. Angelo Ceppa est un arbitre incontesté sur le terrain mouvant des bookmakers. Rien ne lui échappe des paris clandestins sur les matches de boxe, de base-ball, sur les courses de chevaux et de lévriers, plus ou moins truquées. Il s'intéresse à la fortune des joueurs occultes, contrôle l'honnêteté des preneurs de paris, les *books* de la légende. Paris, contre-paris, des dizaines de millions circulent. Un joueur spolié s'insurge-t-il ? Un danger, un tumulte qui ferait éclater le système ? Angelo Ceppa est là. Saint Angelo rend la justice, calme, froid. Premier acte : le book est mis à l'amende, paie le triple du gain. Récidive : il disparaît. On ne retrouvera jamais son corps. La Chevrolet officielle de Frankie Curns sert parfois de fourgon mortuaire.

L'image du porc Frankie, qui lui ouvre la route avec son gyrophare bicolore, donne quelquefois la nausée à Angelo Ceppa. Lui qui, si mince, ne s'habille qu'en costume prince-de-galles, chemise de soie et chaussures en crocodile ! Eh oui, il a grandi, le fils d'immigrés italiens de Brooklyn ! Il est loin, le temps où il cavalait pieds nus, dans ses oripeaux sans cesse reprisés par la mamma, le long du belvédère et dans le quartier arabe d'Atlantic Avenue.

L'homme au complet prince-de-galles abuse des ciga-

1. Membre de la Mafia.

rillos. Lentement, la vitre électrique se baisse pour laisser s'échapper la fumée. L'air chaud s'engouffre. Angelo referme la vitre, relève la manette du climatiseur.

Midi cinquante. A 13 heures, Angelo sera au Deauville, où le Don[1] l'a convoqué. Au grand hôtel de Collins Avenue, les membres de la Cosa Nostra, sous leurs faux noms, sont aussi à l'aise que les capitalistes en Suisse. Angelo est rassuré. C'est que le Don n'aime pas attendre. Il le traiterait comme un *booster,* un truand à la petite semaine, s'il lui arrivait, ne serait-ce qu'une fois, d'être en retard.

La Chevrolet du sergent Curns amorce son virage devant le Deauville. Son museau se pointe vers l'avenue. La voie est libre. A son tour, la Lincoln d'Angelo s'assoupit devant la porte majestueuse du palace.

— *Baccio i mani, Don Giuseppe.*

Angelo est à genoux. Il porte la main du Don à ses lèvres.

— Tu es à l'heure, fils, c'est bien.

Angelo relève la tête. La plage de sable blanc s'étend à l'infini. Du bras gauche, don Giuseppe étrangle, une seconde, Angelo, avant de l'embrasser avec une tendresse paternelle. Puis sa main se tend vers un fauteuil, devant la table basse où les fleurs rivalisent de couleurs.

Angelo est désormais assis devant le maître, dans l'attitude de l'écolier studieux qui attend le début du cours.

— Je vais te confier une affaire sérieuse, commence le Don. A toi, pas à un autre.

Angelo regarde avec dévotion les lunettes cerclées

1. *Don* ou *Man of Respect :* membre de la Mafia, à la fois âgé et influent.

d'or. Il suit la noble démarche du Don. Il ne voit pas le sang sur les mains qui s'agrippent au dossier bleu du divan, à l'angle de la fenêtre. Le sang des hommes abattus, des hommes à abattre. Il ne voit que les yeux qui le cernent, à contre-jour. Et c'est à chaque fois la même chose.

De fait, don Giuseppe Guidoni est un dieu.

Il a gravi, avec une cruauté miraculeuse, tous les échelons de l'Organisation. Il a su connaître la faiblesse des hommes, prêts à se vendre pour de l'argent. Mesurer la naïveté des joueurs, comme on mesure la vanité d'un corps de prostituée. Lui avait un corps bien médiocre. Il n'en souffrait pas. Il savait que ce n'était pas grave. Il avait un autre destin que les coqs de village qui le narguaient. Il était tout petit, tout maigre, il vendait des fromages et de l'huile d'olive dans son village de Sicile. On oublie, aujourd'hui, qu'il a assommé le boucher qui venait chaque semaine au hameau, qu'il a tenté de violer sa fille, partant avec la caisse qu'elle serrait dans sa main de gamine misérable. Quelques mois de prison, pour tout ça. Une broutille.

L'envol, pour le Giuseppe aux mains de singe. Les Etats-Unis, voilà ce qu'il lui faut. Le voici commis épicier, dans l'Illinois. A Chicago, un trait de plume élimine ce que Dieu a créé. Les Italiens, les Chinois, les Polonais, les Allemands se bousculent dans la boutique de Giuseppe. Il se passe quelque chose, là-dedans. On veut savoir. Peu importe. La prohibition de toute boisson alcoolisée est la voie royale qu'emprunte Giuseppe hors du chemin médiocre.

C'est fait. Cruel, il se joue des bandes rivales, s'impose dans l'alcool clandestin, le jeu, la prostitution. Tout va de pair, évidemment. Tous les moyens sont bons. La police, l'administration, corrompues, ferment les yeux. Il recrute une armée du crime. Les soldats de

Napoléon-Giuseppe. Après l'alcool frelaté, leurs armes seront l'héroïne et la cocaïne.

Le couronnement : Giuseppe Guidoni siège au congrès de Cleveland où il est élu pour diriger la Mafia de Brooklyn. Son étiquette honorable, importateur d'huile d'olive, est déchirée par la Justice. Il plaide coupable. Il y a peut-être eu falsification, sans qu'il le sache... Comme si c'était le problème !

Il s'en sort très bien. Giuseppe Guidoni est, désormais, un homme qui a réussi. Les loteries clandestines des quartiers pauvres fournissent l'intendance de son artillerie lourde. Fructueux jeu de dupes, grâce auquel Giuseppe accède au titre de « Don », appellation réservée au patron d'une famille, né en Sicile. Le chiffre d'affaires quotidien est de 2 à 3 millions de dollars. Don Giuseppe tient tout en main. Cela commence par les receveurs des quartiers, les contrôleurs, les banquiers. S'ils n'obéissent pas, c'est la mort.

Si les comptes sont faux, à moins d'une erreur involontaire, c'est la mort. On sait à quoi s'en tenir. Et on sait se taire.

Il y a tant de monde à nourrir ! Il faut encourager les compagnons, faire vivre de nouvelles entreprises. Don Giuseppe les crée, les développe. Son terrain de prédilection est l'Amérique latine — Colombie, Bolivie, Brésil. Il surveille les plantations de coca comme un paysan de la Beauce regarde pousser son blé. Puis, en homme consciencieux, il veille au grain, c'est-à-dire à la fabrication de la cocaïne, à son importation aux Etats-Unis *via* Cuba et le Mexique. L'héroïne, qui lui vient d'Europe *via* Tanger et Panama, est aussi l'objet de tous ses soins. Il a racheté à l'armée de vieux zincs en bon état de marche, qui font la joie de pilotes baroudeurs rescapés de la guerre du Pacifique. Seul accident de parcours : quelques appareils chargés de marchandise ont été arraisonnés par les agents du Narcotic Bureau et sommeillent, alignés, sur l'aéroport de Miami. Mais don Giuseppe renouvelle, en quelques heures, ses pilotes et son matériel. De plus, son associé, Zorba Nicolaos, est à la tête d'une flotte qui débarque discrètement les stupéfiants dans les ports américains où les douaniers somnolent.

Le beau, l'élégant Angelo Ceppa a la confiance de don Giuseppe. C'est le fils que ce petit homme, peu gâté par la nature, n'a jamais eu. Il est son confident. Son bourreau. Il pense qu'il pourra lui succéder. Leurs rencontres secrètes, à l'hôtel Deauville de Miami Beach, sont des moments où son cœur desséché de mafioso bat de nouveau. Il ne l'a jamais reçu dans sa villa de Palm Beach. Il n'y reçoit, d'ailleurs, jamais personne. Pour Angelo Ceppa, il aurait fait une exception. Mais il est trop vieux renard pour ne pas savoir qu'il ne faut jamais mélanger l'amitié et les affaires. Au Deauville, pour les détectives du Central qui viennent souvent fourrer leur nez dans les registres de police, don Giuseppe n'est autre que *signor* Joseph Justino, paisible retraité de New York, venu réchauffer ses os au doux soleil de Floride.

— Oui, Angelo, reprend-il, une affaire sérieuse qui permettrait de tripler ma production de coca en Bolivie. Je veux y monter un laboratoire, près de Cochabamba. Nos coucous commençaient à être fatigués, j'ai pris une option sur cinq DC 3.

— Merci d'avoir pensé à moi, dit Angelo.

Déjà, il ressent la grande excitation de l'action toute proche. Il fait confiance à don Giuseppe pour les plans parfaits, qui rapportent gros. Dans le calme de la chambre, il voit naître un beau coup, minutieusement conçu, préparé, mis au point. Une fortune en perspective. Il sent peser sur lui le regard du Don qui le jauge et qui s'éclaire enfin, satisfait de l'enthousiasme qu'il devine.

— Rita Hayworth, ça te dit quelque chose ?

On a beau ne pas être un pilier de cinéma, le nom de Rita Hayworth vous en met plein les yeux, plein les oreilles. C'était le *sex-symbol* des bases militaires et des hôpitaux pendant la guerre en Extrême-Orient. L'image épinglée dans les chambrées, les cabines de sous-marins, dans les postes de pilotage... La vie de Rita, Angelo la connaît par cœur. Ses parents, comme les siens, étaient les plus pauvres d'entre les pauvres. Pour survivre, ils avaient créé une troupe de danse espagnole, The Dancing Cansinos. Rita s'appelait alors, de son vrai nom, Margarita Carmen Cansino. Et elle dansait. Ses pieds foulaient les planches pourries des scènes de Brooklyn, de Harlem, du Bronx. Les Cansinos ont gravi un échelon en ouvrant une école de danse à Los Angeles.

Hollywood a découvert Margarita Carmen, en a fait Rita Hayworth. Elle n'a pas cessé de tourner. Un génie du cinéma, Orson Welles, l'a épousée.

— C'est une grande, très grande vedette, s'extasie Angelo. *Gilda, Arènes sanglantes,* je connais tous ses films. Elle voudrait s'associer avec vous ?

Le Don ébauche un sourire.

— Presque... mais pas officiellement. Elle vit à Neuilly et sur la Côte d'Azur, en France. Avec l'un des hommes les plus riches du monde. L'un des mieux protégés, comme il se doit. Mes amis Costa et Nicolaos ont profité de leur venue à New York pour me faire part d'une idée formidable. A mon avis, l'idée du siècle. Mais je viens d'apprendre une mauvaise nouvelle : Costa a été poignardé par un minus.

Don Giuseppe s'est levé. Il fait quelques pas, regarde Angelo droit dans les yeux :

— Mathieu Costa n'est pas mort, mais il ne vaut guère mieux. Au moment de son accident, on n'attendait plus que le feu vert de l'informateur. Il peut se manifester d'un moment à l'autre. Tu parles bien français, alors, tu fais ta valise… Puisque Costa est indisponible, c'est toi qui vas le remplacer.

3

Roblin est là, fidèle au poste. Il est tôt mais la chaleur règne déjà sous les combles du fichier central. Sa haute carcasse déambule au travers de son mystérieux domaine, où les armoires dégurgitent des chemises cartonnées plus ou moins ficelées, où les rais de lumière jouent avec les fils d'argent de sa chevelure. La blouse grise administrative bat ses maigres mollets, et, de sa poche droite, émerge une batterie de crayons de couleur. L'univers qu'il voit tout le jour n'est qu'un agrégat de casiers coulissant dans de larges comptoirs, de chariots où s'empilent des dossiers en instance de classement, d'allées encombrées. Et, en deçà des vitres poussiéreuses, un extravagant hérissement d'antennes de toutes grosseurs et de toutes dimensions, aux armatures de parapluie, qui servent de perchoirs aux pigeons du ministère.

Depuis mon entrée dans la Boîte, le Gros m'a appris le mode d'emploi des informateurs. Roblin, lui, m'a initié à l'art de la lecture d'un dossier, qu'il soit administratif, individuel ou criminel.

— Quand on sait tout d'un suspect avant de l'interpeller, prophétise-t-il, la moitié du travail est déjà faite.

Je suis devenu un familier des archives en même temps qu'un ami de Roblin. Ma curiosité et ma fougue l'amusent. Un jour, en veine de confidences, il m'a assené une phrase destinée à calmer mes ardeurs :

— Moins tu en feras et plus tu seras considéré, fiston. L'administration est une pute. Que tu ne foutes rien ou que tu fonces, le traitement est le même à la fin du mois. Mais au moins, tu n'as pas d'emmerdes !

La nature m'a fait chasseur, je n'y peux rien. J'aime fouiner, questionner, flairer une piste, découvrir le trou qui me conduira à la tanière. Les planques, les déguisements, les filatures me passionnent. J'aime jouer aux gendarmes et aux voleurs, comme autrefois dans la cour de mon école. J'aime aussi jouer au chat et à la souris, quand le suspect, empêtré dans ses mensonges, tente d'échapper à l'aveu. Il n'est pourtant pas une preuve indispensable, cet aveu, ni une preuve suffisante, puisque, lorsqu'il est enregistré, je ne manque jamais de poursuivre mon enquête afin de le confirmer. Ça évite l'erreur judiciaire.

Chasseur mais pas tueur. Je n'ai jamais d'arme sur moi. Ça déforme les poches. J'ai horreur de la violence. Quant au passage à tabac, je le laisse aux flics incapables de se maîtriser ou d'obtenir des résultats par des moyens normaux.

Rien ne me disposait pourtant à la carrière policière. Depuis mon adolescence, je n'avais qu'une ambition : devenir artiste. J'avais la vocation, le tempérament, la présence. Je faisais mes gammes avec un jeu d'expressions qui me permettait de passer du sourire fernandelesque au regard enjôleur. J'avais tout... excepté des contrats !

Le service militaire, d'abord, puis le service du travail obligatoire créé par le gouvernement de Vichy pour forger l'acier victorieux des nazis ont décidé de mon changement de direction. Un concours d'inspecteur de police nationale se présentait. Affecté dans une brigade de police judiciaire sous les ordres d'un commissaire qui avait su transformer ses enquêtes de l'Occupation en actions de haute résistance, j'avais fait mes premiers pas. Trois années plus tard, Vieuchêne entrait dans ma vie.

Et depuis, journellement, je franchis le porche de la rue des Saussaies, à deux pas du palais de l'Elysée, je traverse la cour cimentée où des chauffeurs trop bien nourris somnolent au volant des voitures directoriales, j'emprunte l'ascenseur de l'escalier E qui me dépose au cinquième étage de l'immeuble, siège de la Direction des services de police judiciaire, ramifiée jusqu'au plus modeste commissariat de province. Dans le hall où campe un canapé défoncé, réservé à la clientèle, je salue la blonde et fardée Mme Germaine, huissière sur le retour, qui me répond d'un battement de faux cils. Je pousse la porte vitrée à double battant du couloir et, dans la lumière blafarde de plafonniers fin de siècle, je gagne mon gourbi aux murs tristes, à l'ameublement rudimentaire : une table, une machine, deux chaises, un téléphone sans cadran pour éviter les communications personnelles.

Il m'arrive, bien sûr, d'abandonner la vieille Olympia et son clavier borgne pour m'aérer un tant soit peu. Quand je suis seul, je ne vais pas bien loin. Un tour à la gestion où Lefranc me conte les exploits du Football Club de Lens — dont il est un fervent supporter —, où Pancréach, le Breton, me donne la recette des palourdes farcies. J'ai l'impression de vivre alors une autre vie. Quand je réintègre mon antre, les collègues que je croise filent, le dos courbé, comme des religieux de prieuré. Je surprends des regards par en dessous, des sourires muets en forme de grimaces. Curieuse ambiance policière qu'entretient savamment un Gros, ennemi des bavardages et du temps volé à l'administration.

Heureusement, il y a Hidoine, ce grand brun osseux aux traits délicats, aux yeux vifs. C'est ma « flèche », ce qui veut dire mon double, en jargon de flics. Nous avons le même âge, et le même goût pour les parties de 421 au Santa Maria, le bar voisin de la Sûreté nationale. Le Gros sait où nous trouver quand le bureau 523, le nôtre, reste silencieux à ses appels. Il nous dépêche sa secrétaire, la rousse Mme Lœil, au chemisier transparent. Nous n'avons plus qu'à attaquer notre marathon vers le cinquième étage où nous parvenons, essoufflés, par les issues dérobées de la place Beauvau ou de la rue Cambacérès. Il faut connaître.

Le grand Roblin lance le coup d'œil du connaisseur sur les fiches vertes que j'ai remplies au nom de Costa et de Fredericcci. Ses mâchoires se contractent.

— Tu es aussi sur Costa... La permanence de la P.P. vient de me téléphoner. Ils m'ont demandé de prévenir Marseille.

Aïe ! Vieuchêne va être content, lui qui parlait de court-circuiter la province.

— Le Gros t'a une fois de plus tiré du plumard, hein ? poursuit Roblin avec un sourire en biais. Tu n'as pas eu le temps de te raser...

A sa suite, je m'enfonce dans le labyrinthe du fichier. Nous contournons deux comptoirs, nous nous arrêtons devant celui des C. Roblin poursuit son monologue.

— Rassure-toi, je n'ai encore rien fait. Je me doutais bien que tu n'allais pas tarder...

Il tire le casier dont les lettres *Co* sont inscrites à la peinture noire. Je sais d'avance que *Co, Cau, Ko* ou *Quo,* phonétiquement, c'est la même chose. Ses doigts habiles courent sur le sommet des fiches, en pincent une, la sortent. On dirait un exercice de prestidigitation. Il ne se trompe jamais, Roblin ! J'en suis à me demander si les Américains sont aussi efficaces, avec leurs ordinateurs dont le service technique rebat les oreilles du ministre depuis quelque temps. C'est bien Costa qui apparaît, prénom Mathieu. Saisissant !

— Ça alors ! dis-je. Il y en a pourtant, des Costa...

Roblin se rengorge. Il note dans sa mémoire le numéro du dossier, remet la fiche en place, repousse le casier. Il ne dit rien. Je me tais aussi. Je lui emboîte le pas jusqu'au classement des F… Même opération, même maestria. Ils peuvent toujours y venir, les Yankees avec leurs *computers.*

— Deux secondes.

Dommage, car j'aurais aimé assister encore au spectacle. Je ne bouge pas. Il gagne le fond de la salle. Les rais de soleil découpent la poussière en tranches. S'il savait, Roblin, quels services il rend à une société qui s'en moque ! J'évoque avec amertume son départ à la retraite, dans quelques années. L'inévitable scène se renouvellera. Ce sera le pot de l'amitié au premier étage du Santa Maria. Le Gros ira de son discours habituel, toujours le même. Seul le nom de Roblin en remplacera un autre. Mme Roblin aura les yeux rouges, Mme Lœil son décolleté des grandes occasions, Mme Germaine le maquillage que son daltonisme n'arrive pas à maîtriser du côté des pommettes. Il y aura les serrements de main, les tapotements sur l'épaule, et puis, bientôt, personne n'y pensera plus. Roblin s'en ira comme les autres, la médaille d'honneur de la police au fond de sa poche. Il n'aura plus qu'à méditer, dans sa paisible retraite de l'Yonne, sur les innombrables fiches auxquelles il a consacré sa vie.

En attendant, il se pourlèche en posant deux dossiers devant moi, sur la table.

— Tu vas te régaler, fiston. Costa, tu connais. Mais Fredericci, c'est pas triste non plus ! Tu les lis ici ou tu les sors ?

— Je les emporte.

— Bravo ! Comme ça, si un gars de la P.P. veut les consulter, tu sauras au moins qui c'est.

L'œillade qu'il me décoche prouve en quelle estime il tient les collègues de la maison d'en face.

4

— Reposez-vous, monsieur Costa. Je reviens à 4 heures.

L'infirmière a rangé ses instruments de torture. Elle disparaît dans l'envol de sa blouse de nylon quelque peu transparente. Mathieu Costa n'est pas en état de profiter du spectacle. Il ne souffre plus, mais il est mal en point. La piqûre ankylose ses jambes. Il lui semble que sa langue est énorme, soudée au palais. Sa vue se trouble. La silhouette d'Angelo Ceppa, qui se tient figé au pied du lit, le chapeau entre les doigts, se recule et se rapproche comme dans un travelling.

Il voudrait bien se reposer, Mathieu, mais son cerveau est en ébullition. Il faut expliquer à Angelo le rôle qu'il lui faudra désormais tenir à sa place : filer à Marseille, contacter Paul Leca qui doit désigner les trois hommes de l'expédition, des hommes sûrs, rapides, efficaces, inconnus des services de police. Le quatrième, le chauffeur, Zorba le Grec le fournira. D'ailleurs, il viendra à Marseille, Zorba, pour parer aux derniers préparatifs.

Ce matin, au cours de la visite, le chirurgien a laissé échapper devant ses assistants une phrase qui a fort inquiété Mathieu : « Trois semaines, au moins... » Ces quelques mots ont résonné comme un glas. Ou il allait moisir dans l'hôpital où Police secours l'avait conduit après l'accident, ou il en sortirait les pieds devant.

Mathieu enrage. On ne peut pas différer l'opération projetée. Des millions sont en jeu. Et sa réputation ! S'il se dégonflait, de quoi aurait-il l'air aux yeux de don Giuseppe et d'Angelo Ceppa, débarqué tout droit de Floride ? Même mort !

Tout ça à cause de cette ordure de Fredericci !

Ce nom seul le met hors de lui.

Un homme qui devrait lui vouer une reconnaissance éternelle ! Mathieu l'avait sauvé d'une vendetta mortelle, ce fils de pute, lorsqu'il avait planté la lame de son couteau à cran d'arrêt dans le ventre d'un Ajaccien qui avait invité sa fiancée à danser. Il lui avait trouvé une planque chez un compatriote de la rue Delambre. Au lieu de se tenir à carreau, Fredericci s'était mis à racketter les patrons des bistrots, sortant son pistolet à tout bout de champ, comme dans un western. La police l'avait plusieurs fois interpellé. Il s'en était sorti en glissant son arme dans le sac de Maguy, l'entraîneuse qui l'accompagnait.

La même Maguy la Rousse lui avait servi de prétexte lorsqu'il s'était présenté, une nuit, dans le bar de Lucien Descaves, un brave Auvergnat qui avait liquidé la ferme familiale pour monter à Paris, faire fortune dans la limonade.

— Alors, loufiat, on palpe sa recette ?

Stupeur de Descaves, qui ne comprend pas cette intrusion.

— Tu as baisé ma femme, hier soir, mon salaud !

— Votre femme ?

— La Rouquine... Vous êtes allés au Piccadilly, rue Pigalle. Deux heures j'ai poireauté devant l'hôtel. Je suis obligé de te mettre à l'amende. La moitié des recettes de ton rade pendant un mois. Vingt-cinq pour cent pour la première heure, vingt-cinq pour cent pour la seconde. Ça te va ?

Non, il n'apprécie pas, l'Auvergnat. Il a travaillé trop durement pour que tous ses efforts soient gâchés.

— Et si j'appelais les flics ?

Fredericci braque son mauser sur le paisible bonhomme.

— Ils trouveraient un cadavre, et personne pour expliquer ton suicide. Viens par ici, contestataire.

Le canon du pistolet contraint Descaves à faire le tour du comptoir, les yeux exorbités, l'amène jusqu'à l'armoire frigorifique.

— Ouvre la porte !

— Qu'est-ce que vous voulez me faire ?

— Ouvre la porte, je te dis. Et entre.

Tremblant de peur, tremblant de froid, l'Auvergnat s'exécute. Fredericci referme sur lui la lourde porte en un claquement sinistre.

— Le temps de te rafraîchir les idées, ironise-t-il.

Maguy fait main basse sur la recette, quitte la première l'établissement. Lui éteint les rampes de néon, sort à son tour. Ensuite, il n'a rien de plus pressé que d'aller se vanter de son exploit dans les bars alentour. Au dixième pastis, il proclame :

— Moi, les gars, je vous transforme un Auvergnat en Esquimau.

Eh bien, non. Ce n'est pas un iceberg que la femme de ménage découvre le lendemain matin, mais un Descaves claquant des dents. En éteignant les lumières, Fredericci avait, par mégarde, fait basculer l'interrupteur général !

Mathieu Costa aurait dû se méfier, l'autre nuit, quand Fredericci est entré dans le bar L'Autobus 22, puant l'alcool et bafouillant :

— Paraît que tu cherches à doubler ton petit frère, Mathieu ?

Théo, le barman, s'est prudemment retiré dans l'arrière-boutique. D'ailleurs, il allait fermer. Il était tard. L'établissement était vide.

— Qu'est-ce que tu chantes, Jeannot ! Te doubler, mais avec qui ?

— Je sais pas... On m'a dit que tu voulais me doubler. C'est pour ça que je viens. Tu serais sur un coup et tu voudrais pas de moi !

Mathieu, intrigué, réfléchissait très vite : de quel coup cet ivrogne voulait-il parler ? Quand même pas de l'opération d'envergure dont quatre personnes seulement sont informées : don Giuseppe Guidoni, Zorba le Grec, Paulo Leca et lui. Alors ?

— Je ne vois pas ce que tu veux dire.

Tout en prononçant ces mots, Mathieu se demande si ce n'est pas Leca, leur ami commun, qui aurait bavardé. Jeannot le voit souvent, lors de ses déplacements à Marseille. Il lui a parfois servi de chauffeur. Il pilote bien, quand il est à jeun.

D'autorité, Fredericci s'est servi un pastis dont il souffle les effluves dans les narines de Mathieu.

— Donc, tu vois pas de quoi je cause...

Mathieu Costa en a assez. Lui, le souverain, le juge de paix des Corses, se faire bousculer par ce crétin gorgé d'alcool, non !

— Tire-toi, Jeannot. T'es bourré. Ça va mal finir.

Il s'avance, hors de lui... Trop tard. Le couteau de Fredericci a jailli de sa poche. Le cliquetis du cran d'arrêt résonne dans le silence de la salle. Théo se garde de bouger, l'œil rivé à la serrure de la porte de la réserve.

— Tu as entendu, répète Mathieu, fous le camp et vite...

C'est alors que la lame pénètre dans son ventre. Fredericci y a mis toute sa hargne. Mathieu se prend les tripes à deux mains. Le sang gicle. Sans violence, sur un simple ton de reproche, il articule :

— Qu'est-ce que tu as fait, Jeannot ?

Du coup, Fredericci est dégrisé.

Il s'enfuit.

Théo, le barman, entend rugir le moteur de la Talbot, sa récente acquisition. Mathieu s'est affaissé sur un tabouret, une main agrippée au bord du zinc, l'autre crispée sur son ventre.

— Un toubib, Théo... Vite !

C'est Police secours que, dans son affolement, le barman appelle. Cinq minutes plus tard, les flics sont là. Dans le car, un gardien tente d'extorquer à Mathieu, exsangue sur la civière, le nom de son agresseur. En vain. Mathieu, même s'il le pouvait, n'est pas un donneur. Théo, lui, parle. Mais quand les inspecteurs débarquent chez Jeannot le Fou, rue Delambre, ils trouvent porte close.

Le chirurgien est revenu dans la chambre. Il se penche sur Mathieu, tâte le pouls. Le blessé, les yeux fermés, fait mine de dormir.

— Il faut le laisser, maintenant, dit doucement le médecin à Angelo Ceppa. Il est très fatigué.

— Vous croyez qu'il s'en tirera ?

— Il y a un espoir. Dès qu'il aura repris quelques forces, je verrai si je puis tenter une troisième opération. Vous êtes de sa famille ?

Angelo fait un signe affirmatif de la tête.

— De la grande, docteur, murmure-t-il. J'étais venu de Floride pour l'embrasser...

— En ce cas...

Il chuchote quelques mots à l'oreille d'Angelo qui secoue gravement la tête, à plusieurs reprises. Mathieu, les yeux mi-clos, voit ce mouvement. Et dès que le chirurgien est sorti de la chambre, il chuchote un appel :

— ... Gelo...

Angelo Ceppa lâche la poignée de la porte, se rapproche, se penche, colle son oreille aux lèvres du blessé qui, dans un souffle :

— Je crois que j'y suis, dit-il. N'oublie pas Marseille, Paulo... Quant à Jeannot...

Sa main se ferme. L'index, à deux reprises, se détend et se plie. Angelo a compris. Demain, après une dernière visite à Mathieu, il foncera voir Leca. Et s'il trouve Fredericci sur sa route...

5

— Si je comprends bien, les archives n'ont rien donné, Borniche ! Encore du temps de perdu…

Le Gros, bien calé contre le dossier de son fauteuil, allume une cigarette tout en me jaugeant d'un regard peu amène.

— Ce n'est pas qu'elles n'ont rien donné, patron ! C'est que je les ai trouvées sérieusement épurées. Plus de rapports de filatures, plus de relations avec Pierrot le Fou ou Buisson… Ça lui sert d'avoir des relations dans la police !

Le sourcil droit de Vieuchêne prend la forme d'un chapeau chinois.

— Cessez vos devinettes. De qui parlez-vous ?

— De Mathieu Costa. Le palmarès de Fredericci, lui, est intact. Gibier de moindre importance, sans doute. N'empêche que, sur sept interpellations pour chantage et extorsion de fonds, j'ai compté sept classements sans suite. Les plaignants se sont dégonflés. Ça lui réussit d'aller leur porter la bonne parole !

Le Gros expédie un jet de fumée au-dessus de sa lampe de bureau.

— Qu'est-ce que vous entendez encore par là ?

— Moi, rien. C'est Fredericci qui employait cette formule pour contraindre les propriétaires de bars et de boîtes de nuit à lui verser des pourcentages sur leurs recettes. « Je vous apporte la bonne parole », disait-il pour les assurer de sa protection. Si l'on jouait le jeu, l'établissement prospérait, sa tranquillité était garantie. Sinon, la bande de Jeannot saccageait le matériel, chassait les clients, maltraitait les entraîneuses. La boîte était fichue. Il y a bien eu des tentatives de plainte, au début. Mais tout le monde a vite compris qu'il valait mieux composer avec Fredericci que vivre dans la terreur.

— Revenons à Costa. Donc, blanc comme neige ?

Je prends mon temps pour ménager mon effet :

— Pas tout à fait. Quand Roblin s'est rendu compte que le dossier perdait des plumes, chaque fois qu'un fonctionnaire corse, toujours le même d'après les annotations, venait le consulter, il a mis des doubles de côté et pris des photographies de certaines pièces. Il me les a communiquées. Quelques-unes sont susceptibles de nous conduire à Fredericci : Paul Leca à Marseille, Zorba Nicolaos à Genève et Athènes...

Le Gros a un mouvement de recul :

— Parce que vous croyez que je vais vous offrir le tour du monde pour récupérer cet oiseau-là ?

— Non, mais le télégramme parlait de Marseille. Comme Leca vit à Marseille...

La grimace de Vieuchêne n'a rien d'encourageant. Ses joues rosées semblent se gonfler encore :

— Oui, eh bien, à Marseille, il existe une brigade, si vous ne le saviez pas. Les commissaires Truchi et Mattei se débrouillent fort bien, mieux que vous ne sauriez le faire. Conclusion, vous me laissez tomber ça. J'aimerais, en revanche, que vous me parliez de la rue Delambre. Vous y êtes allé, au moins, rue Delambre ?

Une chance ! J'y suis passé, en effet, ce matin. La loge de la concierge est désaffectée. Encore un emploi de moins, une précieuse source d'information tarie... On était en train d'installer un interphone. Des fils multicolores jaillissaient du mur, à l'emplacement de l'ancienne sonnette. Les carreaux de la loge étaient barbouillés au blanc d'Espagne. Spectacle de désolation : des gravats et des sacs de plâtre s'accumulaient dans le couloir et sur les marches de l'escalier.

J'ai grimpé jusqu'au premier : personne. Au second, un roquet s'égosillait. Une rousse à la chevelure de lionne et au regard de feu a entrouvert la porte. Aussi agressive que ses seins, qui pointaient sous un peignoir en éponge à la ceinture à moitié défaite, elle a aboyé :

— Si c'est pour Jeannot, c'est pas la peine de venir m'emmerder. J'en ai soupé des perdreaux !

Vlan ! La porte m'a claqué au nez. La Rousse a continué à m'injurier derrière le panneau. Evidemment, le Quai des Orfèvres m'avait devancé !

La radio hurlait au troisième étage, derrière la porte de droite. J'ai accompagné la musique en martelant le montant où la peinture s'écaillait. En vain. J'ai eu plus de chance avec la porte de gauche. Dès qu'elle s'est entrebâillée, un chat s'est faufilé pour venir enrouler sa queue en panache autour de ma jambe. Avant-garde d'un vétéran de la guerre de 1870, cheveux blancs couronnés d'une calotte noire, main en cornet sur l'oreille, un homme m'est apparu. Il hurlait :

— Si je le connais, le Jeannot ! Cent fois je l'ai signalé au syndicat des locataires, pour tapage nocturne ! Impossible de dormir. A 5 heures du matin, le boucan n'a pas cessé ! C'est comme l'autre, en face. Vous entendez ce raffut ? Dès qu'il part travailler, il fait gueuler sa radio pour flanquer la trouille aux voleurs. Comme s'il avait quelque chose à voler ! Et sa poule, au Jeannot, vous l'avez vue, la Rouquine ? Ce n'est pas un chihuahua qu'elle a, c'est un fauve. Il a failli bouffer Arthur.

Arthur, la queue en point d'interrogation, ronronne entre mes mollets.

Oui, je l'avais bien aperçue, la Rouquine, surtout entendue. Ça ne m'avait servi à rien. J'ai abandonné le vétéran pour un autre terrain de chasse, le pharmacien, au rez-de-chaussée de l'immeuble voisin. Bonne ou mauvaise volonté, il ne connaissait aucun des habitants du quartier. J'ai marché vers le métro. Là, surprise : le vétéran m'attendait, Arthur sur son épaule.

— J'ai oublié de vous dire quelque chose... Le bistrot, là-bas...

Son bras valide me désignait le café qui fait l'angle de la rue d'Odessa.

Le patron de l'établissement est un petit Breton tout maigre et peu bavard, qui surveille d'un œil soupçonneux les serveuses aux jupes plissées, lorsqu'elles encaissent la monnaie. Dans le fond de la salle, sous l'escalier à vis, cinq joueurs de poker se jettent des regards meurtriers.

— Vous avez une cabine, pour téléphoner ?

— Ici, mon pote, on appelle du comptoir, y a rien à cacher. C'est pour où ?

Je lui colle ma plaque de police sous son nez en patate :

— S'il n'y a rien à cacher, je peux peut-être savoir à qui Maguy la Rousse a téléphoné ces jours-ci, non ?

Le commerçant, soucieux de ses intérêts, et le citoyen, respectueux de la loi, luttent dans le crâne étroit du Breton. Impatiemment, je coupe court à la méditation, qui commence à sentir la panique :

— Alors ?

— Ben, je crois que c'est à Marseille. J'ai pas entendu le numéro... C'est discret, un bistrot, forcément...

— Forcément... Mais quand la police recherche un meurtrier, vous savez comment ça s'appelle, la discrétion ? De la non-dénonciation de malfaiteur.

La voix baisse aussitôt de deux tons :

— Hôtel de Noailles..., mais je ne vous ai rien dit, forcément.

— Forcément.

Je regarde Vieuchêne, bien calé sur son siège. Comment va-t-il réagir, quand je vais lui dire où se planque Fredericci, à Marseille ? Va-t-il me faire prendre le premier avion, ou donnera-t-il le tuyau à Truchi ? Il se recale lourdement contre son dossier :

— Vous parliez de Leca, tout à l'heure. Je le connais bien. Un vicieux. Nicolaos, ça ne me dit rien. Mais Paul Leca, ça vaut peut-être le coup de transmettre l'information à Truchi. Allez me chercher son dossier. Au fait, je voulais vous dire, Borniche. J'ai l'impression que vous arrivez de plus en plus tard au service, en ce moment. Aujourd'hui, encore...

— Aujourd'hui, patron, vous m'aviez dit de m'occuper de Fredericci. Je m'en suis occupé. Sa femme l'a appelé à l'hôtel de Noailles, à Marseille. J'allais vous en parler...

6

Dès qu'on s'éloigne du Vieux-Port, quelque peu rafraîchi par la brise de mer, c'est la fournaise. La Canebière suffoque dans les miasmes d'un soleil poussiéreux. Jeannot Fredericci sue dans son costume de lin bleu pâle à fines rayures. Ses pieds souffrent dans les mocassins de toile écrue. Dans sa main gauche, un mouchoir de soie éponge le front brûlant, humide. La main droite, elle, serre la crosse du pistolet, au fond de la poche.

Les amis de Mathieu Costa le cherchent. Les flics aussi. Les journaux ont étalé son nom sur trois colonnes. Aussi ses yeux parcourent-ils le terrain comme des radars, derrière le verre teinté des lunettes. Tout à l'heure, lorsqu'il est sorti de l'hôtel de Noailles — dont il est un client fidèle, dès qu'il descend à Marseille —, il s'est rendu compte que le comportement du concierge et du chasseur n'était plus le même. Il importe de quitter le continent d'urgence. Jeannot Fredericci s'est organisé. Ce soir, muni de faux papiers, il voguera vers la Corse. Dans le maquis familier, il attendra la suite des événements.

Elle lui coûte cher, sa folie d'un soir ! S'il avait moins forcé sur le pastis, cette nuit de juillet, il n'en serait pas là. Le coup de fil de Maguy, au moment où il allait quitter le Noailles, n'est pas fait pour le rassurer. La brigade criminelle a perquisitionné sa planque de la rue Delambre, laissé une convocation urgente « pour affaire le concernant ».

— C'étaient bien des poulets, au moins ?

— Tu parles. Rien qu'à leurs tronches ! J'ai vu aussi leurs cartes. Ils ont tout retourné dans la baraque...

— Et Mathieu ?

— Les toubibs ne se prononcent toujours pas.

Jeannot marche plus vite, sans cesser de regarder autour de lui. L'armée lui aura au moins appris cette progression méfiante. Pour le moment, rien de suspect. Des touristes, le Canon en pendentif, foncent vers le pont d'embarquement du château d'If. Sur un banc des allées Gambetta, deux vieillards à casquette de marin évoquent sans doute leurs traversées jusqu'aux lointaines colonies. Un clochard, serrant entre ses jambes un litre de rouge fort entamé, somnole au bas des marches de l'église Saint-Vincent-de-Paul.

Dans la rue Thiers, Fredericci redouble de vigilance. C'est plus inquiétant que la Canebière. Il s'y faufile, rasant les vitrines, prêt à s'engouffrer dans le pensionnat du Sacré-Cœur à la moindre alerte. Il l'avait déjà repéré, ce sacré pensionnat, au temps où il était jeune homme. Le porche franchi, on gagne la cour intérieure qu'un muret sépare du boulevard Barthélemy, parallèle à la rue Thiers, sur l'arrière.

Fredericci marque un temps d'arrêt. Son regard-radar fait le point de la situation. Il n'est pas suivi. Il reprend sa marche, découvre la place Jean-Jaurès. C'est là qu'il a rendez-vous.

L'étroite façade du bar des Amis a été récemment repeinte en vert, la couleur favorite de Jeannot, sa couleur fétiche, qu'il a choisie pour sa Talbot Lago, abandonnée avec regret, hier soir, portières fermées, à la Pointe-Rouge. Paulo en prendra soin, la planquera dans son garage discret de Montredon, en attendant des jours meilleurs.

Bien sûr, il lui rendra ce service, mais il est plutôt furieux, Paulo Leca ! Fredericci s'en est rendu compte, lorsqu'il lui a téléphoné de la poste Colbert. De la cabine d'angle où il s'était glissé, contre le support métallique des Bottin, il contrôlait l'entrée principale, et l'entrée secondaire, du côté des boîtes postales.

— Bravo ! Tu as fait du beau travail...

— Un coup malheureux, Paulo...

— Malheureux, malheureux...

Paulo a repris, après un silence :

— Malheureux pour Mathieu, oui ! Tu sais où il en est, Mathieu ?

— Je sais...

— Mourant, mon vieux ! Question de jours, d'heures peut-être ! J'ai l'air malin, moi qui voulais te faire travailler. Surtout qu'il n'a jamais fait de mal à une mouche, Mathieu. Et c'est à lui que tu t'en prends... 3 heures, aux Amis, ça te va ?

En quittant la cabine aussi discrètement qu'il y était entré, Fredericci ressentait un étrange malaise. Il était à la fois rassuré et inquiet. Rassuré parce que Paulo Leca, tout furieux qu'il était, lui fournirait de faux papiers et une planque dans son village corse, Valle-di-Mezzana, entre les prairies et les vignes, tout près d'Ajaccio et des calanques de Chiuvoni, ouvertes dans le roc qui surplombe le ravin au fond duquel coule la rivière. Il se débrouille bien à la préfecture, Paulo, question cartes d'identité et passeports. Il en a des tas en réserve. Il suffit de les remplir pour faire le tour du monde, dans un fauteuil.

La place Jean-Jaurès est déserte, ce lundi. Les forains ont plié bagage. Là encore, Jeannot Fredericci se sent à la fois rassuré et inquiet. Il peut avoir l'œil sur chaque promeneur, mais un passant isolé représente parfois une plus grande menace qu'une foule.

Le soleil projette sur le macadam les ombres géantes des marronniers. Dans le ciel d'un bleu intense, un avion glisse vers Marignane, abandonnant, telle une bave d'escargot, une traînée de kérosène brûlé.

Fredericci a horreur de l'avion. Il préfère gagner la Corse en bateau.

Ce qui le préoccupe, dans le moment présent, ce n'est pas de savoir si Mathieu Costa va s'en sortir. A vrai dire, au point où il en est, il vaudrait mieux qu'il disparaisse. S'il ne reste plus contre Jeannot que le témoignage de ce froussard de barman, il le fera vite se rétracter et les flics n'auront qu'à s'écraser. Quant aux vieux de la vieille, la génération de Mathieu, ils ne bougeront pas : il leur en a tellement fait voir, Costa, pour se tailler son empire ! Il n'a pas que des amis ! C'est de la jeune garde qu'il faudra se méfier, ces jeunes loups qui s'agglutinaient dans ses boîtes pour solliciter aide et protection. Ce sont eux qu'il faut repérer, si possible anéantir.

Fredericci s'avance, à découvert, au milieu de la place. Le bar des Amis est un bistrot tout simple. Une moustiquaire de perles de bois fait office de porte. Sur une plaque émaillée s'étale la mine réjouie d'un buveur d'anisette. La grosse voiture de Paulo n'est pas encore là.

Le mauser est à demi sorti de sa poche quand Jeannot écarte les baguettes d'osier qui cliquettent, retombent derrière lui avec un claquement de castagnettes.

La salle est vide.

Derrière le comptoir, un crâne chauve, bosselé comme une vieille marmite, dépasse du journal *le Provençal* tenu à bout de bras.

— Un petit, avec beaucoup d'eau, demande Fredericci.

Le pastis, à Marseille, est bien meilleur qu'à Paris. Certains disent que c'est une question d'eau, plus calcaire dans la capitale. Les poètes prétendent que c'est le soleil du Midi qui change le goût, exalte le parfum. Le chauve dépose sur le comptoir *le Provençal* ouvert à la page des sports, retourne la bouteille de pastis avec une dextérité qui révèle un long entraînement, déverse dans le verre le contenu de la bulle du goulot, fait glisser jusqu'à Fredericci le pot d'eau glacée. Une giclée, et l'alcool vire au vert. Toujours le vert !

La grande aiguille de la pendule murale, cadeau de l'apéritif Saint-Raphaël, hésite entre 3 heures moins 2 et 3 heures. Une fois de plus, le pastis sera fatal à Jeannot Fredericci. Pour saisir le verre, il sort de sa poche la main qui caressait le pistolet. Portant le verre à ses lèvres, humant l'anis, il néglige d'observer la glace, derrière le zinc. Il ne voit pas le tube, museau noir qui se glisse, silencieux, entre les perles de bois de la moustiquaire, à l'entrée.

De toute façon, aurait-il eu le temps de se jeter à plat ventre ?

Une flamme, suivie d'un claquement qui viole le silence du café. Le chauve, lui, a déjà disparu derrière le comptoir. Mais ce n'était pas lui que visait l'inconnu qui, tranquillement, appuie une deuxième fois sur la détente.

La première balle atteint Fredericci à la nuque. Elle ressort par l'œil gauche, faisant éclater le verre sombre des lunettes. La bouteille d'anis explose. La deuxième balle frappe le dos, au niveau du cœur, au moment où Jeannot s'affaisse. Une auréole rouge se dessine sur le bleu pâle du costume. Fredericci tournoie, s'effondre, le visage ruisselant de sang, dans le fracas du tabouret qu'il entraîne dans sa chute.

Le personnage qui vient de tirer apparaît entre les

verticales de la moustiquaire qu'il écarte. Il s'avance, chevauche le corps inerte. A bout portant, il tire une troisième fois. Du pied, il retourne la tête de Jeannot, crache sur le visage noyé de sang.

Autour de Fredericci s'étale la flaque visqueuse.

Quand le cafetier chauve se risque à regarder par-dessous les pieds de la caisse, les baguettes d'osier se sont refermées sur le vengeur, parti aussi silencieusement qu'il était venu... Le bistrotier n'a pu apercevoir que les talons d'une splendide paire de chaussures en crocodile noir, ornées de boucles jaunes.

7

Zorba Nicolaos possède l'une des plus luxueuses villas construites au bord du lac Léman. L'architecte Théodose s'est surpassé. La façade blanche, la terrasse aux dalles de porphyre, coiffée d'un vélum géant aux rayures or et rouges, évoquent des demeures de rêve des grands du cinéma, à Los Angeles. Zorba n'est ni producteur, ni metteur en scène, mais armateur. Ce qui ne l'empêche pas de fumer d'énormes cigares dans la plus pure tradition hollywoodienne. Les volutes de son Davidoff montent vers le vélum.

— J'ai réfléchi, dit Leslie Norton, assis devant Zorba, dans une vaste chaise longue. Ma réponse est non. Mon honneur d'officier…

Il guette la réponse de son hôte, lit la dureté du regard.

— Si vous en êtes encore à l'honneur, n'en parlons plus, coupe Zorba sèchement, comme ennuyé. Pour moi, il y a longtemps que ce truc-là est périmé. Vous avez pris votre décision, soit. Mais comment, dans ces conditions, allez-vous vous libérer de votre dette à mon égard ?

Leslie Norton, perplexe, regarde les pelouses de L'Attique, débordantes de fleurs, qui descendent en pente douce vers le lac. L'Attique ! Zorba a donné à sa résidence le nom de sa province natale. Quelle revanche pour ce marin miséreux qui logeait dans un taudis du Pirée ! Il l'a méritée sa fortune ! Coriace en affaires, impitoyable même, il s'est hissé au niveau de ses prestigieux concurrents, les Onassis, les Niarchos, les Goulandris. A quarante-six ans, il s'est imposé comme l'un des maîtres du *shipping* grec. Un monde très particulier, où les bâtiments les plus sophistiqués côtoient des cargos vétustes, cauchemar des compagnies d'assurances.

Zorba Nicolaos est l'un de ces bizarres mélanges levantins de la fin du XIXe siècle. Né au Pirée, d'un père athénien et d'une mère colombienne, il doit visiblement à l'un son sens des affaires, à l'autre la couleur mate de la peau. Il a connu des temps difficiles. Son père, Eghiste, ne risquait pas de faire fortune en déchargeant les sacs de charbon dans le port d'Héraclès. Sa femme, Zoumira, réussissait le tour de force d'élever ses sept enfants et de confectionner des filets pour les patrons pêcheurs du Tourcolimano. Elle était loin de se douter que Zorba, son petit dernier, serait un jour l'un des grands génies de la flotte grecque, capable de conquérir le monopole des transports vers l'Amérique centrale.

La flotte du nabot au nez bombé, aux cheveux grisonnants et rares, navigue sous différents pavillons de complaisance. Cela lui permet d'échapper aux règlements internationaux, toujours agaçants et onéreux. Les bureaux de ses sociétés s'étalent dans les quartiers d'affaires de New York, Istanbul, Panama et Barranquilla, en Colombie. Sa fortune est considérable. Une partie de l'argent gagné dans la vente de cargaisons illicites a été investie dans ses résidences cossues de Genève, de Cannes et de Vouliagmeni enfin, au milieu des pins, dans un des sites les plus grandioses de la Grèce, aux environs d'Athènes.

Les yeux perdus dans les volutes de fumée de son cigare, Zorba le Grec poursuit :

— Rassurez-vous, je ne vais pas vous mettre le couteau sur la gorge, colonel. Je sais que 3 millions, pour vous, c'est une somme, et qu'à moins d'un fabuleux banco... Quoiqu'elle n'ait pas l'air de vous sourire beaucoup, la chance, en ce moment ! Vous vous souvenez de ce que je vous disais en Indochine, il y a quelques années ? « La plus sûre façon de bien jouer, c'est de savoir s'arrêter. » Vous ne m'avez pas écouté. Vous pourriez donc me rembourser combien pour commencer ? Et quand ?

Les propos mielleux déconcertent l'homme d'action qu'est le colonel Norton.

— Je ne sais pas... Trois mois, si vous voulez bien. Deux, peut-être...

Zorba semble ne pas enregistrer la réponse. Il suit des yeux un puissant chris-craft blanc qui file vers Genève à toute vitesse, sa proue immaculée dressée, laissant derrière lui un sillage argenté.

— La proposition que je vous ai faite vaut dix fois plus que vos 3 misérables millions, dit-il enfin. Vous ne l'acceptez pas, tant pis. Vos scrupules vous honorent, mais je ne les comprends pas. Pour gagner de l'argent, mon cher, il faut savoir se salir les mains. Tout le monde le sait...

Il pose son cigare sur la soucoupe de marbre, près de la bouteille de Hennessy. Fait tournoyer son verre à la hauteur de ses yeux, admire les reflets mordorés du cognac dans le soleil.

— Je me les suis bien salies, les mains, pour arriver où je suis. Chez moi, on dit que c'est l'argent qui gouverne la vie, non la sagesse. Vous êtes devenu trop sage, Norton, je ne vous reconnais plus. Dommage !

— Je vous répète que mon honneur d'officier...

Zorba repose son verre, après avoir humecté ses lèvres. Il rit. Un petit rire de gorge.

— Mais oui, colonel ! Seulement, l'honneur sans le profit, c'est de la blague. Regardez autour de vous. Où croyez-vous qu'ils le placent leur honneur, les banquiers, même ceux du Vatican, les généraux, les hommes politiques ? Dans leur coffre, tout simplement. Leur honneur, c'est le fric. Et ils n'ont pas tort. Ils en amassent le plus possible avant que d'autres chacals leur soufflent la place. C'est humain. La vie est trop courte pour ne pas en profiter. Je vais vous dire : vos grands sentiments, je les flanque à la poubelle. Cent fois vous avez failli vous faire trouer la peau en Indochine. Un miracle que vous soyez là ! Et ça vous a rapporté quoi ? Une indemnité confortable ? Pas du tout. Des médailles ? Ça oui, des médailles. Vous en avez jusqu'au bas-ventre. Forcément, ça ne leur coûte rien, les médailles. J'oubliais : une pension minable d'invalidité pour blessures reçues en service commandé. Pendant que vos légionnaires se faisaient descendre comme des lapins dans la jungle, vous savez ce qu'ils faisaient, vos gouvernants ? Du fric, mon cher. Ils s'en mettaient plein les poches en achetant des piastres à 5 francs et en les revendant 17 à Paris. C'est ça que vous appelez l'honneur ?

Le colonel Norton n'a rien à répondre. Il se souvient. Au début de mars 1945, l'Indochine, c'est l'enfer. Les Japonais, surgis de la brousse, se ruent à l'assaut des villes, installent mortiers et mitrailleuses. Saigon, Huê sont à feu et à sang. A Lang Son, verrou de la porte de Chine, ils n'attaquent pas. Ils emploient un autre stratagème. Ils vont endormir la méfiance des Français. L'administrateur Auphelle, le général Lemonnier et le colonel Robert sont conviés à déjeuner. A peine sont-ils à table que dix mille Nippons, sortis d'on ne sait où, se ruent sur les positions françaises. L'artillerie tonne. Les corps à corps sauvages, sur les fortins, dans les casemates, font des ravages. Les Français se battent à un contre six. Une grenade explose devant Norton, lui pulvérise trois doigts de la main gauche. De l'autre côté, les Japs tentent de faire signer un ordre de reddition à Auphelle, Lemonnier, Robert. Devant leur refus, ils les font s'agenouiller, les décapitent au sabre.

Norton est de toutes les attaques et contre-attaques. Les Japonais se montrent d'une cruauté inouïe. Aucun prisonnier, c'est leur mot d'ordre. Ils les alignent au pied des fortins, les fauchent à hauteur des genoux par des rafales de mitrailleuse, les décapitent, enfin. C'est un massacre. Révolté, impuissant, Norton rassemble le reste de ses troupes, se réfugie dans la jungle, après un baroud d'honneur contre un ennemi plus nombreux et mieux armé. Un galon supplémentaire, une citation à l'ordre de la Nation. Le héros devait s'estimer récompensé !

Le chris-craft n'est plus qu'un petit point dans l'immensité du lac Léman. Zorba Nicolaos reporte son regard sur Norton, qui ne baisse pas les yeux. Tant de sacrifices pour se retrouver mutilé, mis à l'écart de l'armée, obligé de rechercher un emploi modeste. Heureusement, les services secrets américains sont là. Ils connaissent la valeur de ce quinquagénaire au teint rubicond, au flegme très britannique, qui parle aussi bien le russe que l'anglais. Ils lui font une proposition. C'est ainsi que Leslie Norton devient leur « honorable correspondant » auxiliaire, apte à s'infiltrer dans tous les milieux. Hélas ! il a deux passions : le jeu et les femmes. Dangereux, pour un agent secret !

Zorba Nicolaos le sait parfaitement. Il rompt le silence qu'il a, un moment, respecté.

— Alors ?

— Vous me mettez dans l'embarras, dit Norton.

— Et moi, je vous répète que je ne vous comprends pas. L'opération est sans risques, vous le savez. Pour vous comme pour moi. Vous avez la possibilité de ramasser le gros paquet, d'éponger toutes vos dettes. Car je ne me fais pas d'illusions. Pour me rembourser, il faudra bien que vous empruntiez de l'argent ailleurs. Et par les temps qui courent... Croyez-moi, il ne viendra jamais à l'idée de quiconque de vous soupçonner. D'ailleurs, vous êtes insoupçonnable !

— C'est du chantage, dit Norton.

Zorba Nicolaos se lève d'un bond de sa chaise longue.

— Je vous en prie, pas de grands mots. Que vous me parliez d'honneur, passe encore. Mais vous paraissez oublier que vous m'avez signé une reconnaissance de dette et un chèque sans provision pour compenser votre emprunt de jeu. Vous croyez que la CIA apprécierait ? Et que dirait son grand patron s'il apprenait qu'un de ses agents a été mêlé à un trafic de drogue à Saigon ? Ils n'aiment pas ça, la drogue, les Ricains. Et qu'il n'a dû son salut qu'à l'intervention du brave Zorba auprès des autorités pourries de la ville ? Allons, Norton, je ne vous demande pas grand-chose. La date et l'heure où le prince partira sans escorte de Cannes, rien de plus. C'est un jeu, pour un homme de votre classe, de tirer les vers du nez d'un domestique, puisque vous êtes introduit à la villa. Rassurez-vous, on ne lui fera aucun mal, au prince. Il passera quelques jours au soleil, sur un yacht, en excellente compagnie et en attendant que son gros papa ait réuni le montant de la rançon. Une goutte d'eau dans le lac, pour lui. Après, il n'aura plus qu'à vendre le récit de son aventure aux journalistes pour rembourser son père. Ça alimentera la presse du cœur. Je vois d'ici le titre : *Une nouvelle et tendre idylle s'est ébauchée entre la star atomique Rita Hayworth et son prince charmant au large des côtes de France.* Car Rita sera aussi du voyage. Le public aime ce genre d'aventures, non ?

Zorba Nicolaos se rassied, vide d'un coup son verre de cognac.

— Vous voyez, c'est enfantin, colonel. Date et heure de départ, c'est tout. Le reste, je m'en occupe.

8

Robert Mattei a tout pour lui. C'est bien le flic le plus séduisant et le plus efficace de la brigade mobile de Marseille. Il n'a que trente-trois ans, mais son tableau de chasse est déjà impressionnant. Il voulait être avocat. Le sordide assassinat de deux enfants l'a décidé à entrer dans la police. Il est devenu commissaire sur titres. Il s'est tout de suite passionné pour ce métier où le temps, la patience, la méthode, la persévérance sont les conditions de la réussite. Ces qualités, Mattei les possède toutes. Il a de la chance, aussi, ce qui est primordial. Aussi se distingue-t-il à la P.J. de Marseille, dont la compétence s'étend sur les départements des Bouches-du-Rhône, des Basses-Alpes, du Var, des Alpes-Maritimes et sur la Corse.

Minutieux de nature, Mattei s'est rendu compte que le fastidieux travail de routine était toujours payant. Au début de chaque enquête, il ne néglige pas de consulter les archives régionales puis nationales, les fichiers de la gendarmerie ou de la douane. Les hommes de son groupe, à qui il prodigue ses conseils et distribue ses renseignements, le vénèrent. Il a l'art d'interroger un témoin, de faire avouer le coupable, de lire entre les lignes d'un procès-verbal. De plus, il a su aussi se constituer un redoutable réseau d'indicateurs. Enfin, il ne manque jamais d'utiliser la presse comme moyen d'information : les journalistes aident les flics en révélant des détails qui provoquent des témoignages. Le seul reproche que l'on pourrait lui faire, c'est qu'il est excessivement jaloux de ses prérogatives : il ne supporte pas qu'un autre policier, fût-il de son service, vienne fourrer son nez dans une enquête que son chef, Jean Truchi, lui a confiée. A plus forte raison un envoyé de la Direction des services de P.J. ou du Quai des Orfèvres ! Et, sous des dehors sympathiques, il voue une rancune tenace à tout individu qu'il a contacté pour obtenir des tuyaux mais qui se refuse à devenir son informateur.

En cet après-midi du 1er août, les vitraux de la cathédrale projettent des reflets de soleil sur les murs sombres de son bureau de l'Evêché [1]. Mattei lève la tête vers Truchi, son aîné de six ans.

— Avoue que ce n'est pas de chance, dit-il, je commence à peine à m'occuper de l'agression du casino d'Aix, et voilà qu'il me faut foncer sur Fredericci !

Il soupire, se concentre un instant, passe dans les boucles de son épaisse chevelure noire une main aux longs doigts manucurés.

— Tu ne peux pas coller ça à Constant ou à Sébeille ? poursuit-il. Ils étaient là il n'y a pas cinq minutes...

Le commissaire Truchi consulte sa montre, a un geste fataliste :

— Il y a cinq minutes, oui. Maintenant, ils sont partis. Riols et Pivot sont occupés. Les autres sont en congé. Je n'ai plus personne sous la main. Tu fais juste un saut au bar des Amis, histoire de montrer à Paris que nous sommes sur l'affaire, et, les constatations terminées, tu prends la route d'Aix. Le macchabée ne risque pas de s'envoler du frigo de la morgue.

La ruse du commissaire Truchi vaut bien l'intelligence

1. Locaux de la Sûreté et de la brigade mobile de Marseille.

de Mattei. Lui aussi est un bon flic, et il le sait. Il est plus petit que son adjoint, mince, gouailleur. Comme lui, il collectionne les réussites. Très brun, le regard vif, il plaît par son visage ouvert, que sillonnent deux rides de chaque côté du nez. D'une élégance discrète, il affectionne les costumes légers, gris ou bleu clair, et les chemisettes. Il est ponctuel comme une traite, tenace comme le chiendent. A la brigade, chacun s'accorde à dire qu'il connaît son métier. C'est un chasseur. Il flaire, il lève, il fonce. Comme Mattei, il proclame qu'un bon indic vaut dix policiers. Alors il ferme les yeux sur certains délits, sur certains trafics. L'ordre social y trouve son compte. Il sait que pour l'affaire Fredericci, Mattei va faire du bon travail. A Paris, même si l'assassin n'est pas arrêté dans les jours qui suivent, la Direction de la Sûreté appréciera la qualité des informations recueillies.

— Le mois d'août commence bien ! soupire Mattei. Qu'est-ce qui va encore nous tomber sur le poil, dans les jours qui suivent ?

Truchi quitte le bureau. Mattei repousse sa chaise, réfléchit quelques secondes, contourne la table. De sa démarche souple, il gagne la salle des inspecteurs, de l'autre côté du couloir, pousse la porte.

— Guastalla, Azam, en route !

L'inspecteur Guastalla se gratte la tête :

— On sera rentrés ce soir, patron ? Un parent de ma femme doit venir dîner. Aix, ce n'est pas si loin...

— Pour le moment, Aix, c'est râpé. On a Fredericci au menu. Vous savez, Jeannot le Fou, le copain de Costa et de Leca. Il vient de se faire dessouder !

Rita Hayworth est superbe dans une de ses robes légères que Jean-Louis, son couturier français préféré, dessine spécialement pour elle. Son corps de statue semble nu, sans indécence pourtant. Le prince Ali lui jette des coups d'œil admiratifs, tout en conduisant la Lancia à vive allure dans les virages du chemin de Vallauris. Rita, elle, le visage offert au vent par la vitre ouverte, rêve en contemplant la baie de Cannes.

Huit années plus tôt, elle était la vamp la plus douée de sa génération. Elle avait crevé le firmament des stars, ravi le vedettariat à Fred Astaire qui payait ainsi sa rupture d'avec sa partenaire Ginger Rogers. En elle, la Columbia Films tenait une étoile que la nature a dotée d'un grand talent et d'une rare beauté. Sa consécration était pourtant le fruit de mois et de mois de travail, de sacrifices. L'éternelle débutante, comédienne assurée, danseuse confirmée, devenait l'idole d'une Amérique éblouie, puis du monde.

Le prince Ali khan comprend mal que le symbole sexuel qu'il a épousé veuille renoncer aux écrans en technicolor pour être une femme comme une autre. Il a tenté de la convaincre pendant le périple du yacht *La Zaca.* La croisière s'est achevée sans que se soit, pour autant, dissipé le malentendu.

En choisissant son prince charmant, Rita imaginait une vie calme, loin du tapage de Hollywood. Elle aménagerait sa maison, y vivrait sans se soucier de ses robes ni de ses coiffures, élèverait ses enfants, en bonne mère de famille. Ali, qui n'avait d'yeux que pour l'image et la célébrité de la grande vedette, s'était rendu compte que Rita était, au fond, une femme tranquille.

Errol Flynn, leur confident et ami, les avait invités sur *La Zaca,* sorte de bateau corsaire, à la coque peinte en noir. C'était chaque jour la fête. Les starlettes, fascinées par la splendide et célèbre Rita, étaient belles. Rita boudait la vie à bord. Elle s'était enfermée dans sa cabine. Mélancolique, elle se grisait de disques de flamenco.

La Lancia aborde le dernier lacet qui grimpe vers le

château de l'Horizon. Elle revoit sa première rencontre avec le prince, alors qu'elle venait de divorcer d'Orson Welles. Tout avait commencé quand Elsa Maxwell, la redoutable commère de Hollywood, l'avait croisée dans le hall du Carlton :

— J'organise une soirée au casino. Venez, chère Rita, ça vous changera les idées...

— Orson est aussi à Cannes. Nous sommes restés bons amis. Ça alimenterait peut-être votre rubrique de potins, si on nous voyait ensemble, non ?

— Excellente idée... Mais alors, arrivez un peu en retard pour créer la surprise, comme les vedettes que vous êtes !

Ali, le prince des nuits de Londres, de Paris et de la Côte, cherchait parmi les femmes brillantes de la soirée d'Elsa Maxwell la perle rare, digne de sa réputation de séducteur. Derrière sa coupe de champagne, il couvait des yeux la belle Mme O'Connor, lancée dans une interminable conversation avec le colonel Norton, un des héros de la guerre d'Indochine. Il attendait l'armistice avec impatience, lorsque Rita Hayworth avait fait une entrée spectaculaire au bras de son ex-mari. Bien sûr, Elsa Maxwell s'était précipitée vers le couple en renom :

— Je vous ai séparés, comme il se doit, pour le dîner. Vous, Rita, vous serez à la droite d'un prince authentique, qui rêve de vous depuis qu'il vous a vue dans *Arènes sanglantes*.

— Heureusement qu'elle a tourné autre chose depuis, avait ironisé Orson Welles, avant d'abandonner les deux femmes pour le bar, tandis qu'Elsa Maxwell poursuivait :

— C'est une chance que je vous offre, très chère. Le prince Ali est le fils de l'agha khan, le chef religieux des ismaéliens, un homme immensément riche, à qui ses fidèles, pour chacun de ses anniversaires, offrent son poids en or et en diamants. Et il est très gros... Ali lui succédera. Regardez-le, là-bas, il ne vous quitte pas des yeux.

Rita se rappelle cette scène, tandis qu'Ali, sans dire un mot, pilote la Lancia dans les avenues qui surplombent Vallauris et où se mêlent des terrains boisés et des propriétés somptueuses, noyées dans les plantes rares et les arbres fleuris. Il suit le chemin des Collines, vire à gauche, s'engage dans l'avenue Victoria. La vue sur la baie de Cannes, de la pointe de la Croisette aux vertes hauteurs de Théoule, est imprenable. Dans le port, le blanc des voiles et des coques des cabin-cruisers, tranche sur le bleu de la mer.

— Nous ne rentrons pas au château ? s'étonne Rita.

— Tout à l'heure. Je passe d'abord à Yakimour saluer mon père et la bégum.

Rita reprend le fil de ses souvenirs.

Ali l'a séduite, en effet, ce soir-là. Elsa Maxwell avait réussi son coup. Charmeur, le prince a évoqué sa jeunesse d'enfant solitaire, dans les jardins de la très florentine villa Terpsichore, accrochée au flanc de la colline de Cimiez, à Nice. Ou, chevauchant dans la lande anglaise, la jument de son précepteur, lord Waddington, traversant au galop les villages coiffés de tuile rouge. Aux yeux de Rita, il était tour à tour le garçon profondément traumatisé par la mort de sa mère, la belle Teresa Magliano, étoile du ballet Diaghilev ; le héros des services secrets britanniques ; le prince des nomades, parcourant la Perse avec son escorte de cavaliers ismaéliens, le diplomate itinérant...

La presse à sensation a hurlé de joie le jour où Ali, veston croisé noir et pantalon rayé, est apparu sur les marches de la mairie de Vallauris au bras de la féerique Rita, en robe et capeline bleu pâle. Ils ont quitté la mairie sous les ovations pour la réception au château de l'Horizon, dans une Cadillac blanche décapotable entourée de motards, et suivie par la Rolls de l'agha khan et de la bégum. Des fidèles attendaient les époux sur la terrasse du château, dominant la mer. Ils s'agenouillaient devant Rita, lui baisaient les mains, lui remettaient des cadeaux somptueux.

Un coup d'avertisseur impératif devant la villa Yakimour : le gardien se précipite, ouvre les deux battants de la grille, la referme aussitôt que la Lancia commence à gravir l'allée circulaire pour s'arrêter devant le perron.

9

Flora de Sienne est l'une des plus superbes créatures qu'il m'ait été donné de voir, au hasard des rencontres que provoque mon métier de flic. Ses hanches se balancent avec souplesse, sans un soupçon de vulgarité. Elle glisse sur le dallage de marbre comme une apparition sortie tout droit d'un rêve érotique. La sensualité de sa démarche fait taire les conversations. On ne regarde qu'elle. Des bas très fins, couleur chair, soulignent le galbe de ses jambes interminables. Sous la frange de cheveux noirs, les sourcils, savamment dessinés, abritent d'étranges yeux aux reflets violets.

Je fais un pas de côté pour échapper aux épaules massives du chasseur, qui me cachaient ce spectacle à ne pas manquer, ce *one woman show* dans le hall du palace.

C'est Vincent, le collègue de la brigade mondaine, chargé de la prostitution clandestine, qui m'avait mis sur le coup.

— C'est une indépendante. Elle gagnerait des fortunes chez Mme Claude ou chez Billy. Tu verras, une pépée du tonnerre. Son jules est à la Santé pour quelques mois. Si tu sais faire jouer la corde sensible…

— Qui c'est, son jules ?

— Pozzo, un mec qui connaît bien le Milieu. Flora est une copine de Maguy la Rousse.

Le concierge guide Flora vers les glaces de la double porte qui s'ouvre sur l'avenue George-V. La pute de premier choix a remarqué que je la dévisageais. L'employé galonné aussi. Il lui chuchote quelques mots à l'oreille, histoire de la prévenir. Elle me regarde avec un certain intérêt. Je devine ce qu'elle pense : « Qu'est-ce qu'il me veut, ce flic, avec sa drôle de veste pied-de-poule, ses poches aux genoux et ses semelles de crêpe par une chaleur pareille ? »

Ce que je lui veux, elle ne peut le deviner. Ce n'est pas pour ses jambes à la Marlène Dietrich que je me retrouve dans cet établissement de catégorie exceptionnelle, où les flics ne mettent les pieds que pour contrôler, de temps à autre, les mouvements de la clientèle. Le Gros est si furieux qu'il m'a presque accusé d'être responsable de l'assassinat de Fredericci :

— Si vous aviez foncé à Marseille comme je supposais que vous le feriez, nous n'en serions pas là ! Maintenant, ce n'est plus Fredericci qu'il me faut, c'est son assassin. Il faut le faire parler. Débrouillez-vous.

L'ami Vincent était le mieux placé pour me donner des tuyaux sur Maguy la Rousse. Le couloir de la mondaine, au deuxième étage du Quai des Orfèvres, offrait un spectacle de désolation. Les prostituées raflées la veille avaient passé la nuit sur les bancs, serrées les unes contre les autres. Des mégots, des restes de sandwiches, des pelures de bananes et des peaux de saucisson jonchaient le parquet rugueux et inégal. Des latrines à la turque émanaient des odeurs d'urine et de fards de mauvaise qualité.

— Elle n'est pas plus comtesse florentine que moi ambassadeur au Vatican, la Flora ! Tu parles, elle est de Plan-de-Cuques, près de Marseille. Elle est même d'une très bonne famille. Son frère est en passe de devenir lieutenant-colonel. Mais quand on a le vice dans la peau...

— Et elle habite ?

— Neuilly, boulevard Maillot, face au Bois. Tu verras, sur l'interphone, cinquième bouton à gauche : Fabienne Bocharasse. Flora, c'est son nom de guerre.

Les yeux violets de Flora s'assombrissent lorsque je la rattrape, sur le seuil de l'hôtel. Son visage a changé. C'est rapide, c'est fugitif, mais elle est inquiète, c'est visible.

Le gant blanc du portier succède à la main tendue du maître d'hôtel. Le voiturier avance, en une silencieuse glissade, le coupé Jaguar gris métallisé dans la contre-allée. Il ouvre la portière gauche, s'incline. Lui aussi tend la main pour la rituelle souveraine. Il referme la lourde porte, qui ne claque pas mais s'emboîte avec un discret chuintement. Il s'incline à nouveau. A son volant, dès qu'elle a posé ses précieuses fesses sur le siège de cuir bordeaux, la pseudo-comtesse est chez elle. Elle se sent protégée. Un tour de clé et le moteur vrombit.

— Vous permettez ?

D'autorité, j'ai ouvert la portière de droite. Je m'incruste confortablement à côté de la Divine. Ça me change des éternels ressorts de la voiture de Crocbois, le chauffeur du service.

— Police, dis-je en refermant la portière. J'ai quelques mots à vous dire…

La main s'immobilise sur le levier des vitesses. Les yeux s'élargissent.

— A quel sujet ?

— Ça va venir. Avancez, je vous prie. Il vaut mieux dégager la piste.

Sous mon nez, à quarante centimètres à peine, le soutien-gorge ne cache pas grand-chose. J'ai toujours été sensible à la beauté des seins, fermes et ronds. J'avale ma salive, énervé, troublé. J'évalue en connaisseur les globes qui tendent le tissu léger. Je me sentirais d'humeur printanière si, en toile de fond, il n'y avait pas les grognements de Vieuchêne. Et puis, Flora est une pute, ne l'oublions pas. Le travail avant tout.

La Jaguar roule dans la contre-allée. Je cherche l'angle d'attaque. Elle, je le devine, la riposte. Je demeure quelques secondes sans rien dire. Enfin, alors que nous coupons, au ralenti, l'avenue Pierre-Ier-de-Serbie, je me décide :

— Vous devriez vous en douter, du sujet...

La phrase est stupide, je le sais. Mais nous, les flics, nous l'employons souvent. Même quand nous ne savons rien, nous donnons ainsi l'impression à l'adversaire qu'il n'a pas intérêt à dissimuler ce que nous cherchons à savoir !

— Si c'est pour une question de racolage, vous faites fausse route. J'ai des clients attitrés, c'est tout. C'est mon droit, non ?

— Absolument. Mais pourquoi ne les recevez-vous pas à domicile ? C'est bien, Neuilly !

Elle fronce le sourcil, se range entre deux voitures, sur la chaussée. J'admire sa maîtrise. Manœuvre de classe. Si c'est comme ça avec les hommes ! Elle arrête le moteur.

— C'est pour Prosper, alors ?

— Prosper ?

— Pozzo, mon ami. Il a fait quelque chose ?

Je fais un signe négatif de la tête.

— Ce n'est ni pour racolage, ni pour Prosper. C'est pour Maguy.

Elle a un geste d'étonnement.

— Je n'ai rien à faire avec Maguy, moi !

Elle n'a pas nié connaître la maîtresse de Fredericci. Un point pour moi.

— Moi, si. Vous avez travaillé ensemble, au One Two Two, il n'y a pas si longtemps. Rassurez-vous, je ne suis ni des mœurs, ni de la mondaine. Si Maguy m'intéresse, c'est parce qu'elle doit connaître l'assassin de Jeannot. Et cet assassin, il me le faut.

Les narines se sont légèrement pincées. Le nom du One Two Two rend ses yeux mélancoliques. C'était le temps de l'argent vite gagné. Soixante filles superbes, le grand luxe ! Un salon de réception circulaire, avec des colonnes grecques. Des socles éclairés par des projecteurs. Sur chaque piédestal, une fille mince ou rondelette, noire, jaune ou métis, épaule nue, un sein parfois découvert. Le client faisait son choix. Les prix variaient selon la décoration de la chambre : la romaine avec ses statues antiques, l'africaine et ses cases de bambou, les cabines de corsaire ou de transatlantique, la chambre des foins avec moulin à vent approprié. Et le compartiment de chemin de fer, avec bruitage et voyeur en tenue de contrôleur ! Sans oublier le cabinet des supplices, avec croix de Jésus, chaînes et bracelets d'acier. Il y en avait pour tous les goûts, surtout pour les portefeuilles bien garnis. Par douzaines, les clients se ruaient dans le fameux établissement du 122, rue de Provence. Et moi, du trottoir d'en face, tantôt sur une jambe, tantôt sur l'autre, je guettais des soirées entières, l'espoir au cœur, la venue hypothétique de Pierrot le Fou[1]. La planque n'était pas facile. En récompense, j'avais droit au défilé des vedettes de la scène, de l'écran, du sport, des gloires politiques de la République, qui terminaient leur soirée en charmante compagnie.

Je me faisais mon cinéma. L'établissement rassemblait tant d'amateurs du monde entier, de Jean Gabin à Tyrone Power, en passant par Gary Grant, Edith Piaf, Humphrey Bogart, etc. Survint la loi Marthe Richard qui donna un prétendu coup d'arrêt à la prostitution. Les filles durent se soumettre ou se cacher. Maguy la Rousse

1. Voir *le Gang*, éd. Fayard.

opta pour la clientèle de la rue, Flora de Sienne, pour celle des palaces. Noblesse oblige.

— Comment voulez-vous que je connaisse l'assassin de Jeannot ? C'est à Maguy qu'il faut le demander, pas à moi... De toute façon, si je le savais, vous croyez que j'irais vous le dire ?

Toutes les mêmes, ces filles ! Belles ou laides, le sourire aux clients, la grimace au flic. A croire que nous sommes vraiment une race de pestiférés.

J'affiche un sourire de circonstance :

— Bien sûr que vous me le diriez. Par sympathie pour Maguy et par amour pour Prosper.

Ses yeux s'agrandissent :

— Comment ça ?

— C'est simple. Pozzo est en cage, pour pas mal de mois encore. J'ai le moyen de l'en faire sortir, plus rapidement que vous ne le pensez. L'administration pénitentiaire sait se montrer compréhensive quand nous le lui demandons. Ça ne vous intéresse pas de voir Prosper rappliquer à Neuilly, le plus vite possible ?

Flora ouvre son Hermès en crocodile fauve, en même temps que sa bouche aux lèvres délicatement soulignées de rouge. Les doigts ont agrippé une liasse de billets :

— Combien ? demande-t-elle.

Je fais la grimace :

— Ce n'est pas beaucoup, ce que vous me proposez. Je suis beaucoup plus gourmand que ça ! D'informations, pas de fric ! Quand je vous ai vues discuter, Maguy et vous, hier soir au Fouquet's, j'ai pensé que j'allais être payé du prix de ma planque. Je me suis dit : « Elles parlent de Jeannot, je vais enfin apprendre pas mal de choses. »

— Qui vous dit que nous parlions de Jeannot ?

— Personne... Mais les yeux rouges de Maguy me l'ont fait croire. J'étais tout près. J'ai même capté le nom de Costa...

— Alors, voyez Maguy. Vous savez où elle habite...

Flora sort de son sac un mouchoir de soie, le frotte entre ses paumes. Son parfum envahit la Jaguar.

— Je sais. Je connais même son chien. Il a failli bouffer Arthur... Vous ne pouvez pas comprendre. En tout cas, réfléchissez à ma proposition. Mon téléphone est Anjou 28 30, à la P.J. Rue des Saussaies, cinquième étage, si vous voulez me rendre visite. On ne sait jamais. Je m'appelle Borniche...

La belle fausse comtesse ne répond pas. Elle tourne la clé de contact. Le moteur rugit. Je poursuis :

— Je compte extraire prochainement Prosper de la Santé. C'est le moment, si vous voulez l'embrasser... Et puis, n'hésitez pas si vous aviez quelques ennuis de... travail. Un condé [1], ça arrange bien les choses. A bientôt Flora. Je ne vous fais pas le baisemain, mais c'est tout comme.

J'ouvre la portière, m'apprête à quitter la Jaguar :

— C'est pour une histoire de fric que Jeannot s'est bagarré avec Mathieu, dit Flora, à mi-voix. Un copain lui avait fait croire que Costa était sur un coup fumant. Comme il n'a pas voulu le mettre dedans, Jeannot a vu rouge...

Je tiens toujours la portière entrouverte, mon pied droit à l'extérieur :

— J'en déduis que c'est un copain de Costa qui a assassiné Fredericci !

Elle soulève ses épaules, dans un geste d'ignorance non feinte :

— Sûrement, mais je ne sais pas qui. Maguy non plus. Quand elle lui a téléphoné à Marseille, au Noailles, il partait voir son ami Leca. Il a été tué après.

— Et qu'est-ce que c'était, ce coup fumant ?

— Une histoire de dingues ! Ils projetaient d'enlever

1. Autorisation d'exercer la prostitution.

Rita Hayworth. Rien que ça ! S'entre-tuer pour du vent, ce n'est pas croyable...

J'acquiesce du chef.

— A qui le dites-vous. Je serais curieux de savoir ce que votre frère, le commandant, penserait de tout ça, s'il était au courant !

Flora-Fabienne Bocharasse demeure interloquée. Je quitte la voiture, me baisse avant de refermer la portière :

— Soyez tranquille, ce n'est pas moi qui le mettrai au courant. Vous avez noté : Anjou 28 30. Et si vous voulez voir Prosper...

10

Le moteur poussé au-delà du régime, le taxi traverse le Paseo de Las Canteras qu'un récif protège de la mer, rebondit au gré des cahots de la Carretera del Sur, taillée à flanc de colline, hoquette sur le faux plat du col de Telde. Dans une pétarade d'étincelles, il dégringole maintenant vers l'aéroport.

En ce début de matinée, le soleil illumine les bananeraies et les plantations de canne à sucre, peuple d'ombres inquiétantes les *barrancos*, ces gorges profondes que la lave a taillées dans le roc et qui dévalent des sommets jusqu'à l'Océan.

Le *taxista* conduit sec mais avec adresse. Indifférent au slalom de la guimbarde, Prépuce, affalé sur la banquette arrière, se sent euphorique. L'idée d'être bientôt riche lui fait entrevoir l'avenir sous d'heureux auspices. Avec Zorba Nicolaos, son patron, les affaires ne traînent pas. De plus, elles sont toujours payantes, nettes, sans bavures. Le télex que le portier galonné du Santa Catalina lui a remis hier après-midi, alors qu'il sortait tout huileux de la piscine, l'a fait rêver :

PRÉSENCE INDISPENSABLE CANNES.
VOUS ATTENDS DOMICILE.

Bien que le message ne soit pas signé, Prépuce en connaît la signification. L'opération projetée va se déclencher. Le Grec compte sur sa virtuosité pour qu'elle se déroule dans les meilleures conditions.

Prépuce a rapproché son transat de celui de sa maîtresse, passé le bras autour de ses épaules :

— Du cousu main, ma chatte. Quel type, ce Zorba. Millionnaire à mon âge, est-ce que tu te rends compte ?

Renée l'a embrassé, avec un air un peu sceptique, cependant.

— Je fais juste l'aller et retour, a ajouté Prépuce. Profite bien du soleil pendant ce temps-là. Je téléphone pour ma place d'avion.

Et, pour rassurer l'ancienne barmaid, il s'est extasié, soulevant sa masse du transat :

— Si quelqu'un pouvait se douter d'un truc pareil ! Non, vraiment, il n'y a que lui pour penser à tout !

Il avait été heureux d'offrir à la jeune femme quelques jours de vacances aux Canaries, un acompte sur leur bonheur futur. La liquidation, entre deux escroqueries, d'une Mercedes volée à Aix-en-Provence, devant l'hôtel du Roy-René, avait agrémenté leur voyage. D'autant mieux que Zorba le Rusé avait suggéré :

— Il vaut mieux qu'on ne vous voie pas sur la Côte en ce moment. Ce n'est pas désagréable, Las Palmas...

Prudent Zorba ! Roger Senanedj, dit Prépuce, ne passe pas en effet inaperçu. C'est, à quarante ans, un être sans âge, d'une forme indécise, flasque, adipeuse. Ses bajoues, dès qu'il ouvre la bouche, tressautent comme des vaguelettes. L'éclat des yeux se perd sous les paupières lourdes, violacées. Ses cheveux filasse forment une piètre couronne autour d'un crâne dégarni et luisant. Le tableau ne s'arrête pas là. Bedonnant et court sur pattes, il se dandine comme un teckel. C'est que Prépuce n'est pas fait pour marcher mais pour rouler. L'automobile est le prolongement naturel de ce corps disgracié par la nature. Dès qu'il s'installe au volant d'une voiture, quelle qu'elle soit, il se transforme. Il devient un autre homme, précis, sûr de lui, diaboliquement habile. Maintes fois, Nicolaos a eu le loisir d'apprécier sa maîtrise exceptionnelle. Aussi s'est-il empressé d'en signaler l'opportunité à son ami Mathieu Costa, toujours en quête d'un virtuose de la conduite pour des affaires en gestation.

Comment la superbe Renée Rémy avait-elle pu s'enticher d'un homme aussi laid, qui avait l'âge d'être son père ? Mystère. L'histoire fourmille de coups de foudre qu'il ne faut pas chercher à expliquer. Toujours est-il que la première apparition de Prépuce au bar Le Petit-Carlton, à Cannes, avait été décisive. Le patron, Jean-Félix Giudicelli, qui avait engagé la jeune fille aux blonds cheveux, aux yeux clairs et aux formes suggestives, n'en revenait pas lui-même.

Avec une franchise déconcertante, Prépuce avait déclaré :

— C'est un connard de boucher en gros qui m'a collé cette étiquette sur le dos, dans le temps, au Puy. Tout ça, parce que je suis circoncis et que je portais des pulls à col roulé. Ça vous fait rire ?

— Non, c'est idiot, avait murmuré Renée, avec un sourire de sympathie.

Mis en confiance par sa douceur, il lui avait raconté sa vie. S'il avait obéi à son père, Isaac Senanedj qui portait la calotte noire et la barbe en cascade, il serait devenu rabbin. Mais peut-on se plonger dans l'étude du Talmud sans en ressentir la vocation ? La vocation du jeune Roger, c'était la compétition automobile. Hélas, il avait eu beau adresser ses offres de service aux dirigeants des grandes marques sportives, il n'avait recueilli que des fins de non-recevoir. On ne voulait pas de champion français, voilà tout ! Il avait végété au Puy, la mort dans l'âme, s'était finalement engagé comme pompiste dans un garage de la ville. Sa salopette de fonction dissimulait mal l'éternel chandail qui le protégeait des rigueurs de l'hiver et qu'il gardait, curieusement, l'été, comme un symbole.

La nuit, pour se changer les idées, il empruntait, à leur insu, les voitures des clients. Il fonçait vers Clermont-Ferrand, avalant à une vitesse record les cent trente kilomètres d'une route difficile. Excellente école de conduite. Tout au long du trajet, il s'entraînait, prisant tous les risques. Il affectionnait les virages, prenant plaisir au gémissement des pneus. Génie du volant et de la boîte de vitesses, il avait acquis l'assurance d'un cascadeur professionnel pour pivoter en tête-à-queue et repartir, en un fulgurant démarrage, dans la direction opposée. Jusqu'au jour où, lors d'un de ces périlleux exercices, le nez d'une Peugeot d'emprunt avait rencontré la calandre d'une camionnette de laitier roulant en sens inverse. Le choc avait été rude mais Prépuce et son antagoniste en étaient sortis indemnes. Profitant de la nuit, il avait eu le réflexe de s'enfuir à travers la campagne. Ses courtes jambes l'avaient trahi. A bout de souffle, il s'était laissé rattraper au détour d'un chemin par un adversaire plus véloce qui l'avait mis K.-O., d'un coup de poing. Comble de malchance, une fourgonnette de gendarmerie passait par là. L'utilisation d'un véhicule à l'insu de son employeur, le défaut de permis et surtout le montant des dégâts avaient valu au pseudo-champion, outre son licenciement, quelques mois de vacances à la prison de Brioude.

Il s'y était fait des relations. A sa libération, il entrait de plain-pied dans la voie de la délinquance, se spécialisant dans le vol de voitures. Il avait le don de repérer un véhicule abandonné, ne serait-ce que quelques instants, par son propriétaire, et c'était alors un jeu pour lui, avec ou sans fausses clés, de le conduire jusqu'à la remise discrète d'un receleur.

Quand, la guerre terminée, se fut reconstitué le parc de voitures, sa célébrité de voleur et de maquilleur avait, et de loin, dépassé les limites de sa région natale. Elle avait gagné Marseille. Les spécialistes des attaques de banques en avaient fait leur fournisseur attitré. Parmi eux, Jeannot Fredericci, personnage un peu fou qui pratiquait avec bonheur son métier de mauvais garçon, alliant le proxénétisme au racket en passant par le vol à main armée. Jeannot aimait les voitures de luxe. Prépuce lui avait fourni coup sur coup Delahaye, Alfa-Romeo et, pour finir, une superbe Talbot Lago record. Ils étaient devenus inséparables.

Jeannot l'avait recommandé à Mathieu Costa qui, à son tour, avait vanté ses mérites à son associé, Zorba le Grec.

La descente permet au Fangio espagnol d'atteindre, pied au plancher, le 70 à l'heure. La Seat tangue dans les virages mais Prépuce n'en a cure. Cela lui rappelle l'heureux temps où il sillonnait les vallées du Puy et les monts volcaniques du Velay.

De l'altitude de trois cents mètres, la vue est magnifique sur le bleu de l'Océan et les moustiques à voiles blanches qui s'y prélassent. Alentour, des crêtes, des vallées, des côtes déchiquetées. Près d'un monticule dénudé qui semble barrer le chemin, un sentier mène à la montagne de Cuatro Puertas, lieu saint des premiers Canariens, où les corps des chefs subissaient la dessication au soleil.

Le soleil ! C'est au soleil qu'il conduira Renée, au soleil des Caraïbes, de Colombie ou du Pérou, dans un Etat où la police est corrompue et la justice inexistante. Il achètera un garage qu'il fera agrandir au fur et à mesure de ses rentrées d'argent. Le gros lot, qu'il ne doute pas de toucher, lui rapportera des intérêts. Il prendra la concession de marques mondiales d'importation. Ce qui ne l'empêchera pas d'aider Zorba dans ses activités, pour le passage de la cocaïne, par exemple. Personne ne pourra penser que le gros importateur de marques cossues, fumant cigares et ouvrant sa bourse aux déshérités, est un ancien pompiste dont le véhicule d'emprunt, une nuit sans lune, eut la chance de rencontrer la camionnette d'un laitier.

Avec un hoquet déchirant, l'objet de musée réussit à freiner en diagonale devant l'entrée de l'aérogare. Le chauffeur aux dents d'acier se précipite. Prépuce s'extirpe de la banquette, tend un billet de 1 000 pesetas. Sans un regard pour l'homme qui se confond en remerciements, il se dandine vers le guichet « Départ », sa petite valise à la main.

11

— Je dois être franc avec vous, Don. J'ai l'impression que vous faites trop confiance à Angelo.

La voix de Carmino tombe, glaciale, dans le silence de l'immense salon climatisé de Giuseppe Guidoni, à Palm Beach. Carlo Carmino fait partie de la commission de New York du Syndicat, le sommet des corps constitués de la Mafia. A cinquante ans à peine, il s'est hissé à la place de principal adjoint du Boss. Sous sa férule, il répartit les territoires de chaque membre, effectue la coordination entre les activités locales et fédérales, reçoit les plaintes. Dès que surgissent des différends entre mafiosi de tout grade et de toute spécialité, il réunit en tribunal la commission, l'organe directeur de la Cosa Nostra américaine.

Le lent mouvement des paupières, derrière les lunettes cerclées d'or, marque l'étonnement, la contrariété de don Giuseppe Guidoni. Il s'approche de la lourde cheminée sur laquelle trônent une tête d'ours polaire, souvenir d'une chasse en Alaska, et la photographie de sa propriété de Highstown, New Jersey, où un aérodrome privé accueille les invités privilégiés[1]. Il se retourne :

1. Voir *le Ricain,* éd. Grasset.

— C'est pour me dire ça que vous avez fait le voyage de Brooklyn ?

— Il le fallait, Don. Saviez-vous qu'Angelo a pour confident le sergent Curns de la Florida Highway Patrol ?

Don Giuseppe esquisse un sourire rapide, ironique :

— Parce que vous me croyez assez stupide pour l'ignorer, fils ? « Confident » est d'ailleurs un bien grand mot. Depuis des lustres, nous avons toujours été généreux avec les gens de police. Eh bien, Angelo s'est offert le sergent Curns comme garde du corps. Un type passablement rustre, mais qui lui apporte l'aide qu'il faut, quand il faut. Un de ses bons collègues est au fichier. Il le renseigne sur les habitudes des fédés [1] quand ils s'amènent en douce pour prendre des photos ou relever des numéros de voiture dans les parkings. Bien sûr que je le savais, Carlo. Je n'ai d'ailleurs pas hésité à vous associer à l'affaire qu'Angelo, sur mes instructions, est en train de traiter. Cela vous rapportera une petite fortune. Vous pensez bien que si j'avais eu le moindre doute...

Carlo Carmino hoche la tête, se lève, s'avance à son tour vers la cheminée, toussote.

— Bien sûr, Don. L'ennui, c'est qu'Angelo se tape la femme du sergent Curns, un sacré morceau, cela dit. Mais je n'ai aucune confiance en elle.

— Et alors ? murmure le Don, personne ne peut empêcher un homme d'être amoureux d'une belle femme, même s'il est *consigliere*[2]...

Carlo Carmino ne répond pas tout de suite. Il cherche dans la poche intérieure de sa veste de lin quelques feuillets qu'il défroisse avec soin.

— Personne ne peut en effet empêcher un homme

1. Fédéraux. Surnom des agents du FBI.
2. Conseiller de l'Organisation.

d'être amoureux, poursuit-il en martelant ses mots. Même s'il est un *Special Agent* du F.B.I. !

Le Don a écouté avec attention. Puis :

— Cela signifie ?

— Pendant plusieurs semaines, j'ai demandé à Shots de suivre la femme Curns. A vrai dire, je n'avais pas eu de très bons échos sur son comportement. Le lundi et le vendredi, elle quitte sa maison de Godfrey Road au volant de sa Mercury et gagne le parking d'un drug. Pendant une dizaine de minutes, elle joue à la dame qui fait son shopping, le temps de semer un suiveur éventuel. Mais vous connaissez Shots ! Il en faut plus que ça pour le décourager. La belle Veronika profite alors d'une sortie secondaire pour rejoindre la Buick d'un homme jeune, grand, brun, portant des lunettes de soleil. Les deux premières fois, Shots a perdu la trace des amoureux dans les encombrements de Civic Center. La troisième a été la bonne. La Buick du *Special Agent* Clifford a entraîné Shots au Thunderbird Hotel, sur Collins Avenue, après Bal Harbor. J'ai là les dates et les heures de leurs rencontres. Depuis qu'Angelo a quitté Miami, elles sont devenues plus fréquentes. Il lui a expédié une carte postale de France, de la Côte d'Azur, plus précisément. Si vous voulez mon avis, voilà le danger.

Giuseppe Guidoni ôte ses lunettes, les essuie dans sa pochette de soie blanche, qu'il replie avec soin. Il fixe Carmino qui évite le regard d'acier.

— Comment savez-vous qu'il s'agit d'un fédé ? demande le Don, rechaussant ses lunettes.

— Après avoir déposé la femme à sa voiture, il est entré au 3801 Biscayne Boulevard. C'est le siège du Federal Bureau of Investigations. Quant à la carte, la femme Curns est allée la retirer au *post-office*, tout simplement.

— Et alors ?

— Alors, Don, Veronika est au courant de nos activités. Soit par son mari, soit par Angelo. C'est regrettable. Et je suis persuadé qu'elle renseigne Clifford. C'est un malin, Clifford, d'après ce que j'ai appris. Ce n'est pas la première fois qu'il use de son charme pour glaner des renseignements. J'ai préféré vous mettre en garde. J'ai eu tort ?

Don Giuseppe Guidoni n'a que deux ans de plus que Carlo Carmino. Ce sont des amis de longue date. Ils ont connu la même enfance pauvre, la même jeunesse tumultueuse. Tous deux ont réussi dans les affaires. Ils sont puissants, ils sont riches. Ils ont su respecter l'*Omerta,* l'implacable loi du silence, l'imposer aux bavards, aux jaloux, aux récalcitrants. Mais leurs jours sont comptés : tous deux souffrent d'un mal incurable, et, souvent, la douleur se lit sur leurs traits.

La bouche de don Giuseppe se crispe. Sa main appuie plus fort sur le creux de son estomac qu'un spasme poignarde de nouveau. Il reprend son souffle :

— J'ai beaucoup d'estime pour Angelo, dit-il enfin. Je ne le vois pas confier un secret à une femme, même sur l'oreiller. Ce n'est pas son genre...

Les mâchoires serrées, il marche de long en large dans la pièce. Carmino admire la métamorphose. Ce n'est plus un homme fatigué, c'est un fauve. Blessé par ce qu'il vient d'entendre.

— Sans doute, dit Carlo, très calme, mais au-dessous du nombril, il n'y a plus ni religion ni prudence ! Vous ne l'ignorez pas. Nos femmes mènent une vie tranquille, élèvent nos enfants, reçoivent nos amis. Ce sont des tombes. Mais avec ces salopes d'Américaines, allez savoir ! Combien des nôtres moisissent dans les pénitenciers fédéraux parce qu'ils ont cru aux femmes amoureuses, aux fourrures, aux bijoux ! Avec le FBI en toile de fond !

La main droite du Don s'est écartée de sa chemise pour battre l'air, menaçante :

— Shots déteste Angelo, ce n'est pas d'aujourd'hui. C'est pourquoi ses filatures me laissent perplexe. Comment un fédé aussi avisé que Clifford se serait-il laissé filer sans rien voir ? Oui, cette histoire m'étonne...

Carmino a placé un des feuillets au-dessus de la liasse. Il énonce sans élever la voix :

— Ecoutez, Don. Je n'invente rien. Et j'ai des photos à l'appui. C'est Shots qui parle : « Aujourd'hui, la poursuite a été facile. Je connais le parcours habituel de la Buick de Clifford. Je l'ai attendue sur Collins Avenue. Elle se pointe à 3 h 20. La femme Curns descend la première devant le Thunderbird. Elle a une jupe blanche et un chemisier rouge. Elle entre très vite. J'ai prévu la manœuvre, je la devance, comme la fois précédente, dans le hall. Elle prend l'ascenseur. Je compte les clignotants : quinze. Je prends l'escalier. Je grimpe au deuxième. Je me planque derrière la porte de service. J'attends. L'ascenseur se remet à clignoter. Au bout d'un moment, le type de la Buick arrive. Il vient dans ma direction. Je referme doucement la porte. Il s'arrête dans le couloir pour voir si personne ne le suit. Je ne respire plus. Je l'entends gratter à une porte. J'attends encore. J'entrouvre la porte de service. Plus personne. Je crois entendre des bruits à la chambre 211, juste à côté de l'escalier. Je colle mon oreille au mur, mais je ne perçois que des bruits sourds. Je sors dans le couloir. Je tiens la poignée de la porte de la 211, des fois qu'elle s'ouvre. A travers le panneau, je n'entends rien. Je reviens sur le palier de secours. C'est long, une demi-heure à aller et venir, et monter, et descendre pour donner le change. J'entends des bruits de robinet à la 211 et des murmures. Je remets mon oreille sur la porte. Je prie le Seigneur que personne ne passe dans le couloir. La femme parle plus fort. Je l'entends très nettement dire : “ Je te répète que c’est bien au Deauville qu’il est allé trouver le Vieux. Frankie me l’a dit. ” Après, encore le silence. Je suis descendu. Ils sont repartis à 5 h 10. J’ai pu les photographier au télé, de l’autre côté de Collins Avenue. »

Carlo Carmino replie le feuillet, le remet dans la poche de sa veste, avec la liasse qu’il n’a pas communiquée au Don.

— Ce que je retiens, conclut-il, c’est qu’Angelo Ceppa est bien venu vous voir au Deauville. La femme ne l’a pas inventé.

Don Giuseppe Guidoni ne répond pas. Il réfléchit, fait quelques pas, s’adosse à la cheminée. Le rapport de Shots est net. Mais dans quelle mesure les bavardages de Veronika Curns peuvent-ils nuire à l’Organisation ?

Il lève enfin les yeux sur Carmino qui a respecté son silence. Pas très à l’aise, Carlo, qui se décide à demander :

— Ne pensez-vous pas qu’il faut prendre des dispositions, Don ?

Il guette la réponse. Le Don secoue la tête à plusieurs reprises.

— Je ne sais. Je suis sûr d’Angelo. Je suis sûr, aussi, que Curns ne veut pas nous trahir. Ce dont je suis moins sûr, c’est qu’il sache se taire, devant son épouse... Je vous remercie de m’avoir prévenu, Carlo. Mais vous me mettez dans une situation bien embarrassante.

— Les faits sont là, Don. Clifford a su, par la femme de Curns, que vous aviez rencontré Angelo. C’est net. Elle n’a pu être informée que par son mari ou par son amant. Que ce soit par l’un ou par l’autre, elle n’avait pas à raconter ça à un flic. Et qui sait ce qu’elle a pu lui raconter encore !

Pour Carmino, l’affaire est classée. Lorsque la sécurité de l’Organisation est en jeu, on élimine les gêneurs du circuit. Il ne faut pas hésiter à se montrer impitoyable.

Le Don lui tend la main :

— Merci quand même d'être venu, dit-il. Je vais aviser. En tout cas, pour l'affaire française, rien de changé.

12

On aura tout fait, Poiret et moi, dans ce métier. Voilà qu'on joue les voyeurs, maintenant !

— Quel tempérament ! murmure Poiret, admiratif. Il va rentrer à la taule sur les rotules.

Prosper met les bouchées triples, en effet. Oubliés, les mois de chasteté forcée derrière les hauts murs de la prison de la Santé. Au bruit, Flora est satisfaite. Pour nous, c'est moins drôle. Assis sur la moquette grenat du palier, les pieds sur l'avant-dernière marche de l'escalier, près de la rampe de fer forgé qui mène au dernier étage de la maison de rendez-vous un peu chère mais bien tenue, nous comptabilisons les minutes. La lanterne vénitienne du plafond diffuse une lumière tamisée qui colore nos visages d'un ton de cerise écrasée. J'écarte de temps en temps la portière capitonnée de la chambre. Je colle mon oreille au panneau derrière lequel Prosper et Flora font alterner la chaleur d'une conversation animée et la violence de leur plaisir. Je dois apprendre pas mal de choses quand la comtesse, saturée d'effusions, me fera son rapport.

Sécurité oblige. Je n'ai abandonné les tourtereaux à leurs roucoulades qu'après m'être bien assuré que Prosper ne risquait pas de nous fausser compagnie par les toits de l'immeuble voisin. J'ai un trop net souvenir du tour que l'ennemi public numéro un, Emile Buisson, avait joué à ses chasseurs du Quai des Orfèvres lorsqu'ils s'étaient présentés à la porte de sa planque, pour le cueillir [1]. L'âme en paix, j'ai bouclé la serrure à double tour et nous avons pris position sur le palier. Nous n'étions pas là depuis dix minutes que la soubrette de service guidait vers la chambre droite du troisième étage un couple illégitime. L'homme a jeté un coup d'œil intrigué sur nos jambes au-dessus de sa tête. Il a suivi sa compagne avec l'air d'un chien battu. Notre présence risque fort de lui couper ses effets.

Si j'ai organisé ce tête-à-tête entre Prosper et Flora, à l'insu du Gros, c'est que j'ai pensé qu'ils bavarderaient plus librement dans l'intimité que dans un bureau de police. Ayant fait appel de sa condamnation pour proxénétisme, Prosper dépend désormais du parquet général. J'ai donc gagné le Palais de Justice par la porte de communication du Quai des Orfèvres, près de la bruyante entrée du dépôt. J'ai traversé le couloir. J'ai longé les locaux de la 9e chambre et j'ai frappé à la porte des magistrats chargés de délivrer les permis. Je les connais bien, les deux jeunes substituts, assis l'un en face de l'autre. L'un, grand, blond, c'est Pierre Arpaillange. L'autre, plus petit, brun, Guy Lecomble. A plusieurs reprises, déjà, ils m'ont facilité les visites et les extractions de détenus. Ils aiment parler police avec moi. Les exploits d'un Pierrot le Fou ou d'un René la Canne rompent quelque peu la monotonie de leur cabinet.

Le chauffeur Crocbois m'attendait avec Poiret, dont j'avais demandé l'assistance en attendant le retour d'Hidoine, dans la Citroën de la boîte, garée sur le quai. Nous avons filé sur la prison de la Santé. Comme une fleur carnivore avale une mouche, le porche monumental s'est ouvert pour nous engloutir. Crocbois a manœu-

1. Voir *Flic-Story*, éd. Fayard.

vré dans la cour aux murs tapissés de lierre pour placer sa voiture au bas des trois marches. J'ai frappé à la porte vitrée. Pas besoin de présenter ma carte ou ma plaque de police, le gardien de faction a trop l'habitude de me voir pour me refuser l'entrée de l'établissement. Une poignée de main, quelques considérations sur le temps, histoire d'entretenir les bonnes relations, et j'étais déjà devant le comptoir du greffe de la prison, exhibant mon ordre d'extraction au surveillant administratif.

En m'apercevant, la paire de menottes à la main, Prosper a eu un léger mouvement de recul. Peut-être avait-il l'intention de garder pour lui quelques menus secrets que les flics du Quai des Orfèvres n'avaient pu lui extirper ? Il n'en a pas moins tendu ses poignets. Il a pris place, morose, à l'arrière de la voiture, entre Poiret et moi. Quand le portail s'est rouvert, nous avons eu droit au salut amical du planton extérieur.

Plus nous approchions de la gare Montparnasse, plus je voyais croître la surprise sur le visage de Prosper. Notre itinéraire le déroutait. Ce n'était pas le chemin habituel que connaissent trop bien les prisonniers en instance de comparution au Palais de Justice ou d'interrogatoire, dans les bureaux de la P.J. du Quai des Orfèvres. Enfin, lorsque nous avons longé l'église des Invalides et pris la direction des Champs-Elysées, il n'a pu se retenir de demander :

— Mais on va où, par là ?

Poiret a éclaté de rire. Un fou rire aussi gras que lui. La figure de jeune premier de Prosper s'allongeait. Visiblement, il n'y comprenait plus rien. Il faut dire que Poiret n'est pas futé. On peut même affirmer, sans crainte de le blesser, qu'il possède, diluée dans sa masse graisseuse, une cervelle de colibri. Pourtant, il est bardé de décorations. Ancien parachutiste de la « France libre », il est entré dans la police sans concours, sans le moindre examen. Simplement au titre des emplois réservés.

— Avec mes cent trente-trois kilos, se complaît-il à dire sans se rendre compte de la portée de ses propos, j'étais toujours le premier à terre sur l'ennemi. C'est pour ça qu'on me les a collées, mes bananes !

Crocbois a stoppé rue de Chateaubriand, devant l'entrée de la Bonbonnière, un meublé destiné aux rencontres discrètes. La patronne, femme de tête, garantit la tranquillité de son établissement par sa compréhension envers les services de police. Elle nous fait des prix.

J'ai détaché les menottes de Prosper. Nous avons foulé le sol de marbre du vestibule, franchi la double porte de glace qui reflétait notre trio insolite. L'ascenseur était trop étroit pour la corpulence de Poiret. Il a grimpé les quatre étages à pied. Lorsque j'ai tambouriné à la porte capitonnée, à gauche d'une croûte qui m'offre les fesses dodues de Vénus émergeant de son bain, Prosper m'a regardé comme si j'étais devenu fou. Evidemment Poiret, malgré son essoufflement, en a profité pour rire de nouveau, avec plus de discrétion, toutefois. La porte s'est ouverte. Et Prosper, muet de stupeur, s'est retrouvé devant une Flora qui l'attendait, en déshabillé de soie mauve sur le seuil de la chambre. Il n'allait pas s'ennuyer, l'animal, dès qu'il aurait retrouvé ses esprits !

Quatre-vingt-dix minutes d'extase, c'est long, pour l'esseulé qui attend. Poiret, lui, a choisi de dormir. Le silence de la cage d'escalier amplifie son ronflement de tuyau d'orgue. Le couple du troisième s'est esquivé encore plus vite que je ne l'avais prévu. Je finis par perdre patience. Je tire vers moi la porte capitonnée, glisse la clé dans la serrure de la seconde porte, gratte le panneau :

— Il va falloir y aller, dis-je. Habillez-vous.

Je secoue Poiret qui se réveille d'un coup, l'œil hagard. Il s'ébroue, bâille à plusieurs reprises, se relève. Cinq minutes plus tard, nous pénétrons dans la chambre. Le lit ravirait un peintre pompier friand de champs de bataille...

— Eh ben, dites donc, soupire Poiret, une heure de plus et il n'y avait plus de sommier...

Prosper et Flora sourient, debout près de la coiffeuse, un peu las, mais ravis de leur petit voyage en chambre. Je feins de consulter ma montre :

— J'ai promis au greffe de vous ramener pour la soupe, dis-je à Prosper. Si vous êtes compréhensif, la prochaine fois, on vous gardera plus longtemps.

Le prisonnier vient vers nous à contrecœur.

Dans le hall, Poiret sort de sa poche la paire de menottes, entoure d'un bracelet son poignet gauche. La soubrette, ahurie, assiste à la scène par la porte du bureau toujours entrouverte. Je fais un clin d'œil à la patronne. Nous quittons la Bonbonnière.

Quand Prosper s'est installé sur la banquette arrière, le second bracelet vient enserrer son poignet droit. Debout contre la voiture, je surveille l'opération.

— A la prochaine, dis-je d'un ton léger en refermant la portière sur les momentanément inséparables Poiret et Prosper. Content, non ?

— Content, mais pas dupe !

Je suis des yeux la Citroën qui s'éloigne, puis je me tourne vers Flora.

— Si nous allions boire un verre ?

Un moment plus tard, je suis assis en face de l'ardente amoureuse dans l'arrière-salle du café-tabac de la rue de Ponthieu. Quelques mannequins d'une agence voisine comparent leurs peintures de guerre sur la banquette du fond.

J'attaque, à mi-voix, un sourire de connivence au coin des lèvres :

— Vous voyez que j'ai tenu parole... Il vous a appris des choses intéressantes ?

Son regard soutient le mien, puis, de son timbre grave, mélodieux :

— Un taulard n'a pas grand-chose à dire à part qu'il espère s'en tirer le mieux possible, en appel. Si, il m'a parlé de ses copains de cellule... et de son avocat, Me Carboni, qui lui rend souvent visite...

— Et puis ?

Elle hésite une seconde, lance un regard inquiet vers le fond de la salle, se rassure :

— Si vous gardez ça pour vous...

J'ai un mouvement de recul, comme outré que ma bonne foi puisse être un seul instant mise en doute.

— Voyons...

La voix se fait presque imperceptible :

— Il paraîtrait que l'opération Rita Hayworth a été montée par Zorba le Grec et son copain Mathieu Costa. C'est Prépuce qui devait faire le chauffeur... Fredericci était furieux d'avoir été éliminé. Il s'est vengé.

— Prépuce ?

— Le surnom de Senanedj, le gros Roger le Juif. Un copain de Fredericci et de la Raclette... Je tâcherai d'en savoir plus par la Rouquine... Mais motus, hein ? Je ne tiens pas à me faire ratatiner en sortant de mon boulot...

L'apparition de Souveix, dit la Raclette, a fait tilt. J'ai utilisé quelque temps ses services. Mais je me contente de froncer les sourcils, l'air déçu.

— C'est tout ?

Un silence.

— C'est tout. Prosper n'est pas con. Il se doute bien que si vous nous avez offert ce petit intermède, ce n'est pas pour nos beaux yeux ! C'est peut-être pour ça qu'il ne m'en a pas dit plus. Ou alors, il ne connaît pas le fond de l'affaire... Ça devait rapporter 2 milliards, une paille ! Maintenant que Costa est à l'hôpital, tout ça tombe à l'eau.

Le garçon vient prendre la commande. Me voici soudain inquiet. Le Gros n'est pas au courant de l'extraction de Prosper ni du déshabillage-agacerie de Flora. Il ne manquerait plus que Crocbois ait un accident et que l'autre se carapate ! Comme Pierrot le Fou, l'année dernière, de la rue de Bassano, siège de la 1re brigade mobile. Le nabot, qui faisait fonction de commissaire divisionnaire, voulait me coller la responsabilité de l'évasion sur le dos, sous prétexte que je n'avais pas à déjeuner chez moi quand les effectifs de gardiens ne sont pas suffisants ! Heureusement, je l'ai rattrapé, Pierrot ! Mais si Prosper faisait des siennes, c'est pour le coup que je passerais pour un dangereux récidiviste et que je le prendrais, entre deux collègues, le chemin de la Santé !

— On se revoit quand ?

Flora hausse les épaules, ses lèvres s'écartent en un rapide sourire :

— Quand il vous plaira, dit-elle. Avec Prosper, si possible.

Ben voyons ! Elle y a pris goût, la pépée, aux effusions extra-cellulaires.

— Vous croyez que cette histoire d'enlèvement est tombée à l'eau parce que Mathieu s'est retrouvé à l'hôpital ?

— Qu'est-ce que j'en sais, dit-elle, en ramassant son sac à main. C'est vous, le flic, ou c'est moi ?

13

Le mistral a fait place au sirocco, qui balaie le Prado, dépose sa poussière sur le tronc des platanes et le goudron de l'avenue, ramolli comme un vieux chewing-gum. La canicule, ce 1er août, est maîtresse de la ville. Les Marseillais se sont rués sur les plages de Cassis, de Carry-le-Rouet, de Sausset-les-Pins. Les baies du grand salon de la place Ernest-Delibes ne dominent plus que le désert de la rue Paradis et du boulevard Périer.

Aussi Paul Leca, préfère-t-il se confiner derrière les tentures qui masquent l'arrondi des fenêtres et protègent du soleil la pièce silencieuse et feutrée. Depuis longtemps, ce décor qui lui a coûté cher ne l'intéresse plus. Né pauvre, il souhaitait devenir riche. Il a réussi. Les tableaux de maîtres, les tapis d'Orient, les meubles d'époque feraient saliver de convoitise plus d'un expert en objets d'art.

Paul Leca n'a que quarante-trois ans. Il en paraît dix de plus. Son visage raviné, son nez busqué, les poches sous des yeux bleus et perçants, les cheveux châtain grisonnant révèlent une existence menée sans modération. Depuis qu'il a abandonné la masure familiale de Valle-di-Mezzena, grandiose mais rude site corse, il a décidé de trouver sa voie dans une Provence plus hospitalière que l'arrière-pays ajaccien. Intelligent, élégant malgré sa petite taille, il a réalisé tout le profit qu'il pouvait tirer des qualités d'organisateur dont la nature l'a gratifié, dans un milieu de mauvais garçons pour la plupart analphabètes. Auguste Méla, la terreur des convoyeurs et des policiers, le flingueur rapide, l'a religieusement écouté lors d'une rencontre fortuite dans un des bars mal famés du quartier de l'Opéra :

— La vie d'un homme honnête est trop précieuse pour la supprimer, disait Leca. Pour réussir ses affaires, il faut se spécialiser, les préparer sur des indications précises, avec des hommes compétents et discrets.

L'association avait été éphémère. La violence de Méla avait vite repris le dessus. Pourtant, le coup du fourgon, bien monté, aurait pu les mettre tous les deux à l'abri du besoin, pour longtemps !

Dans la nuit du 22 septembre, le train de messageries 4418 quitte la gare de Saint-Barthélemy, près de Marseille. Dans le wagon-poste, un précieux chargement tout frais débarqué d'Afrique-Occidentale française : cent quatre-vingt-deux kilos d'or et 150 millions de francs de pierres précieuses à destination de la Banque de France. Mystérieusement grimpé dans le wagon de queue, un faux employé se charge de jouer les serre-freins.

Quand le convoi s'arrête en rase campagne, une camionnette volée, fraîchement repeinte, est là, le long du ballast. Quatre hommes masqués se chargent du transbordement. L'opération est réussie — serait réussie si Méla, pris d'une fureur subite, ne sortait son arme et ne blessait sérieusement le malheureux convoyeur. C'est la panique. La camionnette, sur les indications d'un marchand de couleurs, est retrouvée. Aucun des gangsters n'échappe aux hommes du commissaire Belin. Sauf Paul Leca.

Sa condamnation par contumace aux travaux forcés le paralyse. Mais, lorsqu'il se constitue prisonnier, les années ont passé. Ses accusateurs se sont rétractés. Il sort libre de l'enceinte de la cour d'assises.

Paul le Sage devient, pour le Milieu marseillais, alors en manque de personnage hors série, le roi de l'alibi. On sollicite ses conseils, on recherche son arbitrage. Il affiche ses relations avec de hautes personnalités de la République rencontrées au cours des heures noires de l'Occupation. Un de ses compagnons de captivité, Pierre Bertaux, résistant de la première heure, ne devient-il pas commissaire de la République à la Libération, puis directeur général de la Sûreté nationale ?

La police n'est pas dupe de ses vantardises. Elle n'ignore pas non plus ses activités illicites. Mais il faut des preuves. Et ce n'est pas parce que Paul Leca a ouvert un compte en banque au Crédit commercial de Marseille, qu'il fait de fréquents voyages à Tanger, plaque tournante du trafic des cigarettes américaines et de la drogue, qu'il acquiert une vedette rapide ancrée dans le Vieux-Port, qu'il est propriétaire d'une campagne et d'un luxueux appartement dans le quartier résidentiel qu'il faut le prendre pour un individu louche. Les juges exigent des dossiers précis.

— Vous avez des éléments, commissaire Mattei ?

— C'est-à-dire, monsieur le Juge, son train de vie ne correspond pas à ses rentrées officielles.

— Voyez le fisc. Ou les douanes. Moi, dans le doute, je m'abstiens.

Le doute ! Les astuces de Paulo, sa chance lui permettent d'échapper aux pièges des policiers. Paul le Prudent est imprenable. Ses contacts avec les frères Guérini, les rois de Marseille, Mathieu Costa, l'empereur des nuits parisiennes, Zorba Nicolaos, le champion de la navigation sous pavillons d'emprunt, ne sont que des relations. D'amitié, comme on dit. Jamais d'affaires. Pas question d'association. Quand, par hasard, la police lui demande des comptes, il passe du mutisme le plus exaspérant aux plus déchirantes protestations d'innocence. Irrités, fatigués, découragés, les incorruptibles méridionaux en sont arrivés à renoncer à le faire craquer.

Le tintement de la sonnette à deux tons résonne dans l'entrée. Leca regarde la pendule. Ses visiteurs sont exacts. Il colle sa prunelle à l'œilleton de visée, déverrouille la serrure. D'un rapide mouvement de tête, il invite les deux hommes à entrer. Il referme la porte, assujettit la barre de sécurité. Il ne dit rien. Il précède Angelo et Zorba dans la pénombre du grand salon où les rideaux sont tirés, allume une lampe de chevet, désigne deux fauteuils.

Angelo Ceppa ôte ses lunettes noires, les glisse dans la poche intérieure de son veston. Tout en mastiquant son chewing-gum, il observe l'ami de Mathieu Costa. Il ne paie pas de mine. On dirait un bedeau avec son nez en forme d'éteignoir. Paulo contourne la table basse sur laquelle il a étalé une carte Michelin, se laisse tomber dans un fauteuil avec un soupir de soulagement.

— Je ne vous apprendrai pas que Fredericci a payé, dit-il.

Ni Ceppa ni Nicolaos ne semblent s'étonner.

— La radio l'a annoncé au flash de 3 heures. Le commissaire Mattei est sur l'affaire. Ça l'occupera.

Zorba ouvre un coffret humidificateur en acajou, posé sur une console, offre un havane à Angelo, qui le refuse d'un geste, en choisit un qu'il caresse entre deux doigts avant de l'allumer.

— J'ai retrouvé Angelo au Cintra, dit Nicolaos. On vous écoute.

Il s'interrompt un instant, hume le cigare dont il a vérifié la souplesse. Il le fait passer horizontalement sous ses narines, à plusieurs reprises, en sectionne l'extrémité d'un coup de dents, l'allume, aspire la fumée avec béatitude.

— Nous pouvons parler italien, propose Paulo à Ceppa. Ce serait peut-être plus facile pour vous…

Angelo fait non de la tête. Leca plonge la main dans la poche de sa veste, sort un crayon rouge dont il dirige la pointe sur la carte de la Côte d'Azur.

— Ici, c'est Cannes, dit-il, avec sa baie en demi-cercle. La voie rouge représente la nationale 7. Elle rejoint Nice en passant par Juan-les-Pins et Antibes. Vu ?

Angelo acquiesce.

— Le yacht de Zorba sera ancré ici, sous les îles de Lérins. Un chris-craft peut l'atteindre rapidement.

D'une pochette de cuir, Leca extrait un plan de la ville de Cannes, le déplie, le défroisse d'un revers de main.

— Demain, nous ferons une reconnaissance des lieux. D'après l'informateur de Zorba le couple doit quitter la villa Yakimour vers midi dix environ pour gagner l'aéroport. En temps normal, il faut d'une demi-heure à trois quarts d'heure pour y arriver. Comptons un peu plus avec les encombrements de vacances.

Angelo a froncé le sourcil.

— Vous dites Yakimour, alors que le Don m'a parlé du château de l'Horizon.

Zorba sourit :

— Petite modification de dernière heure. Le prince Ali et sa femme iront saluer leurs parents, avenue Victoria au Cannet, avant de s'envoler pour Deauville. C'est ce point rouge, là, sur le plan. Accès facile de Vallauris, chemins déserts. L'agha khan a surnommé la bégum Yaki, diminutif de son prénom Yvette, et Yakimour, sa résidence, est un mélange de Yaki et d'amour.

— Passons, dit brutalement Angelo. Les hommes ?

Leca, du coin de l'œil, l'observe. Ces Américains ne perdent pas leur temps en discussions oiseuses. Malgré lui, une sensation désagréable le traverse. Il ne doit pas faire bon contrarier l'envoyé spécial de don Giuseppe Guidoni.

— Trois compatriotes triés sur le volet. Ils seront demain sur place. Je leur ai fixé rendez-vous à des heures et à des endroits différents. Le chauffeur nous attendra en haut de Vallauris.

Zorba tète un instant son cigare.

— Un as du volant, ajoute-t-il. Un type sur qui on peut compter. Je l'ai joint aux Canaries où il se dorait les fesses depuis quelques jours... Il est gros, il est laid, mais c'est un champion. Des réflexes inouïs en cas d'imprévu. En plus, il ne connaît pas les autres. J'ai horreur de mettre tous les œufs dans le même panier.

Après un instant de silence, il reprend :

— L'informateur est formel sur la date de départ, le 3 août. Dans la journée du 2, nous aurons tout le temps de naviguer à tour de rôle, en touristes. Tout ce dont nous avons besoin se trouve dans la planque de Vallauris. L'équipe y couchera demain soir. Dès qu'Ali et Rita quittent Yakimour, dans la Cadillac de l'agha khan, on intervient. Leurs gardes du corps partent le 2 au soir, par le train, pour Deauville. Donc, rien à craindre de ce côté-là. On fait grimper le couple dans la Citroën, on lui bande les yeux et on crève les pneus de la Cadillac. Le gros Roger fonce sur le chemin des Collines où une camionnette fait le relais, chemin de Ferrandou, juste avant la route départementale 135 qui mène de Mougins à Antibes. Le temps que des barrages se déclenchent, la star et son prince seront à fond de cave, dans le relais de Vallauris, en attendant d'être à fond de cale, sur le *Cyrnos !* Pas de casse, pas de bobos... et le magot. Voilà.

Zorba le Grec, satisfait de son petit discours, s'octroie deux ou trois bouffées de cigare. Angelo, lui, demeure de marbre.

— Bien sûr, vous avez prévu une voiture pour moi ? finit-il par demander. Et une chambre au Carlton ?

— Soyez rassuré. Une Chevrolet. Et une suite au nom de Christiani. Avec vue imprenable sur la mer et les îles de Lérins ! C'est autre chose que vos kilomètres de sable de Floride !

14

Angelo Ceppa renoue la ceinture de son peignoir de soie. La glace de la salle de bains lui renvoie l'image d'un homme fatigué par une dure nuit d'amour. Fatigué, mais heureux puisqu'il va bientôt toucher la grosse somme. De quoi s'offrir des bouteilles et des bouteilles de Krug, cuvée privée, et toutes les filles qu'il veut. Il a, d'ailleurs, forcé sur le champagne, Angelo. La blonde et la brune, draguées sans difficulté dans le hall du Palm Beach en valaient la peine. Quelle nuit ! D'abord, un gain très confortable au chemin de fer. Une dame sans âge, doigts saturés de bagues, cou plissé croulant sous le poids des perles, lui faisait des yeux doux qui lui ont porté chance. Comment aurait-elle pu se douter que le beau mâle était insensible au charme qu'elle étalait ? Son argent, il le gagne. Les femmes qu'il veut, il les paie. Toutes, sauf Veronika, la femme du sergent Frankie Curns de la Florida Highway Patrol, de Miami, la jolie blonde, toujours vêtue de pantalons extensibles, bleu, blanc, rouge et de chemisiers ouverts jusqu'au nombril, qui recouvrent à peine des seins opulents. Vingt-huit ans, de grands yeux verts et des cheveux qui tombent sur ses épaules en une cascade de soie dorée. Elle vient le rejoindre pendant que sa brute de mari caracole sur la

Highway 1, à la poursuite des automobilistes trop pressés.

Après la dernière bouteille éclusée au Whisky-à-gogo, Amanda et Ingrid lui en ont donné pour ses dollars. Déchaînées, les femelles. Déchaîné, aussi, l'enfant de Brooklyn. Elles lui ont promis, pour la prochaine fois, une troisième partenaire. Une Brésilienne sculpturale comme seules peuvent l'être les métis portugo-indo-africaines...

Devant la glace il se complaît à souligner, du doigt, les cernes de ses yeux. A caresser ses joues bleues de barbe. Il les a bien payées, Amanda et Ingrid. Elles riaient de joie, sur le palier, en effeuillant les beaux dollars verts, tandis qu'il collait son œil au viseur de la porte pour garder, dans sa tête, le dessin de leur sourire vénal. Lui ne comptera pas quelques billets. Il les entassera dans une valise, lorsque l'opération du Cannet aura réussi.

Il regagne sa chambre. Il s'étire. Il bâille. Il ouvre les doubles rideaux. Il reçoit le soleil en pleine face. L'éblouissement du ciel, des hauteurs de Théoule à la pointe de la Croisette. A la queue d'un avion de poche, une banderole vante les promesses d'un marchand de maisons : *Les pieds dans l'eau, le calme assuré.* Ici, ce n'est pas le grand calme, car des enfants blonds échangent des invectives en allemand, arrosent les touristes bronzés des transatlantiques, qu'Angelo contemple de son balcon.

Alka-Seltzer... Où est l'Alka-Seltzer, dans le fouillis de cette trousse de toilette, pourtant rangée avec soin, chaque jour ?

Enfin, le médicament miracle fait surface. De la trousse, d'abord. Puis tout en haut d'un verre d'eau. Ce n'est pas bon du tout. Il fait la grimace. Ça pétille comme du champagne mais ce n'est pas du champagne ! Il bâille de nouveau. Puis s'enduit le visage de crème à raser, glisse une lame neuve dans le Gillette mécanique.

Au moment où il commence à se raser, tirant sur le bas de la joue gauche, on frappe à la porte. Angelo jette un coup d'œil à sa montre Omega, posée sur le bord du lavabo. 10 h 20.

Le valet entre, chargé d'un grand plateau sur lequel *Nice Matin* et le *New York Herald Tribune* voisinent avec une assiette d'œufs au bacon, une théière, et une bouteille d'eau minérale.

— Il y a aussi une lettre, monsieur Christiani. On l'a apportée tout à l'heure à la réception. Je l'ai glissée sous la serviette.

L'employé empoche avec un large sourire le billet de 5 dollars. Angelo, intrigué, examine l'enveloppe qui porte, pour toute inscription, le numéro de sa suite. Il se décide à la décacheter. Le texte est laconique : *Je pars pour la croisière prévue. Tout est O.K. Soyez à midi moins le quart là-haut, rue Bosquet, avec une paire de jumelles. Vous verrez comment nos gars travaillent. Les Ricains n'ont rien à leur apprendre.*

Angelo déchire la lettre et l'enveloppe, en jette les morceaux dans la cuvette des w.-c., tire la chasse d'eau. Il n'a plus mal à la tête. Il se sent même en forme. Zorba a une bonne idée de l'inviter au spectacle. Si les truands français sont aussi doués qu'Ingrid et Amanda, cela promet du plaisir. Le Don sera content. Avec le décalage horaire, il sera 9 heures à Palm Beach. C'est une belle journée qui commence, mouvementée, comme Angelo les aime... Rue d'Antibes, il en a repéré, des jumelles, dans la vitrine d'un opticien. Des superbes !

En sifflotant, il s'attaque au rasage de l'autre joue.

La sueur aveugle Barthélemy Ruberti, inonde sa nuque, son torse, ses cuisses. Il serre les dents, arc-bouté sur les pédales. Le sommet du col, par chance, n'est plus loin. Le goudron, que le soleil a liquéfié, colle aux pneus. La fournaise étiole les pins de la montée.

Barthélemy aborde la pente qui mène à l'avenue Victoria. Il se laisse maintenant glisser, le temps de reprendre son souffle. De la poche du short, sa main extirpe un béret basque qu'il coiffe. Son épaisse chevelure disparaît sous cette gamelle. Derrière les verres fumés, la route lui semble soudain plus sombre. Il négocie les virages, en roue libre, aborde un tournant en épingle à cheveux avec la vélocité d'un champion cycliste, redresse la machine. Il se sent nettement plus à l'aise que la veille, lors de la répétition générale.

— Soyez tous à l'heure, a ordonné Paul Leca. Prépuce ne pourra démarrer que lorsque vous aurez enfourché votre bécane, devant la Cadillac.

Il est ponctuel, Barthélemy. En avance, même, sur l'horaire prévu. Pour un empire il ne manquerait la chance de sa vie. Il a quitté la planque de Vallauris vingt minutes plus tôt. Il a couru dans la raide montée, la bicyclette à la main, sous les quolibets d'énergumènes d'un groupe scolaire en promenade. Il l'a enfourchée à quelques centaines de mètres du col, les jarrets saillants, la gorge desséchée. Désormais, il roule vers la fortune. Il remercie intérieurement Leca de l'avoir proposé pour ce coup miraculeux. Enfin, il va pouvoir acquérir la maison de ses rêves. Il l'a repérée depuis longtemps, sur le port de Calvi, face aux colossales murailles de la citadelle. Il y coulera des jours paisibles, avec sa vieille mère, sans souci du lendemain. Il en a marchandé le prix, plusieurs fois. Ce gredin de Gagliardi finira bien par modérer ses exigences. Surtout quand s'étaleront devant lui, sur son minable bureau de l'agence, les billets sortis flambant neufs de la banque.

Il aime Calvi, Barthélemy. C'est là qu'il est né, il y a quarante ans. C'est là qu'il a grandi, entre la Madona della Serra, d'où l'on découvre le vieux quartier enchâssé entre les fortifications et la Méditerranée, où les vergers de l'arrière-pays s'accrochent aux montagnes encore enneigées en mai. C'est là que son père repose, un bien brave berger, dans la tombe blanchie à la chaux, les pieds en direction des sommets alpins qui apparaissent, au loin, par temps clair. C'est là qu'il mourra.

Ils ne comprennent pas cela, ceux de l'intérieur de l'île de Beauté, comme Paul Mondoloni qui joue les play-boys et lui casse les oreilles avec Sartène, sa procession du Catenacciu et ses menhirs de Rinau. La Balagne, c'est autre chose que les pauvres chênes du Sartenais et les rochers de granite à tête d'éléphant. C'est le jardin de la Corse, la Balagne, avec son climat enchanteur, ses figuiers et ses cédratiers qui s'épanouissent autour de la baie d'Agajola.

Il ne faudrait pas que cette crapule de Gagliardi se doute de quelque chose, qu'il aille en parler à son gendarme de frère, sur le continent. Non, le mieux sera de ne pas étaler les coupures d'un seul coup. Il faudra ruser, jouer au plus fin, verser un modeste acompte pour commencer, demander un long crédit. Pour les travaux de réfection, il a ce qu'il faut, Barthélemy. Des amis discrets. Il les paiera au compte-gouttes, de la main à la main. Peu courageux, certes, mais cela n'en vaudra que mieux. Les travaux dureront plus longtemps.

« Tout doit marcher comme sur des roulettes », a pronostiqué Leca. Le rôle de Barthélemy est simple. Un travail d'enfant de chœur.

Il se plante devant la grille de la villa, un peu en retrait, hors de la vue du gardien. Dès que la Cadillac pointe son museau de la propriété princière pour déboucher dans l'avenue, il saute sur sa bécane et il la devance sur une vingtaine de mètres. Il roule lentement, le plus lentement possible, fait semblant d'avoir des ennuis de chaîne. Il met pied à terre, ce qui oblige forcément le chauffeur de maître à stopper au coin de l'avenue Victoria et du boulevard Jean-Mermoz.

C'est le signal.

Les amis s'occupent du reste, tandis que lui, sa mission accomplie, rejoint tranquillement Vallauris par le chemin des Collines. C'est tout.

Paul Leca est vraiment un as de la stratégie. Hier, dans la villa planque de Vallauris, il a récapitulé le plan de bataille, rappelé les consignes de chacun, carte en main. Le gros Prépuce, affalé sur le lit de camp en bâillait d'admiration. François Sanna et Jacques Benedetti auraient souhaité un chauffeur plus leste que cette masse molle, mais on ne discute pas les ordres des chefs.

Les lourdes pattes de Prépuce se crispent sur le volant. Il soupire, ausculte de nouveau le rétroviseur. Son regard ne découvre, une fois de plus, que les visages fermés de Jacques Benedetti et de Paul Mondoloni. François Sanna, lui, l'aîné de la bande, est déjà là-bas, assis sur le muret d'en face, les jambes dans le vide. Il guette le départ de Barthélemy. Sa frêle silhouette se détache à peine des eucalyptus qui ceinturent la propriété.

Tous trois sont des hommes de l'au-delà des monts, cette diagonale imaginaire qui scinde la Corse en deux, de Girolata à Solenzara. Des hommes taciturnes, froids. Le plus méridional, Sanna, est surnommé Choï, on ne sait trop pourquoi. Il a l'habitude, chaque jour à midi, de ramasser quatre cailloux et de jeter le premier devant lui, le second à gauche, le troisième à droite et le dernier derrière lui. C'est sa façon personnelle de tracer le signe de la croix pour conjurer le sort, une superstition des natifs de Bonifacio. Tout à l'heure, quand les cloches ont sonné midi, il n'a pas failli à ce rite.

Prépuce, de nouveau, pousse un soupir.

— Ça commence à faire long !

Benedetti, qui braque ses jumelles sur l'avenue déserte, ne répond pas. C'est un ours, Benedetti, l'ancien barman de Loreto, un village qui s'accroche aux pentes couvertes de châtaigniers, où l'hiver, les routes en lacet ont du mal à se frayer un passage entre les congères.

— Midi quatre, insiste Prépuce. Choï a eu beau lancer ses cailloux, je ne vois rien venir. Peut-être qu'ils sont déjà partis ?

— M'étonnerait, grogne Benedetti. Midi quatre ou cinq, pour le moment, on est là.

— On est là, bien sûr qu'on est là, marmonne Prépuce, l'ennui c'est qu'on va finir par se faire repérer. Je croyais que l'avion décollait de Nice à 13 heures et des poussières. Faut y aller, à Nice, avec ces cons de touristes qui encombrent la 7. Vous comptez planquer encore longtemps ?

Benedetti a passé les jumelles à Mondoloni, qui scrute l'avenue, à son tour.

— Jusqu'à ce qu'ils sortent, reprend-il, agacé. Maintenant, si tu veux, tire-toi. Je prends le volant et je dirai à Leca que tu as bien fait ton boulot.

Il a envie de déguerpir, Prépuce. Son flair, tout d'un coup, lui dicte la prudence. Il hésite. Il passerait pour un dégonflé. Et puis, il se souvient de la somme annoncée hier par Leca, dans le silence intéressé de l'équipe attentive :

— Ça vous fait 40 millions à partager. Cinq pour cent du total...

Le minuscule Choï s'était redressé d'un bond, l'œil noir :

— Ça devrait faire plus...

— J'ai dit 40, avait coupé Leca, d'un ton sec. Il y a les frais d'organisation... Si vous n'êtes pas contents...

Sanna s'était gardé de répondre. Le regard en dessous

qu'il avait lancé à Paulo le Sage en disait pourtant long sur ses pensées. Seul Mémé Ruberti semblait content de son sort :

— Il a raison, Choï. Il y a tout ce qu'on ne sait pas et qui ne nous regarde pas.

Prépuce, lui, se taisait. Il venait de faire un rapide calcul. En avait conclu que c'était suffisant pour acheter le garage de ses rêves, s'installer avec Renée aux Caraïbes. Comme promis, il lui avait téléphoné dès son arrivée à Marseille. De l'aéroport. Tout allait bien, là-bas, au soleil.

— On dirait que Mémé a bougé, annonce Mondoloni, les jumelles pointées sur Ruberti. Il est midi dix.

Avec un ensemble parfait, les regards convergent vers le cycliste. Il a bougé, en effet. Il a quitté son poste d'observation et il a enfourché sa bicyclette. Un pied sur la pédale droite, la jambe gauche à terre, il attend.

Les bajoues de Prépuce frémissent d'émotion. C'est l'instant décisif. La montre du tableau de bord indique midi dix. L'heure annoncée par Zorba. L'information est exacte à la seconde près. En ce moment même, Renée, allongée dans son transat au bord de la piscine, savoure à petits coups de langue la traditionnelle sangria. Demain soir, au plus tard, elle sera dans ses bras. Heureuse. Riche.

— Attention, ordonne Benedetti, Mémé commence sa descente.

Prépuce actionne le démarreur. Jacques et Paul enfoncent un peu plus le béret basque sur leur tête. Jusqu'aux lunettes noires qui dissimulent leur regard. Les pistolets sortent de leur étui. Sanna, sur le muret, a tendu l'oreille au bruit du démarreur. Prépuce le voit sauter à terre, sortir la mitraillette de la jambe gauche de son pantalon de toile. L'action est engagée.

Bien en selle sur sa bicyclette, les mains en haut du guidon, Mémé Ruberti joue son rôle à merveille. Il passe devant la grille de la villa à l'instant où apparaît le museau chromé de la Cadillac.

— Les voilà, jubile Benedetti qui, aussitôt, se renfrogne : on dirait que c'est pas leur bagnole. 4935 BA 9, qu'est-ce que c'est que ça ?

Moment de confusion dans la Citroën. Mémé, à faible allure, continue à descendre l'avenue. Il s'arrête soudain au milieu de la chaussée, tripote la chaîne de son vélo. La Cadillac stoppe à son tour. Devant le chauffeur de maître qui hésite à klaxonner, Mémé joue au réparateur maladroit.

— Qu'est-ce qu'on fait ? demande Prépuce, la gorge nouée.

— On y va, dit Mondoloni, l'œil rivé aux jumelles. Je ne distingue pas très bien mais on dirait qu'ils sont quatre dans la voiture, deux hommes à l'avant, deux femmes à l'arrière.

Ruberti a réenfourché sa bicyclette. Il arrive à l'angle du boulevard Jean-Mermoz. Prépuce agit tel un automate. Il place sa Citroën au milieu de la route. Ses deux passagers en surgissent, pistolet au poing. Sanna arrive à la rescousse.

Ruberti s'est dressé sur les pédales. Il prend, sans se retourner, la direction du chemin des Collines.

Prépuce ferme les yeux.

Depuis quelques minutes, le ciel est lourd. L'orage menace les collines de Grasse.

Mitraillette en main, Sanna a bondi sur la portière de la Cadillac. Sa main gantée fait basculer la poignée. Mondoloni et Benedetti le suivent. Leurs doigts se crispent sur les crosses noires des parabellums. Dans la Citroën, Prépuce baisse la tête. Des fois qu'on enregistre son faciès ingrat... Il a enclenché la première vitesse. Le moteur ronronne.

A la vue du passager, aux lourdes lunettes de myope, assis près du chauffeur, les yeux de Sanna s'écarquillent. Le prince Ali s'est métamorphosé en un volumineux bonhomme dont les journaux ont si souvent diffusé le portrait. A l'arrière, la belle femme, parée de bijoux, n'est pas la star Rita Hayworth, installée près d'une inconnue de mise plus modeste. Un instant abasourdi, Sanna est prêt à tout laisser tomber. Mondoloni et Benedetti, de l'autre côté de la voiture, sont stupéfaits, eux aussi. L'agha khan et la bégum se sont substitués à leurs enfants ! Ils ont l'air malin, sous leurs bérets basques, avec leurs armes à la main. Le double enlèvement, préparé avec répétition générale, supervisé par un des mafiosi les plus en vue de l'Amérique du Nord, aurait sa place au théâtre de Guignol !

Tant pis, il faut tenter quelque chose, ne pas rester planté devant les visages ahuris des passagers de la Cadillac. Surtout ne pas rentrer bredouille. Les sacs de voyage, posés sur les genoux de la bégum et le coffret de maroquin rouge, calé sur le tapis de sol, témoignent que le couple princier ne se déplace jamais sans sa joaillerie.

Dans un ultime réflexe, Sanna jette un coup d'œil vers les grilles de la villa Yakimour. Peut-être une seconde voiture, celle du prince Ali et de Rita, va-t-elle suivre la Cadillac de l'agha khan ? Non, les grilles se referment. Le gardien ne s'est aperçu de rien.

Il faut faire vite. Déjà, Prépuce s'impatiente, là, devant.

— Soyez braves. Donnez tout ce que vous avez. On ne vous fera pas de mal.

C'est tout ce que François Sanna trouve à dire !

La rage au cœur, l'agha khan vit cette scène incroyable. Il pourrait presque énumérer, par taille et par valeur, les bijoux que contiennent les sacs et le coffret tendu par la bégum. Une cinquantaine de pièces, plus précieuses les unes que les autres : trois bracelets en brillants, un solitaire marquise, un clip rose en émeraudes et rubis, joyau rarissime. Il pourrait entendre le cliquetis des pierres qui s'entrechoquent. Mais ce qui le préoccupe, c'est d'enregistrer à jamais l'accent méridional de son agresseur. Un enfant du pays. Le « Soyez brave » est une formule provençale.

Soudain, le dieu-prophète a recouvré son calme.

Il se détourne. Il constate la terreur qu'ont inspirée les armes au chauffeur occasionnel. Il enregistre aussi que les malfaiteurs ont négligé d'arracher le collier de diamants que la bégum porte au cou. 40 millions de sauvés.

— Hep, dit-il à Sanna, pour détourner son attention, vous alliez partir sans mon portefeuille. 200 000 francs, c'est mieux que rien. Voici aussi mon chronomètre. Ce sera un souvenir.

François Sanna est prêt à remercier sa victime lorsque la précipitation de Mondoloni et Benedetti vers la Citroën de Prépuce lui fait réaliser que les discours sont de trop. Il part à reculons, réalise que la Cadillac peut leur donner la chasse, crève un pneu à l'aide d'un poinçon.

— Allons, dit l'agha khan, flegmatique, au chauffeur. Remettez-vous. Nous retournons à la propriété téléphoner à la police. Voyez-vous, il y a une justice divine : je suis maintenant aussi démuni que vous. On ne pourra plus rien me voler.

Il est 12 h 13. La Citroën 1707 RN 7, numéro que l'agha khan ne veut pas oublier, a fait une brève marche arrière. Les pneus ont crissé sur les graviers de la mauvaise route, projetant un nuage de poussière. Au moment où elle disparaît sur le boulevard Jean-Mermoz, le soleil déchire la masse de nuages, là-bas, au-dessus de Grasse.

Le plus important hold-up de l'après-guerre vient de se dérouler sous le regard stupéfait d'Angelo Ceppa, coincé là-haut, rue Bosquet, derrière ses lunettes sombres, au volant d'une Chevrolet de louage.

Ce n'était pas le but convoité mais, en moins de trois minutes, plus de 213 millions de francs ont changé de propriétaire.

ACTE II

15

Il ne manquait plus que l'affaire de l'agha khan pour mettre Jules Moch, ministre de l'Intérieur, dans tous ses états. Il a convoqué Pierre Bertaux, le directeur général de la Sûreté nationale, pour faire le bilan :

— Trois agressions en trois jours, c'est insensé ! 1er août, 25 millions au casino d'Aix-en-Provence. 2 août, 200 millions chez Jacques Arpels, le célèbre joaillier, en plein début d'ouverture de la grande saison de Deauville... Et maintenant, Son Altesse Muhammad chah, agha khan III, et la bégum, dépouillés de 213 millions ! Il faut que votre police se remue...

Le directeur, lui, ne semble pas ému outre mesure. Il a, au contraire, un frémissement de plaisir. Il a la passion du fait divers. Il aime flirter avec le risque. Pour un peu, il jouerait les détectives sur le terrain, préférant l'enquête, la recherche, le mystère à la rigueur administrative que lui confèrent ses hautes fonctions.

— Nous ne sommes que le 3 août, monsieur le Ministre. Laissez-moi un peu de temps...

— Du temps, du temps... Et les journalistes qui se déchaînent !

De fait, ils s'en donnent à cœur joie, les journalistes. Pendant la période creuse des vacances, des faits divers pareils, ça ne se rate pas ! Des colonnes entières déplorent la recrudescence du banditisme, émettant des doutes sur l'efficacité de la police. Le hold-up commis sur une personnalité aussi célèbre que l'agha khan ne peut qu'exciter davantage encore leur vertueuse indignation.

Aussi un mot d'ordre venu du sommet dégringole-t-il tous les échelons de la hiérarchie administrative : mobilisation générale contre cette progression du gangstérisme, avec priorité absolue pour retrouver les détrousseurs du dieu-prophète. La Sûreté ameute ses dix-sept ramifications régionales. Le Quai des Orfèvres bat le rappel de ses brigades. La gendarmerie, même, conclut un armistice avec ces polices concurrentes, pour se lancer dans un gigantesque safari qui devrait lui permettre de rester maîtresse du terrain.

Cannes, Nice, Marseille sont ratissés en priorité. On passe au peigne fin les hôtels, les restaurants, les bars, les boîtes de nuit, les casinos. Le ban et l'arrière-ban des indics sont déployés dans les bas-fonds : maquereaux, prostituées, tenanciers de cabaret, casseurs et escrocs à la petite semaine... On tire à la hâte des milliers de fiches signalétiques de l'auteur de la phrase désormais légendaire : « Soyez braves, on ne vous fera pas de mal ! » Son portrait-robot est épinglé dans le plus petit poste de police ou de douane. Avec son béret basque enfoncé jusqu'aux sourcils, l'homme qu'on recherche ressemble plus au comique Bourvil qu'au maréchal Montgomery.

Les agresseurs, parfaitement renseignés, ont opéré très vite. Néanmoins, ils sont restés près de deux minutes à côté de la Cadillac, et leurs victimes ont eu le temps de bien les regarder. En revanche, le chauffeur de la Citroën n'a été vu que de dos. On sait qu'il s'agit d'un gros homme, c'est tout.

Moi, je suis loin de tout ça. A Trouville, hôtel Florian, rue de la Plage, en face du casino, banni par le Gros. Le Florian a l'avantage de ne pas être cher, mais ce n'est pas le luxe. Ma chambre n'a pas une vue imprenable sur la mer, mais sur une cour crasseuse où des chats de gouttière se disputent les restes de poissons qu'ils ont pêchés dans une poubelle. Mes vêtements tiennent peu de place dans la vaste armoire de chêne aux portes disgracieusement sculptées. J'ai quitté ma tenue de travail, la célèbre veste pied-de-poule qui donne de l'urticaire à Vieuchêne. Avec ma chemisette et mon pantalon clair, j'ai presque l'impression d'être un touriste.

Tout à l'heure, en sortant de la gare, j'ai découvert les villas à colombages, les chalutiers à ventre rond dans le port, et, le long du quai, en une succession multicolore, les restaurants à poissons. L'hôtel Florian n'est pas le Normandy ni le Royal, mais il est dans mes prix.

Il faisait très lourd, hier soir, dans mon bureau. J'étais tranquille. Le Gros assistait à une réunion directoriale. Mon veston pendait au dossier de ma chaise. Le col de ma chemise s'ouvrait largement sous ma cravate desserrée. A 18 heures, la pièce était un sauna. Ce n'était pas l'air vicié de la cour bétonnée qui allait la rafraîchir.

Je bâillais devant le dossier de Prosper Pozzo, l'amant de la belle Flora. Je n'y avais pas trouvé grand-chose. L'essentiel de la procédure ayant été traité par la brigade mondaine de la préfecture de police, je ne m'étonnais pas que la chemise ne soit pas très riche... Un rapport signalait que Pozzo fréquentait, rue Notre-Dame-de-Lorette, à Pigalle, le bar Laetitia, lieu de rendez-vous des insulaires. Un autre, que ses deux demandes de mise en liberté provisoire avaient été refusées, et que le juge d'instruction de Saint-Flour (Cantal), s'intéressait aussi à son activité de proxénète.

Comme je déplorais la maigreur des rapports, le Gros avait fait irruption :

— Ah, Borniche, j'ai parlé au directeur de votre histoire d'enlèvement de Rita Hayworth. Ça l'a bien faire rire. Il m'a chargé de vous demander où vous allez chercher tout ça !

Le ton était ironique. En avalant ma salive avec difficulté, je ne pouvais m'empêcher de penser que Flora avait l'air sincère lorsqu'elle m'avait fait cette confidence.

— Ce que je réalise, avait-il poursuivi, c'est que vous avez envie d'aller vous balader. Forcément, ce sont les vacances ! L'autre jour, c'était Marseille, sur les traces de Fredericci, puis Genève et Athènes derrière des personnages imaginaires ! Maintenant, c'est cette rocambolesque histoire d'enlèvement sur la Côte. En somme, c'est la mer qu'il vous faut ! Vous devriez écrire des romans, mon cher. Parce que j'en arrive à me poser des questions sur le sérieux de vos élucubrations. Ce qui est sérieux, en tout cas, c'est qu'une agression a été commise à midi, à Deauville, contre le joaillier Jacques Arpels. La brigade de Rouen est sur les lieux. Il serait bon d'aller la rejoindre. Comme ça, vous vous souviendrez du 3 août… et de la mer en même temps. Eh oui, Deauville, c'est la mer, Borniche. Vous la vouliez, je vous l'offre [1]…

C'est ainsi que, ce matin, j'ai pris le train pour Deauville. A Lisieux, j'ai quitté l'express Paris-Cherbourg pour me glisser dans un des trois wagons du tortillard qui s'est traîné, hors d'haleine, tout au long de la vallée de la Touques. C'est l'heureuse saison pour les restaurants. A midi, les terrasses s'emplissaient déjà. Une colonie de vacances s'étirait, entraînée par un grand garçon boutonneux que sa collègue monitrice, le short

1. Voir *René la Canne*, éd. Fayard.

au ras des fesses, semblait préoccuper davantage que ses ouailles.

Ma valise de carton à la main, j'ai franchi la foule piaillante des baigneurs qui revenaient de la plage. J'ai foncé sur le quai Fernand-Moureaux à la recherche d'un hôtel. J'ai eu une pensée pour Marlyse, restée à Paris. Si je dois végéter ici quelques jours, je la ferai venir en douce. Le lit n'est pas un duo de rêve, mais en se serrant un peu...

Alléché par le parfum du poisson grillé et les moules marinières, je me laisse tenter par la brasserie des Vapeurs. Toutes les tables sont occupées. Ça parle, ça braille, ça chante et ça sent le vin blanc. Je m'accoude au comptoir, long comme un chalutier. Pour me faire patienter, le patron m'offre un muscadet. La radio diffuse une chanson de Tino Rossi dont la voix parvient, par moments, à surmonter le tintamarre des verres et le brouhaha de la salle. Soudain, sitôt après la dernière note, un flash d'information me fait sursauter : « Un audacieux hold-up vient de se produire à Cannes. Alors qu'ils s'apprêtaient à prendre l'avion pour Deauville, l'agha khan et son épouse, la bégum, ont été agressés par trois individus armés qui se sont enfuis avec un butin considérable. Nous reviendrons sur cette affaire dès que nous aurons de plus amples informations. »

Je reste figé devant mon verre. A l'annonce d'un fait divers d'importance, je me trouve instantanément dans un état de surexcitation intense, envahi par l'obsession de la recherche, de la chasse. Le nom de l'agha khan a réveillé cette fièvre. Flora n'avait donc pas menti, en me parlant de Cannes. Seuls les noms diffèrent.

La grosse horloge du marché aux poissons indique 13 h 12. Je n'ai plus faim. Il faut que j'appelle le Gros, que j'en sache plus sur ce rebondissement. Et puis, qui sait, il peut avoir besoin de moi, lui qui, pas plus tard qu'hier soir, se moquait de mes élucubrations.

Le patron se penche vers moi, me fait un clin d'œil :

— J'ai une table qui se libère. Dans le fond, sous l'escalier...

Il n'a pas eu le temps de terminer sa phrase. Je vole déjà vers le commissariat de Deauville.

16

La Chevrolet de la Highway Patrol stationne sur l'aire de l'*interstate 95,* au point de jonction de la 842. La matinée est chaude mais l'orage reste dans l'air. Des nuages se sont amoncelés au-dessus de l'Atlantique et le ciel des Everglades, vers Indian Village, change de couleur au gré des reflets cuivrés. Les touristes, avides de coups de soleil, n'en continuent pas moins de déferler sur trois files vers les plages de Golden Beach et de Boca Raton.

Le sergent Frankie Curns, l'œil éteint, regarde défiler les pare-chocs sans réagir. Il est d'une humeur de dogue. Hier soir, il commençait à préparer la voiture familiale pour le week-end dominical. C'est devenu un rite, chez les Curns, de prendre la *federale 27* pour South Bay, tout au long de la North New River, de camper dans leur bungalow de Lake Harbor et, le lendemain matin, à l'aube, de se livrer aux joies de la navigation sur le lac d'Okeechobee. Frankie, au volant de son canot automobile à deux moteurs trafiqués, se grise de vitesse, entre l'île Ritta et Pelican Bay. La proue relevée à quarante-cinq degrés, il se prend pour le roi des eaux, se retournant fièrement pour contempler le bouillonnement du double sillage. Et voilà que la voix de Ralph Colson a hurlé dans l'écouteur du living :

— C'est vous, Curns ? Vous remplacez Bullitt sur la 95. De 6 à 15.

— Mais c'est mon jour de repos, capitaine…

— Bullitt est occupé. Il me faut quelqu'un pour l'intérim. Exécution.

Frankie Curns a raccroché, furieux. Il connaît trop les caprices du capitaine Colson pour discuter ses ordres Des bridges mal scellés, qui s'entrechoquent quand il parle, l'ont fait surnommer Castagnette par les flics du Central. Cela donne à son élocution une sonorité menaçante. Curns, à contrecœur, a continué à entasser le matériel de camping dans la voiture de Veronika, l'a garée au fond de la cour, sous l'auvent de rondins, près de la grosse Harley-Davidson. Tant pis, ils partiraient en fin de journée et passeraient le lundi à Lake Harbor.

Ce matin, il a endossé son uniforme de flic et, à 6 heures très exactement, il a signalé sa position, histoire de montrer à ces embusqués de la radio qu'il savait être ponctuel, même un dimanche à l'aube. Garé, gyrophare allumé, à l'embranchement des 95, 842 et 84, il peut surveiller à loisir les usagers qui foncent vers la A1 A. Mais il compte bien se venger à sa manière. Sa présence, volontairement dissuasive, visible à plusieurs *miles*, incite les contrevenants en puissance à lever le pied de l'accélérateur. Et malgré l'envie de verbaliser qui le tient, ne serait-ce que pour agrémenter sa fin de mois, Curns s'obstine à garder vierge le carnet de contraventions que le lieutenant Moss, le chouchou de Colson, lui a remis lors du dernier rapport d'activités. Ils vont enfin comprendre, ces planqués du Central Commandement, que l'on ne traite pas avec une telle désinvolture le sergent de première classe, troisième échelon Frankie Curns, lui-même ! Une désinvolture d'autant plus inconsciente que son jour de repos légal coïncide avec le jour du Seigneur.

Il est midi. Frankie Curns immobilise sa Chevrolet à

Fort Lauderdale. Un entrelacs de ponts, de rivières, de criques et de canaux, paradis des amateurs de bateaux. Son exaspération se mue en fureur. La faim lui tenaille l'estomac. Or, deux semi-remorques interdisent l'accès au parking. Curns a d'abord l'idée de sortir son redoutable carnet à souches. L'esprit de vengeance l'emporte. Il ne fera pas un pareil cadeau à Castagnette que le commandant du Central juge sur pièces, au nombre de procès-verbaux établis chaque semaine par ses esclaves. Quand il s'assied, enfin, à la table du Tad's Steak House pour avaler son hamburger des familles, la phrase du gérant coince dans son gosier le mélange salé-sucré de viande hachée et de Ketchup :

— Ce qui fait qu'aujourd'hui c'est toi le cocu !

Frankie Curns déteste les expressions familières, surtout lorsqu'elles émanent de Charles Williams, l'ancien *marine*, qui a été assez généreux, en 1942, pour abandonner un œil et la moitié de sa mâchoire aux Japonais, lors d'une des plus sanglantes péripéties de la bataille des Philippines. Il fait volte-face. Son ton n'admet pas de réplique :

— Qu'est-ce que tu veux dire, gueule de singe ?

Williams arbore l'air égrillard des faux bons copains :

— Tu remplaces Bullitt aujourd'hui, hein ? Quand je t'ai vu garer ton tank, j'ai dit à ma femme : « Tiens, voilà le Bullitt qui a encore trouvé un couillon ! » Parce qu'on le connaît, nous. Son truc, c'est de se faire porter pâle le dimanche matin pour aller tringler les bonnes femmes dans le lit encore chaud des copains.

Curns prend la phrase en pleine gueule. Il grimace. Il le connaît, lui aussi, le sergent Bullitt. Ils ont fait leurs premières armes ensemble. Un débrouillard, joli garçon célibataire. Frankie s'était un moment demandé s'il ne regardait pas un peu trop Veronika. Ce Bullitt fréquentait souvent la maison lorsque le sergent patrouillait sur les autoroutes. A croire que Castagnette était de mèche avec lui. Mais la pulpeuse Veronika, paupières battantes, avait affirmé que non, qu'il avait toujours été correct avec elle. N'empêche que depuis que Curns avait posé la question, les visites s'étaient espacées.

C'est, en tout cas, pour le moins bizarre que Castagnette ait choisi de faire travailler le sergent ce dimanche matin. Un moment, Curns songe à se plaindre au commandant. Mais ne serait-ce pas se créer des ennuis ? Il en fait trop, dans le genre marginal, pour la ramener, Frankie. Surtout lorsqu'il se met au service de Ceppa. Non, c'est à Angelo qu'il se confiera. Dès qu'il sera de retour, il lui fera part de ses doléances. Il faudra bien que le gouverneur entre en scène et qu'il fasse à Colson les observations nécessaires. Face au pouvoir, Castagnette s'aplatira.

Frankie Curns se hâte d'engloutir le reste du hamburger trop gras, qui lui donne une vague nausée. Il refuse la tarte aux pommes, laisse quelques *cents* de pourboire à la serveuse, dont les fesses se tortillent, en guise de remerciement, dans l'indiscrète jupette rouge. Sa grève de non-zèle va se poursuivre jusqu'à 15 heures. Après, il rejoindra Miami à toute allure, troquera l'uniforme pour une tenue estivale, et en route pour South Bay !

Curns dissimule sa Chevrolet sous un pont de la 95, le temps de digérer ses affronts successifs. Il a mangé trop vite. Une douce somnolence le fait glisser dans un rêve où Veronika, nue, s'étire sur un ponton. Au-dessus de sa casquette, les files de voitures ne cessent de bourdonner sur le béton.

Le nasillement de la radio de bord le fait sursauter. Il bondit sur le micro pour indiquer sa position.

— Curns ?

— J'écoute...

Sur les ondes, le permanent dicte les ordres.

— Vous pouvez lever, mon vieux. Manson est parti vous remplacer...

Etouffant un bâillement, Curns grogne :

— Ce n'est pas trop tôt. Prévenez ma femme que j'arrive et qu'elle commence à sortir la bagnole...

— O.K. Colson demande combien de contredanses, aujourd'hui ? Parce qu'il paraît que ça roulait dur...

Colson. Encore Colson. Il ne lui flanquerait donc jamais la paix, ce Castagnette que le commandant trouve génial depuis qu'il avait affirmé, dans un cours, que les Indiens Séminoles ne seraient jamais atteints de commotion cérébrale en cas d'accident, vu qu'ils n'avaient pas de cerveau !

— Vous lui direz que ça roulait mou, au contraire, sur la 95. Pas question de verbaliser des mille-pattes !

La Mercury blanche met en valeur le bronzage de Veronika Curns, déjà souligné par le chemisier rose, largement échancré. Elle a du mal à respecter la limitation de vitesse, la femme du sergent, sur la *federale 27,* en direction du lac d'Okeechobee. Déjà 18 h 20 ! Elle a perdu beaucoup de temps dans la traversée d'Andytown. Deux jeunes Indiens avaient voulu faire du steeple-chase sur la route 84, quasi déserte, qui unit la ville à Alligator Alley. Ils avaient écrasé leurs cercueils roulants dans un carambolage digne des plus téméraires cascadeurs.

Frankie Curns, assis à ses côtés, contemple la route qui défile. Depuis plus de quinze ans qu'il sillonne les Everglades, pas un pouce de terrain ne lui échappe. L'accident d'Andytown ne l'a pas surpris. Les étendues désertiques sont le dépotoir de carcasses de voitures dégarnies, rouillées, calcinées. Il sait aussi qu'entre les Séminoles et les flics américains, le courant ne passe pas. L'étrange race n'est liée aux Etats-Unis par aucun traité. Il sait aussi que la région du lac est qualifiée par les chauvinistes de l'endroit de « terre la plus fertile du monde » !

L'accélérateur démange toujours la belle Veronika Curns. La Mercury, dans le chuintement de ses huit cylindres, lui donne l'impression de vouloir s'envoler. La route est droite. Bientôt South Bay est en vue. Quelques *miles* encore et ils seront à Lake Harbor.

Le ciel, brusquement, s'obscurcit. A l'horizon, quelques éclairs déchirent le paysage, du côté de Canal Point. Les premières gouttes de pluie giclent sur le pare-brise. Veronika fait jouer les essuie-glaces.

— Si on était partis ce matin, on n'aurait pas l'orage, grogne Frankie. Tout ça, à cause de ce salaud de capitaine. Et de Bullitt.

Veronika ne répond pas. Le couinement répété des balais, rythmé comme un métronome, martèle le cerveau de Frankie : « Cas-ta-gnette-con. Cas-ta-gnette-con. » Cela le réconforte. Il n'a pas fini d'en voir, avec lui, Colson. Et quand Angelo sera là...

L'orage, maintenant, est en plein sur eux. La pluie tombe dru, envahissant le paysage. Veronika a levé le pied. Un éclair illumine l'intérieur de la voiture. La foudre n'est pas tombée loin. A travers le pare-brise, Frankie a vu un énorme zigzag jaillir d'un nuage épais et frapper le sommet d'un pylône. Il est mal à l'aise. Il sait que les orages ne durent pas, en Floride, mais il n'aime pas la foudre. On a eu beau lui expliquer, à l'école, qu'on ne risque rien dans une voiture que le caoutchouc des pneus transforme en cage de Faraday, il préférerait être arrivé, être bien à l'abri dans son bungalow du bord du lac.

Bean City est derrière eux. L'orage aussi, maintenant. Le ciel s'est dégagé au-dessus de l'île Ritta. Le soleil illumine à nouveau les eaux du Okeechobee. Un immense arc-en-ciel unit le village de Clewiston à l'île

Kreamer. La morosité de Frankie cède la place à la joie de l'arrivée .

— On va pouvoir faire une partie de canot avant le dîner, dit-il, soulagé. Je le sors pendant que tu prépares la table et je t'appelle.

La Mercury s'arrête devant le bungalow aux couleurs claires, près du port d'opérette. Frankie Curns saute à terre le premier. Le clapotis des vagues, le cri des mouettes qui tournoient au-dessus des barques l'enthousiasment. Un petit wharf, où l'on amarre les bateaux, s'avance dans le lac. Le hors-bord blanc des Curns est là, qui se dandine, bien bâché, solidement attaché à l'anneau de bronze d'un pilier.

— Tu me donnes un coup de main ?

Veronika referme la portière, s'avance sur les planches de sa démarche chaloupée. La jupe, fendue jusqu'aux cuisses, dévoile des jambes superbes, dont Curns ne se lasse pas, surmontées d'un minishort bleu et blanc.

— On débâche ?

— Oui.

Bientôt le tableau de bord apparaît, avec ses manettes gainées de cuir rouge, ses instruments de cuivre astiqués avec soin. Frankie caresse le volant de bois précieux, s'amuse à le faire tourner.

— Tu es un vrai gosse, dit Veronika.

Le sergent Curns acquiesce d'un signe de tête. C'est vrai qu'il éprouve une passion véritable pour ce bateau qu'il entretient sans compter. La semaine dernière, il l'a doté d'un émetteur-récepteur à ondes courtes, si puissant qu'il lui permet, au beau milieu du lac, de capter des émissions de Tampa, de Pensacola et même de Mexico et de Cuba !

— Je vais sortir les affaires de la voiture et préparer le dîner...

— Une seconde, chérie... Ecoute-moi ces moulins...

Frankie Curns a glissé la clé de contact dans la fente

du tableau de bord. Comme un pilote crispé à son volant, au moment du départ, il la tourne d'un quart de tour. Veronika le regarde, amusée. L'antivol se déverrouille.

Un autre quart de tour, qu'il n'a pas le temps de terminer ! Une explosion les soulève, les projette dans une gerbe d'éclats de verre, de tôle et de bois, de l'autre côté du wharf, dans l'eau claire. Une déflagration si puissante que le ciel s'éclaire, comme tout à l'heure, lors de la chute de la foudre. Un tourbillon de feu, de métal, de poussière, de fumée s'élève de la coque. Le capot s'est arraché des moteurs qui fument. Déjà, des flammes géantes dévorent la cabine avec des crépitements de feu d'artifice.

Déposée sur le ponton du débarcadère, telle une offrande barbare, la tête ensanglantée de Veronika Burns sourit, entre un tonneau rouillé et un paquet de cordages, d'où s'envolent, moqueuses, quelques flammèches.

17

Le soleil brille sur la côte normande, en ce début d'après-midi. Il faut vraiment avoir la mauvaise foi de Vieuchêne, qui a connu son premier poste de commissaire à Honfleur, pour affirmer qu'il pleut toujours à Deauville. Les colombages de l'hôtel Normandy ruissellent de lumière. Le sable de la longue plage est parsemé de parasols et de maillots multicolores. Les élégantes se déhanchent sur les planches. De l'autre côté de la Touques, le casino de Trouville arbore une blancheur de mosquée.

Le gardien de service bâillait d'ennui dans la villa de la rue Désiré-Le-Hoc, transformée en commissariat.

— Direction P.J., ai-je annoncé. Votre commissaire est là ?

Les yeux de l'agent se sont arrondis, me rappelant qu'en province, les notables sacrifient au rite du déjeuner à l'extérieur. Au fond, cela m'arrangeait qu'il ne soit pas là. De son bureau du premier étage, je pouvais joindre le Gros sans être écouté. Il a répondu à la deuxième sonnerie, Vieuchêne. Comme moi, il avait l'estomac vide, mais la tête pleine d'idées. Ce fut, d'entrée, l'éternel reproche :

— Ce n'est pas trop tôt. Je croyais que vous aviez raté le train.

— Je suis au commissariat, patron. La radio a annoncé...

Un silence puis, sur un ton sentencieux :

— Elle a annoncé quoi, la radio ?

— Qu'on venait de dérober les bijoux de la bégum, je ne sais pas trop...

— Eh bien moi, je sais. Justement, le prince Ali khan est à Deauville. Il doit bien avoir une petite idée sur la question. Vous me le contactez d'urgence et, s'il y a du nouveau, vous m'appelez. Je reste au bureau tout l'après-midi. Vous notez ? Villa Gorriza...

— L'affaire Arpels, patron ?

— Elle peut attendre, l'affaire Arpels ! Pour le moment, vous rendez visite à Ali khan ! Si on pouvait court-circuiter la P.J. de Marseille...

J'ai compris. Si le prince me fournit la moindre piste, adieu l'affaire Van Cleef. Je fonce sur celle de la bégum. Et la bégum, pour moi, c'est la Côte d'Azur.

Elle est superbe, la villa Gorriza. Mon coup de sonnette dérange le gardien, c'est visible. Il me toise, du haut de son cou de cigogne. Mes cheveux, ma chemise et mes sandales ne lui disent rien qui vaille.

— C'est pour quoi ?

Le ton est dédaigneux. La bouche ne l'est pas moins. Pour qui se prend-il, ce larbin de luxe ? Il s'engonce dans un costume léger qui, vraisemblablement, n'a pas dû lui coûter cher. Moi, je l'ai payée, ma tenue estivale. Au Monoprix de la place Blanche. En solde. Et ce n'est pas pis que ce que j'ai vu, jusqu'ici, autour de moi. Je parie à cent contre un qu'il va s'écraser dans quelques secondes, devant ma plaque de bronze sur laquelle se détachent, gravées en bleu sur émail blanc, les lettres *Police* surmontées du bonnet phrygien. Il ne sera pas le premier à oublier son arrogance devant le sésame administratif.

— Police judiciaire. Conduisez-moi à votre patron.

J'aurais pu dire « Le prince » ou « Son Altesse » mais je n'ai aucune envie de lui faire plaisir. C'était prévu : la larve se tortille, le cou se ratatine, le regard donne dans le velours.

— Son Altesse finit à peine de déjeuner. Vous ne pourriez pas repasser ?

— Non.

J'ai ma tête des mauvais jours.

— Dans ce cas...

Son Altesse Ali khan m'accueille avec une simplicité et une élégance qui sont l'apanage des élites. Le prétentieux gardien devrait bien s'en inspirer. Il a trente-six ans, mais il a bien vécu, cela se voit. Je me souviens de photographies observées au hasard des magazines : le prince à la peau sombre chevauchant un pur-sang, conduisant une Hispano-Suiza, nonchalamment appuyé au cockpit d'un avion... et, surtout, donnant le bras à la belle des belles, Rita Hayworth. Aurai-je la chance de l'apercevoir à la villa Gorriza, cette créature que j'ai naguère admirée au côté de Fred Astaire, dans *L'amour vint en dansant,* et avec Gene Kelly, dans *Cover Girl* ?

Pour le moment, elle joue les invisibles. Je suis seul avec le prince dans le grand salon. J'apprécie le décor pendant que ma pensée survole les articles de presse sur son pouvoir de séduction sur les femmes, sa passion pour les boîtes de nuit et les salles de jeu qu'il aime à fréquenter avec les cinéastes Darryl Zanuck et Jack Warner.

Un domestique ismaélien surgit derrière mon dos, une théière à la main. Je le remercie d'un sourire. Je transpire rien qu'à voir sa tchalma de laine blanche.

L'Altesse rompt enfin le silence. Tant mieux. Je commençais à en avoir assez, de contempler les massifs de fleurs par les baies grandes ouvertes, en cherchant par où commencer.

— Je vous attendais. Votre commissaire m'a appelé. Ainsi, vous enquêtez sur le vol de Cannes ?

J'acquiesce d'un signe de tête. En réalité, j'enquête sur rien du tout. Je me demande ce que le Gros a pu lui raconter. Il n'a pas été long à dénicher le numéro de téléphone de la villa Gorriza, en tout cas !

— Voilà un métier que j'aurais aimé faire, inspecteur, reprend le prince. Moi-même, pendant la guerre de Syrie, j'ai appartenu à un service de renseignements...

Sa phrase s'interrompt quelques instants. Ce serait un fabuleux personnage de roman, le prince Ali khan. Sa voix s'élève de nouveau, empreinte de nostalgie. Il conte. Spécialiste des questions arabes, il a proposé ses services au commandant du War Office égyptien du Caire. Il a fait sauter des ponts et des trains, à la tête d'une troupe de fidèles. Il informait les services secrets anglais de l'avance des Allemands.

Il est sympathique, le prince Ali. Moi aussi, en l'écoutant, je rêve à ce passé récent. Mais le Gros ne m'a pas envoyé pour ça, à la villa Gorriza. Les exploits du maréchal Rommel sont une chose. Ceux des truands qui ont agressé l'agha khan et la bégum, une autre. Je profite d'un mince créneau de silence :

— Mon commissaire est persuadé que l'agression n'a été possible que grâce à une complicité interne. C'est souvent le cas. Est-ce que, dans votre entourage, quelqu'un aurait pu renseigner les malfaiteurs ?

Ali khan n'a pas l'air d'apprécier ma question. Comme tous les puissants du monde, il ne conçoit pas que, lorsqu'on a la chance de travailler à son service, on soit assez inconscient pour prendre le risque de le trahir. Il se renverse à demi sur les coussins du divan, l'air agacé, rectifie d'un geste machinal le pli de son pantalon, regarde discrètement l'heure. La soudaine modification de son attitude m'attriste.

— Vous vous méprenez, inspecteur, dit-il enfin.

Notre personnel est soigneusement sélectionné. Il a toute notre confiance. Je ne vois aucun de nos domestiques assez malhonnête, assez ingrat pour devenir l'informateur de gangsters !

Je lui décoche un argument massue, tout de go, mais sans risque de me tromper beaucoup :

— Il n'empêche que ces gangsters connaissaient la date et l'heure du départ de Son Altesse l'agha khan et de la bégum, parée de ses bijoux. C'est assez troublant, non ?

— En effet. Cela me rappelle une aventure singulière...

Nous voilà repartis pour un tour. Je me cale contre le coussin, l'air attentif. Politesse oblige.

— ... Je m'étais un jour lancé, à cheval, dans les rues de Bombay. Personne ne savait où je voulais aller. Or, sur le promontoire qui domine la mer, je me suis vu soudain entouré d'une poignée de cavaliers musulmans. C'étaient des *khojas,* fanatiques réformateurs. Leur chef, Karim Goolimali, détestait les ismaéliens. Il les accusait de violer les lois du Prophète. A mon père il reprochait la vie luxueuse que nous menions en Europe, gaspillant, selon lui, l'argent de la communauté religieuse. En fait, l'apparition de ces cavaliers n'était qu'une menace, qu'un avertissement. Ils ont disparu aussi mystérieusement qu'ils étaient venus. Qui avait pu leur dire que je me trouvais sur le promontoire ? Je ne l'ai jamais su. L'un d'entre eux avait-il des contacts secrets avec un membre de notre personnel ? Je ne veux rien exclure, mais je n'y crois guère.

L'évocation de l'Inde rend le prince mélancolique. Ses yeux noirs semblent discerner, au-delà de la pelouse, des paysages lointains. C'est émouvant, mais les guerres de religion et les décors exotiques ne satisferont pas le Gros. Il ne manquerait pas de me reprocher de perdre mon temps en balivernes, si je lui racontais ça !

— Quel genre de gens les domestiques fréquentent-ils ?

Le prince hausse une épaule.

— Nous employons plus de trente personnes. Difficile de faire le tour de toutes leurs relations. Et puis nous ne sommes pas là pour ça. La plupart du temps, ils ne sortent pas de nos propriétés. Le colonel Norton, un ami de la gouvernante de la bégum, a fait une enquête approfondie sur chacun d'eux. Tout est normal.

— Et sur la gouvernante ?

— Et sur la gouvernante. Une Allemande, au-dessus de tout soupçon. Il suffit de savoir que chaque année, à pareille époque, mon père se rend à Deauville, pour organiser une agression. Nul besoin de complicités intérieures.

Ouais ! Le prince m'a retourné mon argument. Il s'extirpe de son divan. Façon courtoise de me signifier que l'entretien est terminé. Je n'ai rien appris. Je ne suis pas plus avancé qu'à mon arrivée à la villa. C'est désagréable, les coups pour rien !

Je retrouve l'animation du boulevard de la Mer, longe le Normandy, découvre la grand-poste. Le Gros ne sera peut-être pas très heureux de mon insuccès, mais, au moins, il constatera que j'ai suivi ses instructions à la lettre. Avec une étonnante célérité.

Je suis entré, déçu, dans la cabine. J'en ressors joyeux. Mon séjour sur la côte normande aura été de courte durée. Je n'ai plus qu'à reprendre le chemin de Trouville, faire ma valise, régler l'hôtel et sauter dans le train de 17 heures pour Paris - Saint-Lazare. Les paroles de Vieuchêne résonnent dans mes oreilles :

— J'ai du nouveau, Borniche. Le commissaire Eglenne, de Cannes, a retrouvé la voiture des truands dans une traverse du quartier de la Californie. Volée, naturellement, au début de l'année et maquillée. Mais la batterie d'accus est récente. J'ai eu la société Dinin.

Trois accumulateurs de ce type ont été vendus à Marseille. Vous n'aviez pas un indic, là-bas, à Marseille ?

— Gaston la Raclette, patron. Il est en taule.

— Aucune importance. Vous passez à la boîte pour qu'on fasse le point et vous préparez votre valise pour Marseille. Juste un aller et retour. Sans vous faire repérer par vos collègues méridionaux. Je les connais, ils seraient capables de nous voler le nid de bijoux !

18

De toute la vitesse de ses courtes jambes, Prépuce se hâte sur le quai Saint-Pierre, en direction de la Croisette. Il n'a même pas un regard pour les yachts et les voiliers qui se balancent mollement dans le port, au pied du Suquet. Il traverse le square Mérimée, trotte vers la rue des Belges.

Cannes est en train de battre un nouveau record de température. Les vacanciers se hâtent vers la mer tiède, dont les plages publiques sont déjà saturées. C'est la ruée, en cette période de congés payés. Prépuce est préoccupé. Il n'entend rien, ne voit rien. Les quatre jours qu'il vient de passer cloîtré dans sa chambre discrète de La Bocca, perdu au fond d'une traverse discrète, suivant les instructions de Leca, l'ont angoissé. Certes, rien n'y manquait : le frigo était plein et Renée avait abandonné le palace des Canaries pour le rejoindre dans son meublé-prison. Il devait patienter jusqu'à ce que soient levés les barrages de police. Alors, on viendrait le chercher pour le conduire en lieu sûr. Depuis, aucune nouvelle. L'attente était devenue insupportable.

Ce matin, Prépuce a pris une décision. Puisque Paulo Leca ne donne pas signe de vie, il va passer outre aux ordres donnés, sortir de cette sinistre chambre, pour aller demander des explications à Jean-Félix Giudicelli, le représentant de Leca sur la Côte d'Azur. En début de matinée, le bar Le Petit-Carlton est toujours désert. Prépuce n'est pas un foudre de guerre mais la patience a ses limites. Il se voit déjà déboulant dans le bar, entraînant Giudicelli dans l'arrière-salle.

— Dis donc, Cabudo, il faudrait pas jouer au con avec moi ! Déjà que je me suis mouillé dans un enlèvement qui tourne à la farce. Pas de nouvelles de Paulo ni du fric, ça commence à être long. Je vais finir par craquer.

Parce que son crâne est d'un volume anormal, ses compatriotes ont surnommé Jean-Félix « Cabudo » ce qui, en français, signifie « grosse tête ». Il sera bien obligé de lui fournir des explications. Au besoin, en attendant la répartition du butin, il pourra lui dénicher une autre planque, en dehors de la zone dangereuse où fourmillent les flics de la police de Cannes, de Nice, de Marseille, qu'ils soient de la P.J. ou des renseignements généraux.

Ce matin, Prépuce n'a pas écouté la radio. Il en a assez d'entendre Radio Monte-Carlo rabâcher toujours la même chose. Et le commissaire Truchi par-ci, et le commissaire Mattei par-là. Ils peuvent toujours y aller, les flics, pour remonter l'affaire ! La Citroën qu'il a abandonnée sitôt le coup fait, et qu'ils ont fini par retrouver, est vierge de tout indice. Pas fou, Prépuce, il n'en était pas à son premier maquillage de voiture volée !

Le titre de *Nice Matin,* sur le présentoir de la Maison de la presse, lui saute soudain au visage : « Un des complices du vol des bijoux de la bégum serait identifié. » La tête brusquement vide, les jambes molles, Prépuce freine devant le journal. Les lettres dansent devant ses yeux. Il se balance de droite et de gauche, dans l'attitude de l'acheteur indécis, essaie de soulever la feuille du support. Rien à faire. Les journaux sont entassés, maintenus par une tringle, serrés les uns sur les autres. Sous le titre de *Nice Matin,* Prépuce n'aperçoit qu'une photographie assez floue : le haut d'une chevelure noire. Instinctivement, il passe la main sur son crâne dégarni. Il se rassure un peu : même au temps de sa jeunesse, il n'a jamais été honoré d'une pareille tignasse. Il brûle d'envie d'entrer dans la boutique, de demander à la vendeuse *Nice Matin* et *le Provençal* qui semble, lui aussi, parler de l'affaire. Il hésite. Qui sait si sa photo ne figure pas sur le bas de page qu'il ne peut voir ? Et si la caissière le reconnaissait ? Déjà, la jeune vendeuse s'est figée sur le pas de la porte. Elle semble intriguée par son manège :

— Vous n'êtes pas malade, monsieur ?

Prépuce fait non de la tête. Il parvient à esquisser un pâle sourire, s'éloigne, s'efforce de rassembler ses idées, de faire le point. « Un complice », note le journal. C'est clair. Comme les flics, les journalistes connaissent la signification des termes du code pénal. Un complice n'est ni un auteur ni un coauteur. Nuance. Il le sait aussi, ça, Prépuce. Ses souvenirs de prison sont encore très nets. Le complice en question ne peut être que celui qui a fourni l'indication du hold-up, les armes et la voiture. Vendu les bijoux, aussi. Non, dans ce cas, c'est un receleur. Il pouvait être fier de son Code, l'empereur Napoléon. Chacun y est à sa place.

Prépuce respire un grand coup. Ce qui est sûr, c'est qu'il ne peut s'agir d'aucun des participants au braquage. Pas plus de Sanna que de Benedetti, de Mondoloni ou de Ruberti. Alors ?

Alors, le complice en question, c'est Leca. C'est lui qui a mis au point l'affaire, avec Nicolaos et l'Américain de la Mafia. La police devait le surveiller sans qu'il s'en doute. Les flics avaient mis son téléphone sur écoute ! Il a pris la fuite avec le magot, voilà l'explication de son silence. Mais c'est un homme régulier, Paulo, il donnera bientôt de ses nouvelles.

Ce raisonnement rend un peu d'espoir à Prépuce. Tout n'est donc pas perdu. Cabudo va pouvoir le rassurer. Pourquoi n'y a-t-il pas pensé plus tôt, à Jean-Félix ? Il est sans doute le seul à être en contact avec Paulo. Si les poulets espèrent lui mettre la main dessus, à Leca, ils peuvent aller se rhabiller ! En fait, ils ne doivent pas se faire beaucoup d'illusions. Ils savent que c'est un malin, le petit Paulo. Il le leur a prouvé assez souvent. C'est le roi du non-lieu ou de l'acquittement. La fameuse histoire du train de l'or doit leur rester en travers de la gorge. Son alibi était increvable. Dans le coup de la bégum, c'est pareil. Il ne risque pas d'être mouillé non plus. Pendant que ses amis opéraient au Cannet, lui, à la même heure, convolait en justes noces à la mairie de Marseille. Il devait bien s'amuser ! Conclusion, le complice dont parle *Nice Matin* ne peut pas être Paulo. Et la photo est sûrement celle d'un flic. D'ailleurs, le commissaire Mattei a des cheveux aussi touffus.

Du coup, l'angoisse de Prépuce renaît. Et s'il s'agissait de son protecteur, Zorba Nicolaos ? Il presse l'allure. Les journaux, il les lira chez Jean-Félix, comme au bon temps où il ne pataugeait pas dans toutes ces embrouilles et passait des heures au Petit-Carlton pour le plaisir de contempler la belle Renée. Elle l'attend, Renée, dans la voiture, planquée derrière le marché Forville.

— Si je l'avais écoutée, je n'en serais pas là !

Prépuce se rend compte qu'il a parlé tout haut. Affolé, il s'arrête, regarde autour de lui. Personne ne lui prête attention. Il reprend sa marche chaloupée vers la rue d'Antibes. Les détails de l'agression du Cannet se bousculent dans son cerveau. Il écarte une fille dont la bouche trop peinte lui promet le paradis, repousse la main noire d'une gitane… Des fois qu'elle découvre vraiment son passé et son avenir ! Il bouscule un photographe ambulant. Ce n'est pas le moment de se faire tirer le portrait ! Quel bordel, ce matin, dans les rues de Cannes ! Il réussit à franchir le barrage de gamins agglutinés devant le parasol d'un marchand de glaces.

Le Petit-Carlton n'est plus très loin, sur le trottoir opposé à la rue d'Antibes. Prépuce ralentit. Il se répète qu'il n'est pas possible que la police soit sur l'un d'entre eux. Le titre, c'est du bluff de journaliste. C'est alors qu'il panique, soudain : et ses empreintes sur la voiture volée, puis abandonnée ? Il accélère, comme pour fuir ce nouveau doute. Arrivé à la hauteur du bar, il s'arrête, le front ruisselant de sueur. Il a fait le tour du problème des empreintes. Pas une seule fois il n'a quitté ses gants. Et la voiture avait été passée au détergent, après le maquillage des plaques, pour faire disparaître toute trace, même graisseuse. Prépuce n'a pas l'habitude de réfléchir, mais il est payé de son effort. Il respire. Il n'a rien à craindre. Il a été mis sur l'affaire au dernier moment, après la mort de Fredericci. Ses compagnons d'équipée ne sont pas des mauviettes. Ils respectent la loi du silence. Ils ont déjà oublié qui était le chauffeur.

Avant d'aborder Jean-Félix, Prépuce s'efforce encore d'éclaircir ses idées. Le film des opérations se déroule. Les acteurs sont en place. Mémé Ruberti, calme, détendu sur son vélo, attend la sortie de la Cadillac. Il était venu seul, de son côté, de Vallauris. Il y est retourné dès que la Citroën a coupé la route à la grosse américaine. Il n'a donc pas vu Prépuce, assis au volant. François Sanna, lui aussi, est venu de son côté, non pas de Vallauris mais de La Napoule. Il avait laissé sa camionnette rue des Orangers, contre l'autre trottoir de l'avenue Gambetta. Il a pris position sur le muret sans même s'approcher de la Citroën. S'il a aperçu Prépuce, c'est au travers du pare-brise. Image floue, incertaine.

Restent Benedetti et Mondoloni, qu'il a chargés dans la planque de Vallauris et qui pourraient, éventuellement, le mettre en cause. Il les a déposés au même endroit, avec les sacs gorgés de bijoux, avant d'aller abandonner la voiture à la Californie. Il ne les a plus revus. Mais là, pas de soucis à se faire. Le ton bourru sur lequel ils répondaient à ses questions, lorsqu'ils attendaient que leurs victimes sortent de la villa Yakimour, prouve que ces deux types n'aiment pas discuter. Encore moins avec les flics. Ils n'ont aucune raison de donner Prépuce. Il n'a fait que conduire. Il n'a pas tenu d'arme. Il n'appartient pas à leur bande. Ce qui ne doit pas l'empêcher de se montrer prudent.

Planté là, sur le trottoir, Prépuce voit déjà la solution la plus simple : se mettre au vert. En province, en Italie ou chez les parents de Renée, à Annemasse, sans trop s'éloigner tant qu'il n'aura pas touché sa part... Attendre que tout ça se tasse. Il n'y a rien contre lui, ni bulletin de recherche ni mandat d'arrêt. Il peut franchir librement les frontières, d'autant que Renée connaît comme sa poche la région de Genève. De là, ce n'est rien de filer chez Zorba, en attendant de faire le grand saut par-dessus l'Atlantique. Avec sa part de la vente des bijoux, ils pourront vivre tranquilles, tous les deux, en Amérique du Sud. Pas comme il l'espérait, bien sûr... Mais il arrivera toujours à se débrouiller.

Quand Prépuce fait la grimace, il devient carrément monstrueux. Un agent qui pose une contravention sur une voiture garée en double file en a presque un haut-le-cœur. Il se méprend sur le sens de la mimique :

— La bagnole, c'est à vous? grince-t-il, tout en soulevant l'essuie-glace.

Ses yeux de fouine paraissent déshabiller Prépuce qui rassemble toute son énergie pour lever la main droite en signe de dénégation.

— Non, s'entend-il dire. Y en a marre de ces touristes qui se garent n'importe où !

L'homme au képi ne répond pas. Il poursuit son

chemin, le calepin à la main. Prépuce respire bruyamment, traverse la rue d'Antibes. Enfin, il fait irruption dans la salle du Petit-Carlton.

Jean-Félix Giudicelli relève la tête du journal qu'il est en train de lire, calé sur le tabouret de bar, derrière le zinc.

— Ça alors, s'exclame-t-il, tu fais bien de rappliquer !

Prépuce s'arrête net, près du pilier habillé de glace, les jambes écartées, les épaules penchées en avant, les narines frémissantes. Lui qui voulait faire une entrée en force pour se répandre en protestations et en propos menaçants sur le silence de Paulo ! Il ne se rappelle même plus ce qu'il voulait dire.

— Pourquoi ? Qu'est-ce qui se passe ? finit-il par articuler.

Jean-Félix frappe le journal du dos de sa grosse main :

— Il se passe, il se passe que tu es retapissé, mon vieux. Et que t'as intérêt à mettre les voiles. Parce que, sur la batterie neuve, il y avait un numéro et que tu n'as pas pensé à l'effacer ! Les flics ont interrogé le garagiste qui te l'a posée, et le garagiste t'a balancé. C'est écrit en toutes lettres, dans le canard !

19

La Luxure. La Colère. Ces symboles, hautement significatifs, encadrent le porche de la prison des Baumettes. Le mur d'enceinte de cette maison d'arrêt moderne de la banlieue de Marseille est semé de bas-reliefs : les sept péchés capitaux. Mais cela, on ne le voit que du dehors. Les prisonniers, eux, n'ont pas droit aux nobles formules. Elles ne leur ôteraient d'ailleurs pas l'envie de s'enfuir qui les obsède dès leur incarcération.

Ils y parviennent souvent, malgré les précautions que multiplie l'administration pénitentiaire. Pour faire honneur aux clients de marque qu'abritent la Luxure et la Colère, on a fait en sorte que les gardiens puissent tout voir du chemin de ronde. Des grilles ont renforcé les portes des cellules en bois plein. Aucun stationnement n'est toléré sur les collines avoisinantes, mamelons brûlés par le soleil, qui jouent le Sahara contre les blanches murailles. Et si les miradors en planches, avec leurs tireurs qui s'ennuient en haut de leur perchoir, se sont révélés peu efficaces, le rythme des évasions justifie le luxe de précautions dont jouissent les caïds lors de leur transfert au palais de justice.

Gaston la Raclette n'est pas un caïd. C'est un souteneur. Comme Prosper, l'amant de la belle Flora. Il a imprudemment transformé les deux tiers de son logement de la rue Sénac, contigu au Versailles, le cabaret d'Antoine Guérini, en chambres d'accueil. Bien sûr, c'était pratique. Les filles et leurs clients n'avaient que quinze mètres à parcourir pour échanger la piste de danse contre un lit moelleux, entouré de glaces et de gravures suggestives. Gaston la Raclette avait rapidement amorti son coûteux matériel et gagnait bien sa vie. Malheureusement, le commissaire Mattei a eu la fâcheuse initiative de donner l'adresse de l'appartement de la rue Sénac à son collègue de la brigade des mœurs. Résultat, Gaston a écopé de treize mois d'emprisonnement. Pour qu'il ne perde pas sa clientèle, Antoine a charitablement pris le relais, appliquant sa méthode habituelle : arroser d'une main large quelques fonctionnaires de police afin d'être prévenu de chaque incursion de leur zélé patron qui ne trouvera que des chambres vides.

Gaston Souveix est un pur produit du terroir, garanti d'Auvergne, né dans un hameau de la plaine de la Limagne, entre Gerzat et Ennezat. Apprenti coiffeur dans un salon de la place de Jaude, à Clermont-Ferrand, il s'est vite rendu compte que son visage de jeune premier et sa silhouette, que les dames de la ville croyaient voir sortir d'un catalogue des galeries Lafayette, lui permettaient un autre avenir que le maniement des ciseaux et du peigne. Aussi s'était-il spécialisé dans le métier de « placeur ». En peu de temps, il était devenu une vedette du marché clermontois de la prostitution. Il fallait bien ravitailler les maisons closes de la région, où pullulaient les militaires de toutes armes et de tous grades. Les femmes, il allait les dénicher dans les bals de campagne. Le geste noble et la lippe conquérante, il savait éviter les paysannes aux jambes lourdes, préférant les filles d'artisans ou de modestes fonctionnaires, fausses vierges aux yeux cernés. C'est d'ailleurs ce qui plaisait aux notables abonnés aux bordels de Clermont-Ferrand, de Riom, d'Issoire, de Thiers et de Saint-Flour, siège de l'évêché. Il fournissait même Montluçon, Saint-Etienne et Lyon. Avec lui, la « remonte », souci majeur des tenanciers, était assurée. Il déplaçait son stock de chair d'une ville à l'autre, trouvait sans cesse de nouveaux sujets pour ne pas lasser la clientèle. Un véritable bureau de placement, Gaston. Organisé, il percevait sa commission en deux temps. Un : à la livraison. Deux : quand la fille avait démontré son savoir-faire chez son nouvel employeur. Si elle se rebiffait, il usait de son discours suave avant d'employer les grands moyens : la raclée. Il ne tapait pas trop fort. Les clients n'aiment pas les filles marquées. Mais il tapait, tout de même, d'où son surnom de la Raclette, dérivé de « raclée ». On respectait ce maquignon original. Dans le milieu très spécial du proxénétisme, il jouait le rôle d'arbitre et d'expert.

Les flics l'avaient à l'œil. Avant la guerre, il s'était retrouvé huit mois en prison, pour exercice du métier de souteneur. C'est là qu'il avait connu l'homme au pull-over à col roulé, Prépuce, condamné pour vol de voiture. Prépuce était pauvre, Gaston avait de l'argent. Prépuce était laid, Gaston était beau. Une amitié avait lié ces êtres contraires. Gaston avait montré qu'il ne soutenait pas que les femmes. Grâce à lui, Prépuce avait droit à des douceurs, changement de menu, cigarettes, que tolère la prévôté carcérale quand on lui graisse la patte. Après la Libération, ils s'étaient revus souvent, à Marseille, à Paris.

Gaston la Raclette avait enfin compris que sa tranquillité dépendait d'un accord avec les flics. Pour débrouiller, tant bien que mal, l'écheveau du Milieu, la police a besoin d'indicateurs — les fameux canaris ! — ses antennes. Gaston m'avait proposé ses services. Grâce à lui, j'avais conclu quelques affaires notoires, surtout chez les Corses. En échange, s'il était en difficulté avec des services concurrents, je me devais de le dédouaner. Ce n'était jamais arrivé. Mais, sentant que la brigade mondaine parisienne le harcelait, il avait émigré à Marseille. Nos rapports s'étaient espacés. Il me téléphonait parfois, me livrait une information locale dont je faisais cadeau à Mattei, sans en préciser la source.

Bizarrement, la Raclette n'avait pas conscience d'être un indic. Le commissaire Mattei ne pouvait pas savoir qu'il l'était. Il avait pourtant essayé de l'utiliser, lui aussi, pour obtenir quelques tuyaux sur les Corses habitués du Versailles. En vain. Gaston s'était tu. Il tenait à sa peau. Beaucoup de Corses sont fonctionnaires de police, à Marseille. Une indiscrétion est vite arrivée. Mattei, pour se venger, avait donné le méchant coup de fil à la brigade des mœurs. Et moi, pour ne pas griller mon indic occasionnel, je n'avais rien dit !

A 10 heures, je quitte le palais de justice, tâtant dans ma poche mon permis de visite, délivré par le juge Sacotte, l'un des magistrats de France le plus chargé de besogne. Sur le bureau de ce grand brun au visage et aux gestes secs s'accumulent des dizaines de dossiers d'agressions à main armée et d'assassinats. Il a pour clients les hôtes les plus huppés de la prison des Baumettes. Le Milieu marseillais n'a pas de secret pour lui. Et il a entière confiance dans les policiers chevronnés de la brigade mobile, les commissaires Truchi et Mattei principalement.

Je remonte la rue Paradis jusqu'à la préfecture, saute dans le bus 23 à destination de Mazargues. Il me dépose sur la place Constantin. Je poursuis à pied, par le chemin de Morgiou, jusqu'à la maison d'arrêt. En marchant, je rumine ce que je vais demander à Gaston. Son dossier expose les relations qu'il a toujours eues avec Prépuce. Vieuchêne attend beaucoup de ses révélations. Je me méfie. Je redoute les inévitables fuites.

Je sonne au porche de la prison. Ma plaque de police, à travers le judas, joue son effet magique. La porte s'ouvre. Je parcours quelques pas jusqu'au greffe, franchis une nouvelle grille. Je tends mon permis au surveillant en même temps que ma carte tricolore. Il les examine, relève la tête, me dévisage et, sans mot dire, inscrit mon nom et mon prénom sur un registre, tamponne le papier au composteur-dateur, me le rend, appelle un gardien.

— La Raclette, parloir.

Je m'étonne qu'il appelle Gaston par son surnom. Il est vrai que nous sommes à Marseille... Je me dirige vers le parloir des avocats, divisé en cabines. J'attends.

— On vous l'amène, m'annonce un gardien au visage constellé de taches de rousseur. Il était en promenade.

Pendant quelques minutes, j'observe le manège d'une jeune avocate, derrière la porte vitrée. Que peut-elle bien raconter à son client qui ne cesse d'approuver de la tête sans remuer les lèvres ? Elle lui en donne pour ses honoraires, c'est certain. Il s'en prodigue, des espérances, dans les parloirs ! Elle est jolie, avec son petit nez, sa frange brune et ses lèvres rouge sang. Je me demande à quoi rêvent ses clients lorsqu'elle les quitte et qu'ils se retrouvent seuls, dans la cellule de leur division... A ses conseils ou à son corps ?

Le voici, le grand Souveix. Il est visiblement surpris de me voir là. Il sourit. Sa main vient à la rencontre de la mienne.

Le métier de flic nous oblige à cultiver des contacts avec les truands qui peuvent nous rendre service. Les indics sont un mal nécessaire. Les rapports que nous avons avec eux sont loin d'être simples. C'est un subtil équilibre d'affinités, de confiance. Sans cela, pas de tuyaux. Nous les classons en trois catégories : d'abord, les « malgré eux », c'est-à-dire ceux que nous forçons à bavarder, par chantage ou pression. Les prostituées sont des interlocutrices hors pair. Nous en tirons un grand parti, car les hommes, même les plus secrets, bavardent volontiers sur le traversin. Flora, par exemple, depuis que je lui ai fait rencontrer son protecteur. Ensuite, les semi-professionnels. Les propriétaires de boîtes de nuit, les hôteliers qui louent clandestinement des chambres, les bookmakers dépourvus d'autorisation collaborent avec nous, sans conviction, avec plus ou moins de succès. Enfin, les plus acharnés, les occasionnels, qui donnent des informations par vengeance ou par intérêt. Les uns par téléphone, les autres par le lâche moyen des lettres anonymes. Nos rapports doivent, bien entendu, rester discrets. Pour la sécurité et le rendement de nos auxiliaires. Un coup de feu part si vite, dans ce joli monde !

— Ça, alors ! s'exclame Gaston. Si je m'attendais...

Il s'est assis en face de moi. A travers la vitre, je suis du regard la pin-up avocate qui s'en va, porteuse d'une lourde serviette de cuir noir.

— J'ai reçu ton mot pour la nouvelle année, dis-je, je t'en remercie. Je n'ai pas eu le temps d'y répondre mais c'est pareil. Le travail, tu comprends...

Le sourire de Souveix montre bien qu'il n'est pas dupe. Ni rancunier. Après huit mois de silence, il se demande ce que je vais lui proposer. Ses sourcils jouent les virgules sur l'arête du nez légèrement busqué.

— Il y a bien quelque chose qui vous amène, non ? C'est pas tous les jours que vous rappliquez à la taule !

— Bien sûr... J'ai pensé à toi parce qu'il y a peut-être du fric à gagner.

— Ah ?

Il n'a pas l'air convaincu.

— En attendant, si vous me filiez une pipe, ça m'arrangerait bien.

Il faut tout prévoir, lorsqu'on rend visite à un détenu : le chocolat, les bonbons, les cigarettes. Encore que ces messieurs ne fument pas tous le même poison. Les uns préfèrent le tabac gris au tabac bleu, d'autres, plus rares, les cigarettes américaines. J'ai donc fait mon plein de gauloises et de Camel au tabac près de la préfecture.

— Des brunes, ça te va ?

Il approuve du chef. Je sors de ma poche gauche le paquet de françaises, le lui offre.

— Autrement, elle se tire ta peine ?

Je fais semblant de m'intéresser à son sort. Là encore, il faut ruser. Une amorce trop directe peut passer pour une attrape. Le truand se recroqueville alors dans sa coquille. Gaston ouvre le paquet de cigarettes, apparemment satisfait. Il revient à mon propos :

— Comment ça, du fric à gagner ?

Il allume la cigarette, rejette une bouffée de fumée tout en me regardant.

— Du fric et peut-être ta liberté anticipée.

Ses yeux s'écarquillent.

— Ça m'étonnerait, avec le rapport que j'ai aux fesses... Ce salaud de Mattei pousse à la roue pour m'interdire la région de Marseille. Sauf si je lui balance une affaire...

— Il a justement celle des bijoux sur le dos. Il ne pourra que nous renvoyer l'ascenseur si on lui passe un tuyau. De plus, les assureurs offrent une prime à celui qui les fera retrouver. Comme tu es bien placé dans le Milieu, j'ai tout de suite pensé à toi. Tu piges ?

En fait, il n'a pas l'air de piger grand-chose. Moi, si. Parce que, si je l'ai, le tuyau, on le gardera pour nous. Vieuchêne a été formel : « Il faut le griller au poteau, Mattei. Quel baroud, si on piquait les agresseurs et qu'on récupère les diamants...

— Celui qui conduisait la Citroën, tu le connais...

La Raclette ravale la bouffée de fumée qu'il s'apprêtait à faire grimper jusqu'à la lampe de la cabine.

— Moi, je le connais ?

— Tu parles ! C'est Prépuce.

— Prépuce ? Vous rigolez !

— Je ne rigole pas. Le garagiste qui a installé une batterie d'accus sur sa voiture l'a mis dans le bain. Ton ami Prosper aussi...

— Pozzo, le maque de Flora ?

— Oui. Entre parenthèses, il te donne le bonjour.

Les yeux charbonneux de l'Auvergnat me décortiquent comme une châtaigne de son pays. Pour ce que je lui propose, ou pour le rôle de Prépuce.

— Je ne vois pas le Juif dans une agression, finit-il par dire. Vraiment pas ! Il peut à peine marcher !

— Il paraît que c'est un champion du volant...

— D'accord, mais il gagne sa vie autrement, je ne vois pas pourquoi il se mouillerait dans un braquage. Ou alors pour remplacer quelqu'un au dernier moment. C'est vrai que sa nana lui coûte cher. Peut-être qu'il avait besoin de fric. Il la nippe comme une princesse.

— Qui est-ce, sa nana ?

— La môme Renée qu'il a dénichée chez Cabudo, le taulier du Petit-Carlton à Cannes... Jean-Félix Giudicelli, si vous préférez. Son frangin tient le Printemps, ici, pas loin de l'Evêché. C'est là que Mattei avait piqué Jo Attia, l'équipier de Pierrot le Fou. Ça m'assoit, ce que vous m'annoncez pour Prépuce. Lui, braqueur, on aura tout vu. On était ensemble à Clermont-Ferrand.

— Je sais, dis-je. Il crèche où, ton Senanedj, à Marseille ?

Les épaules de la Raclette se soulèvent.

— Rue Mazagran, à côté du Caveau, un restaurant italien. Mais s'il est dans le coup, il a dû déménager vite fait... Si vous voulez becqueter de bonnes pâtes, faut y aller, au Caveau. Vous êtes là pour longtemps ?

— Le temps de trouver Senanedj. A moins que grâce à toi...

Gaston la Raclette expédie vers le plafond une bonne dose de fumée.

— Grâce à moi, vous êtes marrant, vous ! Je sais pas où il est, le Prépuce. Je crois que sa pépée a ses parents à Annemasse, et sa gosse qu'ils gardent, mais c'est tout. Comment elle a pu faire pour s'amouracher d'un mec pareil, la Renée !

Le métier de placeur reprend le dessus. Il se verrait bien dans le lit de Renée, le bel Auvergnat. Il soupire :

— Tout ce que je peux vous dire, c'est qu'il fréquentait l'Opéra. Vous avez vu, à la Daurade, chez Vincileoni ?

— Non.

— C'est peut-être par là qu'il faut aller. C'est un copain de Leca, Charles. Ils sont du même village. A la Daurade aussi, on bouffe bien. Vous parliez de prime, tout à l'heure. Ils offrent combien, les assureurs ?

— 15 millions...

— 15 briques ? Vous charriez, non ?

— C'était dans tous les journaux. Si tu me donnes un coup de main, j'ai l'impression que tu n'as plus de mauvais sang à te faire... Et puis, l'agha khan, ce n'est pas rien. Un mot au ministre de la Justice et tu es dehors illico...

Gaston n'a jamais autant réfléchi de sa vie. La cendre de sa cigarette tombe sur la table sans qu'il y prenne garde. Je le laisse mariner quelques instants, puis je reprends :

— Avec moi, il ne risque pas de passer à la casserole, Prépuce. Tu les connais, les gars de Mattei, pour la châtaigne, ils se posent là !

Souveix avance le menton sans répondre. Il est de plus en plus perplexe.

— Je vois vraiment pas avec qui il a pu travailler, dit-il enfin. Parce que ce n'est pas le type à se mouiller avec n'importe qui. Il fallait que ça vaille le coup. Il se défend avec un Grec, un armateur, Zorba Nicolaos, qui s'est bourré dans le transport de la drogue avec Mathieu Costa. Seulement il est à moitié canné, Costa. Et Fredericci, lui, l'est complètement. Au fait, on sait qui l'a buté, le Jeannot ?

— Pas encore. Mattei s'en occupe.

— Eh bien, je lui souhaite du plaisir. C'était un bon copain de Prépuce, Jeannot, et de Leca aussi. Vous voyez, ça se recoupe, tout ça... Il a une planque à La Bocca, Leca, du côté de La Croix-des-Gardes. J'y suis jamais allé. Vous pourriez peut-être y faire un saut, des fois que Prépuce s'y trouverait. Ça donne dans une impasse, il me semble. Un truc comme « Les Bruyères » ou « Les Fougères », je me rappelle plus. Il y foutait de la came. Moi, c'est pas mon truc.

— C'est Prépuce qui t'en avait parlé ?

— Non, Cabudo... Si j'étais dehors, je pourrais vous aider, mais là...

Théâtral, il écarte les bras dans un geste d'impuissance. Moi, je suppute mes chances :

— Ce n'est sûrement pas à moi que Giudicelli va faire des confidences... Tu ne te souviens vraiment pas ? « Bruyères » ou « Fougères » ?

— Je me rappelle plus, je vous dis, mais ce doit pas être difficile à trouver, merde ! Ils y entreposaient des cartons d'américaines à la Libération. Ça servait aussi de relais aux mecs en cavale. Il paraît qu'il y a tout dans le frigo, les conserves, la bière, le pastis... Ce serait peut-être bien « Bruyères ». On monte et, de là-haut, on domine tout Cannes... Il n'y a qu'un moyen, c'est d'aller sur place. Vous revenez me voir quand ?

— Le plus tôt possible. Je te dirai comment j'ai trouvé le menu de la Daurade et si Vincileoni m'a fait des confidences.

— Ça m'étonnerait... Dites, je peux vous écrire à votre bureau, si jamais j'apprenais quelque chose ?

— Je veux bien, mais la censure ? Tu sais que beaucoup de gardiens sont corses !

— Et les avocats, c'est pourquoi faire, alors ? Ça me coûte assez cher, non ?

Je quitte la Raclette sans grand optimisme. Un coup pour rien à Deauville, un autre coup pour pas grand-chose à Marseille. Décidément, je les collectionne, les ratés. Espérons que ça ira mieux à Cannes.

Je ne me suis pas foulé la cheville, mais c'est tout juste. Dans l'obscurité j'ai mal calculé mon rétablissement après avoir franchi le grillage qui cerne le terrain vague. Cette traverse est sinistre. Tapi dans l'encoignure d'une porte, je masse mes muscles endoloris. Je maudis ce gros caillou qui attendait mon pied droit, comme un piège. Et je surveille la maison d'en face, une villa de trois étages, perdue au fond de l'impasse des Bruyères, au bout d'une alignée de tristes pavillons, de terrains portant des pancartes : *A vendre.* Une désolation. On a creusé, près de la villa, un vaste trou où prendront place les fondations d'un futur immeuble. Quelques piliers de béton semblent semés au hasard. J'ai d'abord pensé me dissimuler derrière l'un d'eux, mais une bétonnière et un hangar à outils me cachaient l'entrée de la villa. J'ai fait le tour. Le jour n'allait pas tarder à poindre. Au rez-de-chaussée, à l'angle de la fenêtre de droite, un mince rai de lumière filtrait, depuis la veille, entre les doubles rideaux.

Le tuyau de Gaston la Raclette semble bon. La villa est habitée. Par qui ? Cette fenêtre est mon seul phare. Les étages sont dans l'ombre. En quittant les Baumettes, hier, j'ai foncé rue Mazagran. La seule porte que n'ornait aucune carte de visite, au rez-de-chaussée, c'était évidemment celle de Senanedj. J'ai sonné. Pas de réponse. Je n'y voyais pas grand-chose, dans le couloir obscur, mais j'ai tout de même repéré le coin d'un rectangle blanc glissé sous la porte. Un prospectus ? Une lettre ? Si j'avais les ongles de panthère de la belle Flora, j'aurais pu attraper ce maudit papier qui m'intrigue. J'ai essayé. Mes efforts n'ont eu pour résultat que de le repousser vers l'intérieur. Rageur, j'ai cherché sur les tomettes de l'escalier, sur le trottoir ponctué de crottes de chien un clou, une épingle... Eh oui, c'est aussi ça, la police. Il faut faire feu de tout bois. Et, en fait de bois, j'ai trouvé une allumette. Je l'ai taillée comme un cure-dent, amincissant le bout noirci. Mon outil de fortune s'est émoussé quand je l'ai glissé sous la porte. Le coin du mystérieux papier se présentait de travers, maintenant. J'étais allongé sur le palier. Ça sentait la crasse, la pisse de chat. L'œil au ras du sol, j'ai fait pivoter l'enveloppe, par saccades. Je l'ai eue ! Je me suis relevé. Pour me trouver nez à nez avec une femme qui m'observait, les mains sur les hanches, un cabas à ses pieds. J'étais aussi peu fier qu'un gamin pris en faute :

— J'ai mis un mot pour un ami. J'avais juste deux lignes à rajouter...

Elle a repris son cabas. J'ai épousseté mes genoux. Elle a gravi quelques marches, s'est retournée :

— Il n'est pas près de la trouver, votre enveloppe, le gros porc. Ça fait déjà trois fois que les flics viennent pour le cueillir...

Je me suis retrouvé dans la rue, l'enveloppe au fond de ma poche. De sa fenêtre du second, la femme me surveillait. J'ai déchiré le pointillé devant le lycée Thiers. C'était une convocation du commissaire Mattei. M. Roger Senanedj et Mme Renée Rémy étaient priés de passer pour une affaire les concernant. J'ai compris. Inutile de perdre mon temps à Marseille. Juste un détour par la rue Saint-Saëns, pour voir à quoi ressemblait le restaurant La Daurade, et j'ai piqué direct sur les interminables escaliers de la gare Saint-Charles ! Je les ai escaladés assez vite pour attraper le train de Cannes.

Un chauffeur de taxi peu bavard m'a conduit à La Bocca. J'avais repéré, sur le plan affiché devant la gare, le lieu dit La Croix-des-Gardes. Puis, à partir de là, deux impasses, Les Mimosas et Les Bruyères. Pas de Fougères. La Raclette ne m'avait pas induit en erreur. Je me suis fait déposer boulevard Lord-Brougham. J'ai continué à pied. Il avait raison, l'Auvergnat : je dominais Cannes et sa baie, belle à couper le souffle.

Un homme aux cheveux blancs, coiffé d'un chapeau de jardinier, promenait son berger allemand. Je lui ai dit que je cherchais la maison d'un ami, lui décrivant l'adipeux Prépuce. Il ne connaissait pas. Il me désignait la villa :

— Voyez Le Clos, là-bas, dans l'impasse. Un vrai cirque là-dedans ! Je ne sais pas ce qu'ils fabriquent... Il n'a pas une voiture américaine, votre ami ?

— Si...

— Alors, ce doit être là. C'est toujours plein de bagnoles... Excusez-moi.

Je suis récompensé de ma patience. C'est long, une planque de nuit, rythmée par les éclats du phare d'Antibes. En voici une, de ces limousines américaines en forme de paquebot. J'étais en train de penser à Marlyse, toute blonde dans notre lit Lévitan de la rue Lepic. Au Gros, qui ronflait du sommeil du juste en attendant de vociférer à l'annonce de mon échec. Dans la villa, deux lumières, puis trois, s'étaient allumées. Je n'avais plus qu'à fixer le perron quand j'ai perçu le chuintement d'un moteur.

Je me dévisse le cou. La voiture s'arrête. La silhouette, au volant, reste immobile. La porte de la villa s'ouvre. Une jeune femme apparaît, debout sur la chaussée, dans le halo des veilleuses. Un homme épais, massif, la suit. Prépuce ? Il porte une valise. Tout se passe très vite. Le conducteur descend, ouvre le coffre, qui avale la valise. La femme s'est assise sur la banquette arrière. J'ai froid, soudain. Que puis-je faire, sans pistolet ni menottes, avec un fossé de deux mètres à franchir pour atteindre le jardin et courir jusqu'à la grille ?

Je repasse par-dessus la clôture. Je fonce à l'angle de la rue des Bruyères et du boulevard Lord-Brougham, devant la maison de l'homme aux cheveux blancs. Le berger allemand se met à galoper derrière le grillage, en aboyant furieusement. Tant pis pour ma cheville meurtrie, le bas de mon pantalon a été arraché par le faîte de la clôture. Je me plaque contre le tronc d'un olivier quand la Chevrolet tressaute dans une ornière, tous phares allumés. La femme et le gros homme sont assis à l'arrière. J'ai juste le temps de relever le numéro. Ils vont vers Cannes. Un virage très serré les escamote.

20

Le cuir du fauteuil crisse sous mes fesses. Les bureaux des assureurs se ressemblent tous. Jadis, les affiches : *Jeunes gens, engagez-vous, rengagez-vous,* apposées dans les gendarmeries et les commissariats, alléchaient les malheureux sans emploi. Un panneau annonçant : *Assurez-vous, rassurez-vous* serait très bien placé au-dessus de la tête de mes interlocuteurs. J'ai l'impression que l'idée d'avoir à rembourser à la bégum ses bijoux les rend malades. Comme si l'argent de la Lloyd's était le leur.

Assis chacun derrière son bureau, les deux cadres de la société Tyler and Co. me regardent avec attention. Je soutiens leur regard. J'éprouve un certain plaisir à les laisser engager la conversation. Je n'ai d'ailleurs pas grand-chose à leur raconter. Aussi, j'attends...

Le plus massif, la figure congestionnée et les yeux injectés de sang, parle le premier.

— Je suis Mr. Beullens, dit-il. Et voici mon *partner,* Mr. Isitt.

Ils ne m'ont pas tendu la main. Ils m'ont accueilli avec une raideur toute britannique. Je ne suis qu'un petit flic sans relief pour l'important groupe financier qu'ils représentent. Je ne parle toujours pas.

C'est Beullens qui monte au front le premier :

— La société Tyler est un cabinet d'expertises et d'enquêtes, chargé de retrouver les bijoux volés et, en cas d'insuccès, de régler les pertes subies par les clients de la Lloyd's de Londres, que nous représentons. M. Pouget, le joaillier-fabricant des bijoux de la bégum, nous a fait parvenir la liste des pièces qui ont été dérobées. Avec leur estimation. Bien entendu, nous ne mettons pas un seul instant en doute la valeur des pierres. Mais avant de prendre une décision, nous aimerions savoir où vous en êtes de votre enquête. Espérez-vous récupérer au moins quelques pierres ?

Mr. Isitt, longiligne, lisse d'une main osseuse sa confortable moustache de colonel de l'armée des Indes. Puis il attaque, à son tour :

— Nous avons parlé à votre chef, pendant que vous étiez dans le Midi. C'est lui qui nous a proposé de vous rencontrer confidentiellement, ailleurs qu'à la Sûreté, pour éviter des fuites toujours regrettables...

Le Gros, en effet, à mon retour de Cannes, m'avait expédié au 12, rue de la Paix. Pas pour bavarder mais pour enregistrer :

— Les assureurs sont des voyous, Borniche. J'ai su par Battini, le chef du détachement de P.J. de Nice, qu'ils ont mis des « privés » dans la course pour traiter directement avec les gangsters. C'est leur habitude d'offrir des primes pour récupérer les tableaux ou les bijoux volés. Nous, on ne mange pas de ce pain-là. Ce que nous voulons, c'est arrêter les agresseurs de l'agha. Le fric, cela vient après. Tâchez de leur tirer les vers du nez !

De la rue des Saussaies à la rue de la Paix, c'est une promenade. J'ai suivi la rue du Faubourg-Saint-Honoré, léché les vitrines au passage, traversé la place Vendôme. A l'angle de la rue, la vitrine Bouchardon faisait feu de ses dernières parures. A sa droite, Van

Cleef et Arpels. Cela m'a ramené à Deauville et à l'enquête laissée en suspens.

Mon regard glisse au long de la raie impeccable dans l'épaisse chevelure crantée de Mr. Isitt. Son accent sort tout droit d'un film de Laurel et Hardy.

— Il faut vous dire que la Lloyd's, de même que M. Pouget, est prête à verser une prime importante à toute personne qui fournira des indications intéressantes.

— Je sais, dis-je, j'ai lu les journaux. Je sais aussi que vous avez envoyé sur la Côte des détectives qui ont pris contact avec des hommes du Milieu.

Comme frappés de stupeur, Messrs. Isitt et Beullens se regardent. Puis se tournent vers moi, m'écrasant de leur profond ennui :

— Un contact a en effet été pris avec un homme qui nous a téléphoné. Lazzarini.

Lazzarini ! Le beau-frère d'Ange Foata, le propriétaire du Bijou-Bar, rue du Faubourg-Saint-Honoré, face aux bureaux de la 2e brigade territoriale de la préfecture de police. C'est le dernier salon où l'on cause, le Bijou-Bar ! Des journalistes, des policiers, des magistrats, des avocats le fréquentent. Le Pernod y vaut le Ricard. Foata est l'ami de Victor. Il vient souvent lui rendre visite, rue Gît-le-Cœur. En compagnie de Lazzarini, justement. Un malin, celui-là. Bien parti pour piquer du fric aux gogos de la société Tyler and Co., sans rien donner en échange !

Patient, j'arbore un sourire discret de vieux diplomate :

— Ces contacts n'ont rien donné, je suppose ?

— Rien jusqu'ici, grogne Beullens. Mais sait-on jamais ?

— Et qui a pris langue avec Lazzarini ?

Il faut que j'en sache plus. Que je connaisse le nom du ou des détectives chargés par mes hôtes de doubler les services officiels. Il y a tant d'agences douteuses à Paris et ailleurs. Elles envahissent les colonnes des annuaires téléphoniques et des Bottin.

— Le commissaire Hugues.

— Pardon ?

— Le commissaire Hugues, de la Sûreté nationale.

La nouvelle me frappe à l'estomac. Michel Hugues est un commissaire de la Direction des services de la P.J. Ce garçon sympathique, blond, distingué, le visage ouvert, est placé, comme moi, sous les ordres de Vieuchêne. Il chasse les trafiquants de stupéfiants. Il a trente ans. Il a débuté dans la P.J., à Toulouse, où notre directeur général, Pierre Bertaux, était commissaire de la République, à la Libération.

De deux choses l'une : ou Vieuchêne se joue de moi, ou il ignore que son subalterne s'est rendu à Nice pour traiter avec les médiateurs des truands. Que chaque police, Sûreté, préfecture ou gendarmerie, ait ses propres indicateurs et qu'elle mène la lutte pour son compte en faisant quelques vacheries aux copains, passe encore ! C'est absurde, c'est illogique — on a l'habitude, c'est comme ça. Mais que le Gros ait un commissaire à lui, personnel, pour me faire des vacheries à moi, qui me défonce pour la gloire de son service, ça, c'est énorme ! Il est vrai que la maxime « Diviser pour régner » est abominablement juste, dans l'administration.

Je ne comprends plus. Je me répète les paroles de Vieuchêne : « Les assureurs sont des voyous... Tâchez de leur tirer les vers du nez. » Il avait l'air sincère.

Me voici prisonnier de cette alternative. Si je pose une question de plus, les dignes représentants de la Lloyd's vont s'apercevoir que je ne suis au courant de rien. Ils peuvent arrêter net leurs confidences. Si je ne la pose pas, je reste sur ma faim. Je n'en sais pas plus sur la mission d'Hugues et sur la stratégie éventuelle de Vieuchêne. Je me force à sourire, de nouveau.

— Ah, Hugues ! J'avais mal entendu. Je suis au courant, bien sûr. J'avais cru entendre Huc, un collègue de la surveillance du territoire, chez Wybot. Je me demandais aussi ce que Huc venait faire là-dedans… Il ne s'occupe que du contre-espionnage.

J'ajoute, pour bien enfoncer le clou :

— C'est un bon policier, Hugues. Qu'est-ce qu'il pense de ce Lazzarini ?

L'accent d'outre-Manche de Mr. Isitt s'élève comme un gémissement de ferry-boat.

— Ma foi… Il avait préparé les reçus pour la somme de 10 millions que nous avions proposée en échange des bijoux. Mais Discepolo, l'associé de Lazzarini, a exigé 60 millions. Cela nous a donné à réfléchir…

— Evidemment.

J'ai l'impression qu'on va avoir la tête coincée dans un sac d'embrouilles, à la Sûreté nationale !

— … Vous avez raison, c'est trop !

Jacques Discepolo ! Une connaissance. Une bonne tête du Milieu marseillais. Il ne trahira pas ses amis. Il est en train de truander les assureurs. C'est un ami de Paul Leca. Et de combien d'autres ! J'enregistre, pour mémoire.

Avant d'aller plus loin, il me faut en référer à Vieuchêne. Je tripote ma montre.

— Je suis dans l'obligation de partir. Un rendez-vous urgent. Dans quelques jours, je vous dirai où j'en suis… Un conseil pour le moment : ne payez rien avant d'avoir le feu vert.

Je marche vers la rue des Saussaies. J'ai l'impression de m'être mis dans un sacré guêpier. Dans vingt minutes, je saurai bien si le Gros est franc du collier avec moi. Je ne peux quand même pas la jouer tout seul, cette partie !

La tempête fait rage sur la Direction des services de la police judiciaire. Le raz de marée atteint d'abord Vieuchêne, puis submerge le directeur lui-même, Georges Valantin, un homme du Midi, un vieux de la vieille qui, à cinquante-trois ans, a déjà derrière lui trente ans de bons et loyaux services. Il a escaladé tous les échelons de la vie administrative. Dans quelques années, ce haut fonctionnaire jouira d'une retraite bien gagnée dans sa bonne ville d'Antibes, où il était précisément en vacances lorsque l'agression s'est déroulée. C'est pourquoi il a pris l'affaire en main avant de regagner Paris, le plus vite possible.

Il m'attendait devant un bureau Louis XVI, vierge de tout dossier, les coudes posés sur le sous-main de cuir fauve rehaussé d'une lisière d'or. Il en impose, Valantin, tout aux couleurs du drapeau national, depuis son complet bleu marine, sa chemise blanche, sa cravate rayée bleu et rouge — un rouge éclatant, assorti à la rosette de sa Légion d'honneur — jusqu'à sa chevelure neigeuse qu'une savante ondulation fait bouffer vers l'arrière. Il s'est légèrement coupé au coin de la lèvre gauche, en rasant de trop près son visage sanguin.

Il affecte un grand calme, mais je le sens nerveux.

Vieuchêne me précède, le menton levé, dans le cabinet directorial. Valantin quitte son fauteuil pour me serrer la main :

— Heureux de vous connaître, Borniche.

Il nous fait signe de nous asseoir sur les sièges placés devant son bureau. Un silence de quelques secondes : il me fixe de ses yeux havane :

— Le commissaire Vieuchêne m'a rapporté votre entrevue avec les représentants de la Lloyd's. Ils vous ont parlé d'Hugues, c'est bien ça ?

— C'est ça, monsieur le Directeur. D'après eux, il serait arrivé sur la Côte trois jours après le vol. Il aurait pris contact avec Lazzarini et Discepolo qui auraient réclamé 60 millions en échange des bijoux. De plus, les voleurs ne devaient pas être inquiétés.

— Vous êtes sûr de cette histoire ?

— C'est ce qui m'a été dit, monsieur le Directeur.

Georges Valantin contourne son fauteuil, marche jusqu'à la fenêtre, qui donne sur la cour d'Honneur du ministère de l'Intérieur. Il semble contempler les voitures qui défilent devant l'imposante grille de fer forgé, cinq étages plus bas. J'en profite pour tenter de déchiffrer la signature, au bas de l'immense tableau qui dévore une partie du mur du bureau. Le Gros, lui, ne quitte pas le directeur des yeux, attendant qu'il se retourne.

Le silence commence à devenir gênant, quand Valantin fait brusquement volte-face, s'adressant à Vieuchêne :

— C'est insensé ! Vous lui aviez confié cette mission, à Hugues ?

Le Gros donnerait cher pour que le fauteuil l'escamote.

— Pas du tout, monsieur le Directeur. Je vous l'ai dit. Je ne savais pas qu'il était sur la Côte. Il y est allé de sa propre initiative.

— Pendant que je m'y trouvais moi-même, articule Valantin, les narines pincées. Quand j'avais pris la direction des opérations, Eglenne, le central de Cannes, Battini, de Nice, Mattei, de Marseille, tous étaient à mes côtés ! Et, à aucun moment, Hugues n'est venu se présenter, ne serait-ce que par politesse ! J'ai aperçu Beullens, le représentant du cabinet Tyler, au commissariat de Cannes. Il ne m'a absolument pas dit qu'Hugues était avec lui à Nice. C'est insensé, insensé !

Je suis dans mes petits souliers. Les questions se bousculent, dans ma tête. N'aurais-je pas dû cacher au Gros une partie de ce que m'avaient dit les assureurs ? Hugues est un collègue fort sympathique, un commissaire scrupuleusement honnête. Et me voici en train de lui attirer des ennuis ! Non, je ne suis pas fier...

Valantin, qui tourne maintenant le dos à la baie, contemple Vieuchêne comme le boa fascine la proie qu'il va bientôt digérer :

— C'est bien vous qui avez demandé à Borniche de se rendre rue de la Paix, chez les assureurs ?

— Effectivement, monsieur le Directeur. Beullens était venu me voir alors que Borniche était à Marseille. Je me suis gardé de lui livrer quoi que ce soit sur la marche de l'enquête. J'ai bien vu qu'il se moquait de l'arrestation des voleurs. Ce qui l'intéressait, c'était de récupérer les bijoux. Je les connais, les assureurs... Tous des coquins. Aussi, je me suis méfié. Beullens a oublié de me dire qu'il avait lancé des « privés » dans la course. C'est Battini qui m'a mis la puce à l'oreille. Les journaux avaient parlé d'une prime offerte par le joaillier de la bégum et par la Lloyd's, mais...

— ... Et, coupe Valantin, vous avez convoqué Hugues, à son retour, pour lui demander des explications, je suppose ?

— Je vous ai réservé la primeur de l'information, monsieur le Directeur.

Il est perplexe, le directeur. Il se détache de la fenêtre, va et vient, la tête baissée, entre son fauteuil et le tableau géant, puis s'immobilise, se forçant à rester calme.

— Hugues est une créature de notre nouveau directeur général, dit-il lentement. Il n'est pas allé là-bas de son propre chef. C'est Bertaux qui l'a envoyé. Dans quel dessein ? Il va bien falloir qu'il me le dise... Je considère cela comme un affront personnel. En tout cas, Hugues a commis une grave faute professionnelle. D'abord, il devait vous rendre compte de ses faits et gestes, puisque vous êtes son supérieur hiérarchique. Ensuite, et cela est plus grave... je suis le directeur, non? Il savait que j'étais à Cannes. Il devait m'y rejoindre. Je demande immédiatement audience au directeur général. Si je n'ai pas d'explications valables, je lui colle ma démission. Vous entendez, Vieuchêne, ma démission. Je ne supporte pas qu'on me fasse des enfants dans le dos !

Il entend bien, le Gros, mais l'oreille basse. L'affaire prend un tour qui ne lui plaît pas du tout. Il voit s'éloigner à tire-d'aile la promotion éventuelle dont le grand patron lui avait parlé. Il me décerne un regard courroucé. Je ne vais tout de même pas être le bouc émissaire dans cet imbroglio ?

Valantin est de nouveau assis. Il se balance sur les pieds arrière de son fauteuil, qu'il fait pivoter de droite à gauche et de gauche à droite.

Soudain, sa voix nasille :

— Barbier ?

Instantanément, la porte s'ouvre. A croire que le commissaire principal Marcel Barbier, chef du secrétariat et des affaires réservées, avait l'oreille collée au panneau. Ses cheveux noirs soigneusement cosmétiqués apparaissent dans l'entrebâillement.

— Vous m'appelez, monsieur le Directeur ?

— Demandez-moi tout de suite au chef de cabinet Paolini une audience avec le directeur général. Surtout, insistez. Dites que c'est important. Très important.

— Bien, monsieur le Directeur... Je me permets de vous signaler que j'ai la réponse de Marseille, au sujet de l'article de presse révélant qu'un des auteurs du vol a été identifié.

Valantin, au comble de l'exaspération, bondit de son siège :

— Et alors ?

— On ignore qui a passé le communiqué, mais il vient de Paris... Mattei est dans tous ses états. Les voleurs sont prévenus, maintenant ! Et, bien sûr, le fameux Prépuce Senanedj demeure introuvable !

— Ben voyons ! éclate Valantin. J'espère pour Hugues que la fuite ne vient pas de lui !

21

— Une lettre pour vous, Borniche.

Le Gros darde sur moi un regard dépourvu d'aménité, me tend une enveloppe à l'écriture de chat qu'il a dénichée dans le courrier de la sous-direction des affaires criminelles. Tel que je le connais, il l'a tournée et retournée dans tous les sens, avant de se décider à carillonner à mon bureau. C'est sa marotte de toujours tout savoir, de vouloir tout contrôler. Le moindre secret est, pour lui, une offense. Il en a été pour ses frais. Aussi m'accueille-t-il avec la froideur des grands jours :

— Vous pourriez vous dispenser de recevoir votre courrier personnel au service, bougonne-t-il. Ce n'est pas un bureau de poste, ici. Si tout le monde faisait comme vous !

J'examine le timbrage, les initiales L. R. et l'adresse inscrites au verso de l'enveloppe. Pas de doute : la Raclette a tenu sa promesse. La lettre a quitté subrepticement la prison des Baumettes et a été postée à Aix-en-Provence.

— C'est Souveix, dis-je, comme si j'avais besoin de me justifier.

Le Gros m'observe, sceptique. J'ouvre la lettre. En tête de la feuille quadrillée arrachée d'un cahier d'écolier, la date du 13 août.

— Alors, vous lisez où vous ne lisez pas ? grogne Vieuchêne.

Je me place le dos à la fenêtre. Je distille à mi-voix, pour satisfaire sa curiosité :

« *Cher poulet. Pour ce que je vous ai dit l'autre jour, l'armateur c'est bien Nicolaos, le pote à Mathieu Costa. Il crèche à Genthod, un patelin du côté de Genève. Il est bourré à craquer. Prépuce y allait souvent. Mon baveu m'a dit qu'il était bien dans le coup. Ils l'ont fait partir de La Bocca, impasse des Bruyères, pour un changement de bagnole à Saint-Tropez. Tout le monde est en cavale, en Corse et même au Maroc. C'est Paulo qui a les diams et il y a un Ricain qui le cherche et qui n'est pas content d'avoir été doublé. Tâchez de me faire palper un peu d'oseille. Pour le moment, accrochez-vous à F. S., P. M., B. R. et J. B. Si je n'ai pas pas de nouvelles, je contacterai Mattei. Envoyez des pipes. Salut à Prosper quand vous le verrez. Sincère paluche.* »

Je relève la tête. Le Gros joue l'homme écœuré :

— Quel langage, s'exclame-t-il. En somme, il vous fait du chantage, votre protégé ? C'est vous qui devriez le tenir et c'est lui qui dicte ses conditions ! De l'oseille et des pipes ! Et puis quoi, encore ?

— Vous m'avez toujours dit qu'un bon indic valait mieux que vingt poulets, patron. Que nous devions avoir le réseau d'informateurs, payés ou non, volontaires ou contraints, le plus étendu et le plus sûr qui soit...

Eh oui ! Je me souvenais, mot à mot, de la longue tirade du Gros. Nous cherchions Buisson. La P.P. nous concurrençait durement [1]. Vieuchêne, devant un pastis, chez Victor, nous avait fait la leçon, à Hidoine et à moi. Depuis cette soirée mémorable, j'ai renforcé ma bande

1. Voir *Flic-Story*, éd. Fayard.

d'indics mais jusqu'à présent, à part Flora et la Raclette, peu se sont manifestés. Il est vrai que je n'ai pas eu beaucoup le temps de leur rendre visite. Et les indics ne sont pas du genre à venir pointer rue des Saussaies comme dans un bureau de chômage.

Vieuchêne ne s'avoue pas vaincu :

— Oui, mais celui-là, c'est quand même un drôle de personnage. Rien qu'à la façon de vous appeler « Cher poulet »...

— Qu'importe, s'il nous fournit des indications intéressantes ! Pour La Bocca, il ne s'était pas trompé...

— Vous parlez ! Vous êtes arrivé pour voir partir Prépuce !

— N'empêche que si nous avions la chance de le piquer, nous ferions un sacré pas en avant.

— En Suisse ?

— En Suisse ou en France. Il est possible qu'il soit chez le Grec. C'est à vérifier...

Le Gros essaie de croiser sa veste sur son ventre. C'est la révolte :

— Parce que vous croyez que je vais vous expédier vers la Suisse ? Déjà que depuis quinze jours, vous passez votre vie dans les trains ! Vous savez combien ça coûte à l'Etat, vos balades ?

— Elles me coûtent surtout à moi, patron. Pas de vacances, pas de vie de famille, des frais supplémentaires... Si vous préférez que je passe les tuyaux à Mattei, je veux bien ! Il saura mettre un nom sur les F. S., P. M. et autres J. B., lui.

Le Gros pose son stylo et ses lunettes sur le sous-main de carton bouilli, hoche la tête, ulcéré :

— Parce que vous vous mettez à faire du chantage, vous aussi ?

— Non. Je veux seulement dire que je préférerais m'occuper de René la Canne...

— Comment ça, René la Canne ?

— Il paraît que c'est lui qui a dévalisé Jacques Arpels à Deauville et, pendant que les barrages se constituaient sur les routes, il remontait tranquillement la Seine sur son bateau, le *Sans-Souci,* avec le magot sous les pieds [1]...

Le Gros réfléchit quelques instants puis :

— Bon. Allez-y à Genève, puisque vous en mourez d'envie. Mais pas d'histoires avec les Suisses, hein? Nous n'avons pas le droit d'opérer sur leur territoire sans les avertir. Pas plus qu'eux, chez nous. Supposez que vous trouviez Senanedj, comment allez-vous faire ?

— Je vous aviserai... Vous déciderez.

Je plie la lettre, la glisse dans ma poche :

— Si je trouve le gros Roger, nous bouclerons les affaires Costa, Fredericci et le dossier des bijoux. C'est à souhaiter, que je le découvre avant Marseille...

Dans le couloir, j'allume une cigarette. A pas lents, je regagne mon bureau. Au moment où j'appuie sur le bec-de-cane, le téléphone sonne. Je me précipite. La voix du Gros nasille dans l'écouteur :

— Je vous fais préparer une voiture pour Saint-Germain et vous conduire ensuite à la gare. On aurait bonne mine si votre Raclette passait les tuyaux à Mattei.

Il a raccroché avant que j'aie pu ouvrir la bouche. J'expédie vers la fenêtre des ronds de fumée puis je m'assieds, pousse un soupir. Marlyse va en faire une tête lorsque, tout à l'heure, je lui annoncerai que je découche une fois encore !

La lettre de la Raclette m'a transfusé un sang nouveau. Crocbois m'a déposé devant la mairie de Saint-Germain-en-Laye. Le meilleur moyen de retrouver Prépuce, c'est évidemment de mettre la main sur sa

1. Voir *René la Canne,* éd. Fayard.

compagne. « Cherchez la femme ! » Le dicton est toujours valable.

J'aime beaucoup Saint-Germain, proche banlieue parisienne, avec son château, ses parterres, ses jardins et sa terrasse. Sa forêt aussi, où le dimanche, lorsque je n'étais pas de service à la 1re brigade de la rue de Bassano, je venais flâner, main dans la main, avec Marlyse, foulant aux pieds les feuilles d'automne.

Les vieux bâtiments de la mairie, vestiges du passé, m'accueillent. Cap sur le bureau de l'état civil. La date de naissance de Renée Rémy va me permettre de compléter son portrait.

Elle est ravissante, la jeune employée à la chevelure de feu. Son corsage bâille discrètement lorsqu'elle se penche sur le répertoire analytique des naissances. Le doigt fin remonte la rangée des R.

— Rémy Renée, née le 17 janvier 1928. C'est ça ?

C'est bien ça. La jeune fille rosit. Mon regard ne serait-il pas trop appuyé ?

— Célibataire ou mariée ?

A nouveau, par le bâillement du corsage, j'ai droit à la découverte d'une rondeur.

— Mariée le 11 septembre 1943 à Marseille, avec Roger Baronian. Divorcée le 30 juillet 1948. Rien d'autre.

— Sa filiation, s'il vous plaît.

J'attends, comme le furet guette le lapin. Cherchez la femme, c'est bien. Mais souvent, par les parents, on atteint le même but.

— Je vois que le père, Emile, est maçon et la mère, née Léone Martin, se dit journalière. Ils habitaient 3, cour du Lion-d'Argent. C'est démoli depuis. Pas de mentions marginales de remariage ou de décès. Pas de demande d'acte ou d'extrait de naissance non plus.

Le registre se referme, reprend sa place dans la rangée de classeurs. Un coup pour rien mais il fallait le tenter.

Une enquête, c'est une bobine de fil, prétendait mon premier chef de groupe. Il suffit d'en trouver le bout et de tirer dessus, après.

Le bout, je tâcherai de le saisir demain, à Genève.

22

Le ronronnement de la Rolls blanche ne dérange guère les oiseaux qui s'ébattent sur le gazon de la demeure de Zorba le Grec. Dégringolade de pelouses jusqu'au ponton, contre lequel se balancent un puissant hors-bord, bête de course à deux moteurs Evinrude, et une barque de pêche toute simple qui semble étonnée de se trouver dans ce décor pour milliardaire. Angelo Ceppa, lui aussi, se sent dépaysé. Même la résidence de don Giuseppe Guidoni, à Palm Beach, beau délire architectural, ne respire pas l'opulence à ce point. Zorba a doté son sanctuaire, au bord du lac Léman, de cette parure de marbre, de ces colonnes et de ces chapiteaux qui ont résisté à l'érosion dans sa Grèce natale. La perspective des jardins est superbe. L'œil la suit jusqu'au jet d'eau qui surgit du lac pour refléter le scintillement des glaciers du Mont-Blanc dans le soleil couchant. Tout à l'heure, quand le DC 6 de la Swissair descendait sur Genève, Angelo se disait déjà qu'il devait être bien agréable de vivre dans le pays du secret bancaire. Peut-être plus que dans les Everglades, les terres marécageuses de sa Floride d'adoption.

Angelo a choisi sa tenue avec soin pour affronter Zorba : veste de tweed, pantalon de flanelle marron, cravate club et chaussures havane, le tout signé di Nota.

Il n'aime pas voyager avec des bagages. Son attaché-case Hermès lui suffit. Il y a rangé, avec un soin maniaque de célibataire, sa trousse de toilette et la robe de chambre en soie couleur or qui l'a séduit, dès son arrivée à Cannes, dans une vitrine de la Croisette.

Le chauffeur vietnamien, en livrée blanche, s'immobilise devant le grand patron, Zorba Nicolaos lui-même, venu à la rencontre de son hôte, sur les gradins de marbre blanc :

— Ce voyage, Angelo ?

— Je m'en serais passé. Merci quand même de m'avoir envoyé votre Rolls.

Le ton est sec. Du coup, Zorba ne sourit plus. Il se contente de désigner la terrasse, où s'étalent les chaises longues capitonnées, sous le vélum or et rouge. Il observe avec attention Angelo, qui dépose son mini-bagage sur une table basse. Il cherche quelque chose à dire, se décide enfin :

— On est bien, ici, pas comme sur la Côte... L'air des montagnes, le calme du lac... Vous allez passer une bonne nuit...

— Oui, oui...

Angelo est déjà installé dans une chaise longue.

— Whisky ? Champagne ?

— Champagne... Il faut bien sabler le succès de votre entreprise !

Par les vastes baies ouvertes sur la terrasse, il contemple le salon. Sur la monumentale cheminée de pierre, le cartel Louis XV marque 19 heures. Les projecteurs jouent avec les murs recouverts de damas broché, pour révéler les tableaux de Boucher, de Watteau juxtaposés avec des dessins modernes : le Parthénon, l'Acropole, les monastères du mont Athos. Des plats d'or ciselé trônent dans une vitrine d'angle. Un sphinx et un lion se disputent la longue queue d'un piano Steinway.

Aux narines d'Angelo, tout cela sent bon le fric. Sans

compter ce que les coffres de Genève, des Bahamas et de la Chase Manhattan Bank doivent receler !

Le maître d'hôtel, vietnamien lui aussi, verse délicatement le Krug dans les flûtes. Oui, ce grand trafiquant de Zorba fait bien les choses. Angelo savoure lentement, dévisageant son hôte par-dessus le verre contre lequel s'écrasent les bulles. Un moment de silence, le rite de la boisson. Puis Angelo pose sa coupe. Le cristal sonne contre l'assiette de porcelaine, où des anchois somnolent sur un lit d'olives noires.

— Je ne sais si vous avez fait le point. Mais pour moi, c'est réglé. Pour don Giuseppe aussi. Sa position est nette : vous vous êtes fait posséder comme un enfant de chœur. Il exige des explications. Surtout, l'indemnisation du préjudice subi.

Le serviteur s'est éloigné. Zorba, inquiet, sort la bouteille du seau, remplit les coupes, énonce lentement :

— Indemnisation de quoi ? Parce que je n'ai pas perdu d'argent, moi, dans cette connerie ? J'ai envoyé Achille, l'un de mes meilleurs marins, attendre l'arrivée du couple sur mon yatch. Tout ça pour rien. Qu'est-ce qu'il peut me reprocher, le Don ? Tout était calculé, minuté... Ce n'est pas ma faute si les hommes de Paulo se sont trompés de cible.

Le regard d'Angelo se fait glacial :

— Le jour et l'heure ont été ce que vous avait signifié votre colonel. Or, le 3, Ali n'était plus à Cannes. Il s'est donc moqué de vous. La moindre vérification de votre part aurait évité cette scène grotesque. Il est où, votre militaire d'opérette, en ce moment ?

— Je vous en prie, ce n'est pas un militaire d'opérette, Norton... J'ai téléphoné à sa femme, à Paris. Elle ne sait pas où il est. Peut-être en Allemagne, peut-être en Autriche…

— Tiens donc. Et vous l'avez eu quand, pour la dernière fois ?

— Le 3. Juste avant d'appareiller. Il m'a dit que tout allait bien et qu'il m'appellerait dans les jours qui viennent…

— Il était à Cannes ?

— Je suppose… La ligne était mauvaise.

Angelo s'empare de sa coupe, la fait tourner dans sa main, fixe Zorba :

— Il s'est foutu de vous, c'est clair. Il savait très bien qu'Ali et Rita n'étaient pas le 3 sur la Côte. Il va falloir payer, mon cher…

Zorba recueille quelques gouttes d'eau glacée dans le seau à champagne, passe un doigt sur son front :

— Payer ? Mais payer quoi ?

— Quand on vous propose une affaire, disons scabreuse, vous prenez des risques pour la mener à terme, non ? Eh bien, le Don a pris des risques, lui aussi. Sur la foi de vos indications, il s'est mis dans une situation difficile, tant sur le plan moral que matériel. L'ennui, c'est qu'il n'aime pas qu'on se paie sa gueule. Pas du tout. Vous comprenez ce que je veux dire ?

Zorba reçoit comme un coup de fouet les paroles de l'envoyé de l'Organisation. Il regrette son imprudence. Jamais il n'aurait dû inviter ce mafioso de malheur dans sa villa. Un restaurant de Genève aurait mieux fait l'affaire. Il a voulu parader, étaler son luxe et voilà où cela le mène. En public, l'autre aurait mis son arrogance en veilleuse.

— Je ne comprends pas très bien, non…

— Vous allez comprendre. L'échec a atteint le Don dans sa dignité. Pensez-vous qu'il se serait lancé dans cette aventure si vous n'aviez pas été aussi sûr de vous ?

Vous lui avez laissé entendre qu'elle rapporterait quelques milliards... Exact ?

— C'est-à-dire que Costa...

— Laissez Mathieu Costa. S'il a parlé de cette somme, lui aussi, c'est que vous lui aviez mis les chiffres dans la tête. Il n'avait aucun contact avec le colonel Norton, Mathieu... Maintenant qu'un accident stupide vient de l'éliminer, ne lui faites pas porter le chapeau. Vous avez voulu récupérer une dette de jeu, vous avez pressé Norton de vous fournir des indications et vous avez imaginé la scène de l'enlèvement. Je ne vous le reproche pas. Ce que je vous reproche, c'est d'avoir mis le Grand Conseil dans le coup. Vous vous êtes conduit comme un amateur.

Zorba ne répond pas. Ceppa a raison. Lui, Zorba Nicolaos, l'armateur multimilliardaire, qu'est-il venu faire dans cette galère ?

— Quel Grand Conseil ? demande-t-il, une lueur d'inquiétude dans la voix.

— Le Don est un membre important de la Cosa Nostra. Mais il n'est pas seul. L'opération envisagée en Amérique du Sud a reçu l'assentiment des participants du congrès. La mise de fonds de chacun a été fixée pour l'acquisition d'avions, la construction de pistes d'atterrissage, de bâtiments, de laboratoires. Même Meyer Lansky[1], le plus méfiant dès qu'il faut payer, s'est engagé dans la société nouvellement créée. Alors, de quoi aurait l'air désormais don Giuseppe Guidoni s'il ne pouvait faire face à ses engagements ? C'est pour cela qu'il vous rend responsable de cette erreur de parcours... A moins que...

Zorba tend l'oreille.

— Oui ?

— ... Vous me versez 2 milliards dans les jours qui

1. Voir *le Boss*, éd. Grasset.

viennent. Vous avez du répondant, à ce que je vois... 2 milliards, pour vous, ce n'est pas la mer à boire, sans jeu de mots...

Ignoble Angelo. Zorba est en plein désarroi. Comment se débarrasser de ce visiteur dangereux ? Elles ne pèseraient pas lourd, ses vertèbres cervicales, entre les doigts crochus de Li Phang, le jardinier, qui promène sa face plissée entre les haies de rosiers, près du lac. Mais à quoi cela servirait-il ? Angelo n'est qu'un pion sur l'échiquier de l'*Onorata Societa !* Un autre tueur le remplacerait aussitôt. Il faut composer, au contraire. L'amadouer. Gagner du temps. Mais pas trop. Car si don Giuseppe s'énerve, c'est tout le négoce de Zorba qui s'effondre. Où trouver 2 milliards ? Les assurances ne paieraient jamais une telle somme pour quelques cargos disparus corps et biens dans le triangle des Bermudes. Dans cette portion d'océan où l'on ne retrouve jamais rien, les enquêtes dureraient des années ! Le Don aurait réagi bien avant, et Zorba dégusterait les pissenlits par la racine.

— Il y a quand même 213 millions de bijoux, finit-il par dire, à mi-voix.

Ceppa hausse les épaules.

— Parlons-en, des bijoux ! Vous savez où ils sont, vous, les bijoux ! Moi, pas. Ils sont restés deux jours enterrés dans la marmite du droguiste de Vallauris ; ensuite, plus rien. Envolés avec Leca qui devait les négocier. Parce que Leca, comme Norton, comme les autres, disparu ! Evaporé dans la nature. Si on travaillait avec des clowns pareils, on ne ferait pas souvent fortune, aux Etats-Unis. Les Français sont trop individualistes. Vous avez eu tort de leur confier une opération de l'*Onorata Societa.* Votre Prépuce, l'as des as, le champion des champions des conducteurs, qu'est-il devenu, par exemple, celui-là ? Ce n'est pas Paulo qui l'avait choisi, c'est vous qui l'avez imposé. Il n'a rien trouvé de mieux que de laisser son nom au garagiste qui a installé une batterie neuve sur sa voiture volée. Il faut le faire ! Comme s'il était incapable de la poser lui-même, cette batterie. Maintenant, sa tête d'abruti s'étale dans tous les journaux. On ne voit qu'elle, dans les kiosques...

— C'est pour ça que Leca l'a enlevé de la planque de La Bocca. Il l'a mis au vert à la campagne, avec sa petite amie, pas loin d'ici... Sans téléphone, naturellement. Du moins, c'est ce que Paul m'a dit...

Angelo hausse les épaules.

— Il les a mis au vert, je veux bien. Cela n'a pas empêché Prépuce d'écrire au procureur de Grasse pour clamer son innocence. Il ne serait pas long à se mettre à table si les policiers le cueillaient. Quand je pense que vous l'avez fait venir des Caraïbes rien que pour ça...

— Des Canaries, soupire Zorba.

— Si vous voulez. Un conseil d'ami : Prépuce et sa nana, c'est par eux qu'il faut commencer. Avant les autres.

Le regard et la voix d'Angelo sont sans équivoque. Zorba tente de biaiser :

— Leca a de l'argent, beaucoup d'argent. Dans le fond, c'est lui le plus responsable. Il n'a pas choisi les hommes qu'il fallait. Ça ne m'étonnerait pas qu'il soit à Tanger... Magali doit avoir son point de chute.

— Quelle Magali ?

— Une fille qu'il protège à Cassis, pas loin de Marseille. Elle tient un restaurant sur le quai Barthélemy. Si j'allais la voir...

— Allez-y, maugrée Angelo en se levant. Où est ma chambre ?

Le visage de Nicolaos exprime l'étonnement :

— Vous ne mangez pas ? Le dîner est prêt...

— Je n'ai pas faim, grince Angelo. Réveil à 8 heures. Le vol pour Nice est à 9 h 30. J'ai mon billet. Bonne nuit.

23

On m'avait dit qu'en Suisse seuls les véhicules en parfait état avaient le droit de rouler. Alors, qu'est-ce qu'elle fait là, à la sortie de la gare Cornavin, cette Volkswagen d'un autre âge, à l'antenne de radio tordue, qui semble n'attendre que moi ? Trop étroite pour y entasser une famille et ses bagages, trop délabrée pour inspirer confiance.

Le chauffeur crache sa chique dans le creux de sa main, m'interpelle par la vitre baissée de la portière gauche :

— Vous allez où, comme ça ?

— A Genthod. Je cherche le car.

Il découvre des dents plantées comme au hasard, et jaunies par le tabac :

— Il n'y a pas de car pour Genthod. Si ça vous chante...

Pourquoi pas ! Je m'installe sur la banquette de similicuir, entre deux ressorts qui ont jailli à travers. Dans un bruit de lave-vaisselle, l'homme à la nicotine me conduit vers l'inconnu. Il est 9 heures. Genève vit son été. Le café crémeux du buffet de la gare m'a rendu optimiste. La luminosité est déjà intense. Le paysage a des teintes magiques. Mais ce paisible tableau pastoral ne me fait pas oublier que le Gros ne m'a offert qu'à contrecœur cette promenade touristique.

Le chauffeur est désespérément muet. Il fait passer son poison d'une joue à l'autre. Il mastique avec application. Ses cheveux gris et bouclés tombent sur le col crasseux d'une vareuse bleu marine. De temps à autre, un écart de direction me donne des sueurs froides. Comme nous longeons un parc et attaquons la route de Lausanne, je décide de rompre le silence.

— C'est encore loin ?

Je n'obtiens, pour réponse, que le regard vide du maître « ès conduite » dans le rétroviseur. Un coup de frein brusque, juste devant les étagères d'une épicerie d'angle où s'alignent des tablettes de chocolat fondant. Enfin, la voix éraillée s'élève, noyée dans le jus de chique :

— Vous y êtes, à Genthod. Vous croyez pas que j'allais vous faire faire le tour du lac !

Je règle ma course avec des pièces obtenues au bureau de change de la gare. Pour le pourboire, une pièce de 10 centimes fera l'affaire. Cédant à la gourmandise, je pique sur une plaquette de Lindt, au lait et aux noisettes. Tandis que l'épicière recherche sa monnaie, je demande :

— Savez-vous si la villa de M. Nicolaos est loin d'ici ?

— Nicolaos, le Grec ?

Je fais oui de la tête.

— Non, ce n'est pas loin. Mais je ne sais pas s'il est là en ce moment, M. Nicolaos. En principe, l'été, il est à Cannes, ou en croisière. Attendez... Fernand ?

La voix chantante s'est dirigée vers l'arrière-boutique d'où le prénommé Fernand surgit, cheveux blancs sur une figure rougeaude, le pantalon de velours côtelé brun accroché à des bretelles de cuir.

— Monsieur demande si tu as vu le Grec ces jours-ci ?

Le regard de Fernand se pose sur moi. J'affiche un sourire d'encouragement.

— Je suis de passage... J'aurais voulu lui faire une surprise...

— Il me semble avoir vu sa Rolls passer tout à l'heure... S'il est là, c'est pas pour longtemps, à cette époque-ci...

Fernand disparaît entre deux rangées de caisses.

— C'est pas compliqué, reprend l'épicière. Vous descendez jusqu'au lac, là, devant vous. Vous prenez à gauche la route de Versoix. A cinq cents mètres, vous verrez un portique avec des jarres fleuries. C'est là. Ça s'appelle L'Attique... Je ne sais pas ce que ça veut dire, l'Attique !

Je quitte le magasin, déplie avec précaution l'emballage parfumé. Tout en grignotant mon chocolat, j'attaque d'un pied ferme la route de Versoix. Si je ne réussis pas à apercevoir Prépuce, je saurai, au moins, à quoi ressemble M. Zorba Nicolaos, l'ami de feu Mathieu Costa.

— C'est bien là, la villa de M. Nicolaos ?

Derrière la haie de prunus, le petit jardinier annamite me scrute, l'air soupçonneux, les mains dans les poches d'un tablier d'où émerge le manche d'un coupe-chou. Sa chevelure noire et raide supporte le chapeau pointu des gens de là-bas. Les yeux bridés luisent dans la face plissée. La voix zézaie :

— Il est pas là, missieur.

— Il va revenir ?

— Il est pas là. Il est parti tout à l'heure. Il a rien dit, missieur...

Je me gratte la tête, affectant un air fort ennuyé :

— Peut-être à midi ?

— Il est pas là. Il a rien dit, missieur...

— C'est embêtant, j'étais venu pour le voir… Son ami est peut-être là ?

— Il est parti aussi, missieur…

— Ah ? Son ami, c'est bien un gros, très gros ?

— Je sais pas, missieur… Ils sont à Cointrin… Peut-être qu'ils sont allés vous chercher à l'avion… Au revoir, missieur…

L'homme tourne les talons. Je risque encore une question :

— Il y a longtemps qu'ils sont partis ? Je peux les attendre ici ?

— Avant 9 heures, missieur… Il y a plus personne…

Rien à en tirer de plus… Déçu, je rebrousse chemin. Je regrette d'avoir renvoyé la guimbarde du chiqueur. Comment regagner Genève, d'où il me faudrait foncer jusqu'à l'aéroport ?

Après tout, le stop, c'est bien fait pour les piétons, non ?

Il ne faut jamais désespérer. La preuve.

Le policier suisse du service des frontières me reçoit dans sa cabine vitrée avec une amabilité qui devrait nous faire honte, à nous autres, flics français. J'ai souvent remarqué que les collègues étrangers se mettent en quatre, alors que nous, nous sommes à peine polis.

Ce n'est qu'un jeu, pour le flic suisse, de découvrir la fiche d'embarquement de Zorba Nicolaos, armateur, de nationalité grecque, domicilié villa L'Attique à Genthod. Je note la date et le lieu de naissance ainsi que le numéro du passeport. Ça peut toujours servir.

— Il a embarqué sur le vol Swissair à destination de Nice, à 9 h 30.

— Seul ou en compagnie d'un homme très gros, chauve…

— Un moment.

Le « moment » s'éternise, le temps de joindre le bureau de la Swissair. Enfin :

— Il était en compagnie d'un Américain, sur le manifeste. Les billets ne se suivent pas mais l'hôtesse de sol a remarqué que les deux hommes avaient l'air de bien se connaître. Elle ne l'a pas du tout trouvé gros, ni laid, l'Américain, bien au contraire. Vous voulez savoir son nom ?

Décidément, il est rare de rencontrer autant de compréhension et d'efficacité chez les collègues français de la police de l'air et des frontières. C'est peut-être pour cela qu'on parle de les remplacer par des C.R.S., plus ouverts au public ?

— Voilà.

Le Suisse brandit une fiche. Je m'empresse à nouveau de relever le nom : *Ceppa ;* prénom : *Angelo ;* date et lieu de naissance : *26 septembre 1918 à Brooklyn (USA) ;* domicile habituel : *E. Flagler Street 197, Miami Downtown, Florida.* Lieu de séjour en France : *Carlton, Cannes.*

Fébrile, je demande si je peux donner un coup de fil. L'inspecteur me désigne le combiné, dans un bureau voisin d'une propreté méticuleuse, aux meubles métalliques pivotant sur des roulettes caoutchoutées. Il va être surpris, mon copain Fragassi, de la brigade mobile de Nice. Si j'ai la chance de le joindre, du moins.

Un bourdonnement, un déclic, une voix d'homme revêche :

— 9e brigade P.J., j'écoute.

— Borniche, direction Paris. Pour Fragassi.

Un autre déclic.

— Oui ?

— Salut, Fragas. C'est Borniche. Est-ce que par hasard tu aurais une voiture sous la main ?

— Ça dépend. Où tu es ?

— A Genève. Il faudrait que tu me prennes en filoche

deux zèbres à leur arrivée à Nice-Côte d'Azur. Un Grec, petit, adipeux, Zorba Nicolaos. L'autre, genre play-boy, américain, Angelo Ceppa. Ils doivent être chez toi vers 10 h 45...

— On les emballe, après ?

— Surtout pas. Je veux savoir s'ils vont au Carlton ou ailleurs. Tu te planques derrière le guichet des passeports, je te fais confiance... Je te rappelle quand ?

— Est-ce que je sais, moi... Passe un coup de fil ici, ça fera le relais.

Au moment où je raccroche, j'entends un juron. J'ai dû déranger l'ami Fragassi dans un travail important... ou une partie de poker...

Mais Fragas n'en est pas à un juron près !

C'est une bonne recrue pour la P.J., André Fragassi. Un costaud. Né sous le signe du Lion, il en a la force. Il appartient depuis quatre ans au détachement niçois de la 9e brigade régionale de police judiciaire de Marseille, qui tient ses assises dans un hôtel particulier de l'avenue André-Theuriet, au sein d'un étonnant jardin tropical. Seul le panneau accroché à la grille du parc témoigne de l'antenne policière, dans ce quartier de résidences huppées. Le patron du service est le commissaire Battini. En fait, l'inspecteur Fragassi, le spécialiste des affaires de banditisme avec son ami Charpentier, dépend plus du commissaire marseillais Mattei que de son supérieur direct.

— Borniche vient d'appeler, dit Fragassi à Camus. Une filoche à l'aéroport. T'es libre ?

Le chauffeur Louis Camus est toujours partant. Petit, l'air rusé, il possède la maestria inhérente aux pilotes de grande école. Avec Fiorini, son alter ego, il a fait réussir plus d'une filature aux inspecteurs du détachement.

— Si on n'en a pas pour longtemps... Sans ça, faut

que je prévienne le taulier. Il voulait que j'aille chercher sa femme pour la conduire à la plage...

— Oui, eh bien, le taulier, il nous emmerde.

Noyée dans l'amalgame de voitures de l'aéroport de Nice, la Citroën de service se gare en stationnement interdit devant le bâtiment d'arrivée. Un gendarme, le sourcil froncé, se précipite :

— Dites, faut pas rester ici...

Fragassi laisse à Camus le soin de répondre. Il se hâte vers le hall, resserrant d'un cran sa ceinture alourdie par le poids du pistolet de fonction, roulant quelque peu ses épaules impressionnantes. Cela compense la calvitie naissante qui, à vingt-neuf ans, lui donne des complexes. Le temps de planter sa carte de police sous le nez du collègue des renseignements généraux chargé de l'épluchage des passeports, et il trouve une planque de l'autre côté de la cloison de la cafétéria, au moment même où les premiers passagers de la Swissair débarquent de l'avion de Genève. Il scrute un par un les arrivants, cherchant le petit gros, adipeux, et son compagnon, le play-boy, répondant au nom d'Angelo Ceppa.

Il a du flair, Fragassi. Avant même que le fonctionnaire des R.G. lui ait transmis le signal convenu, il a repéré les deux hommes. Il les suit un moment du regard, les voit tourner sur la gauche, traverser le terre-plein. Le plus grand ouvre la malle d'une Chevrolet, y jette son attaché-case, la referme et glisse la clé dans la serrure de la portière gauche. Il s'installe au volant, ouvre, de l'intérieur, la portière droite. A son tour, Zorba Nicolaos s'installe sur le siège, à côté de lui.

C'est maintenant que la filature va se compliquer. Deux itinéraires possibles : la route de Cannes, à gauche, la route de Nice, qui longe l'aéroport, à droite. Le temps que Camus retrouve Fragassi dans la cohue des taxis qui démarrent, et la Chevrolet aura disparu. Fragassi s'approche de la grosse voiture américaine. Un trousseau de clés à la main, il fait mine de chercher son véhicule. Il photographie bien les deux hommes à travers le pare-brise.

La Chevrolet ronronne, fait une marche arrière, se dégage de son emplacement. Elle se dirige à faible allure vers la sortie pour Cannes. Ses feux rouges ont à peine marqué le temps d'arrêt, au croisement de la route nationale que Camus est déjà là, la portière ouverte. Fragassi s'engouffre dans la Citroën.

— Tu es vraiment le champion, s'exclame-t-il, la mine réjouie.

Camus sourit de contentement. Il ne perd pas de vue la Chevrolet qui a pris près de trois cents mètres d'avance. Il a embrayé sur les chapeaux de roue, projetant Fragassi contre le dosseret du siège.

— Je veux pas les coller de trop près, dit-il, on se ferait renifler. T'as vu ses rétroviseurs ? On dirait des glaces de salle de bains !

A la hauteur de Saint-Laurent-du-Var, la Chevrolet accélère. Toujours prudent, le petit Louis garde ses distances. Les feux rouges qui le précèdent l'avertissent des ralentissements.

— Ils filent bien sur Cannes, dit Fragassi. On arrive à Antibes.

Camus ne répond pas, concentré sur la conduite. Il fait donner le maximum à la vieille onze-chevaux du service, s'efforce de rester en dehors du champ des rétroviseurs. Il s'applique, Camus, le bout de la langue sur la lèvre inférieure. C'est de lui que dépend la réussite de l'opération qui lui est confiée. Après, quand il aura exécuté sa mission, ce sera au tour de Fragassi de prendre le relais, à pied. Pour le moment, il crispe sa lourde main sur la poignée de la portière, Fragassi. Il transpire.

— La vache, jure-t-il, il accélère encore. Vivement le Carlton !

— Si tu sais où les retrouver, dit Camus en levant le pied, c'est peut-être pas la peine de prendre des risques... ?

Fragassi regrette déjà d'en avoir trop dit :

— Non, non, vas-y... On ne sait jamais.

La Chevrolet fonce dans la ligne droite entre Golfe-Juan et Cannes. A l'entrée de la ville, elle ralentit soudain, vire à gauche, passe sous le pont de chemin de fer. Elle reprend, à droite, le boulevard de la Croisette. Louis Camus a parfaitement suivi la manœuvre. A hauteur de l'hôtel Carlton, la grosse américaine ralentit, gravit la rampe, vient s'arrêter sous le portique. Un chasseur se précipite.

Fragassi est déjà à terre. La tête à l'affleurement de la terrasse, à l'angle de la rue du Canada, il attend que les deux hommes descendent. En fait, Angelo Ceppa ne quitte pas le volant. Il se contente de donner ses clés au chasseur, qui ouvre la malle et s'empare de l'attaché-case. La voiture démarre à nouveau, dégringole la rampe, emprunte la Croisette en direction du port. Haletant, Fragassi court vers la Citroën.

— Tu as vu le manège, dit-il. Il a laissé sa valoche au Carlton. Donc, il crèche là.

— On continue ?

— On continue.

La Citroën suit la Chevrolet, attaque, comme elle, les premiers virages de l'Esterel, après Mandelieu. Des voitures de tourisme, derrière les poids lourds, grimpent péniblement la côte sinueuse. En tête, un camion chargé de caisses de vin ralentit la file. Des coups de klaxon impératifs résonnent entre les parois rocheuses.

— Au poil, dit Fragassi, tant que ce sera comme ça, on risque pas de les perdre.

Le bout de la langue de Camus quitte le bord de la lèvre.

— L'ennui, c'est qu'ils sont juste derrière, dit-il. S'ils déboîtent et doublent, on est marrons !

L'appréhension du chauffeur était fondée ! Profitant d'une courte ligne droite, la Chevrolet a vivement déboîté. Elle double le poids lourd, creuse l'espace, se rabat. Fragassi est pétrifié.

— Putain, enrage-t-il, fais comme eux. On ne pourra jamais les rattraper...

Camus serre les mâchoires. Il a compté une dizaine de voitures devant la sienne. Et les virages se succèdent.

— T'entends ce que je te dis ? fulmine Fragassi.

— J'entends, dit Camus, flegmatique. Tu as vu ce qui vient en face ? Et ça va être comme ça jusqu'à Saint-Raphaël...

— Autrement dit, c'est loupé ?

— Eh oui. A moins que tu veuilles des obsèques avant l'heure !

24

La nuit est claire. Sous le ciel semé d'étoiles, la propriété de Zorba Nicolaos, plongée dans le silence, offre sa masse inquiétante. Tapi dans l'ombre d'une haie, j'attends que sonnent au clocher de Genthod les douze coups de minuit, l'heure du crime. Alors j'enjamberai le grillage de l'étroit passage, près du ponton. Je prends des risques, je le sais. La violation de domicile commise par un fonctionnaire de police dans un pays étranger, c'est la révocation inévitable à la sortie. Mais, comme dit le Gros, où il y a de la morale, il n'y a plus de police.

A 9 heures, les deux Vietnamiens de service ont bouclé les baies de la maison principale et regagné leur pavillon près du portique. Les lumières se sont éteintes à 11 heures et demie. Je m'étais renseigné à l'aéroport de Cointrin : aucun avion n'est attendu après 23 heures. Avec sa Rolls, Zorba ne mettra pas plus de vingt minutes pour regagner L'Attique. Je compte une heure, pour garder une marge de sécurité suffisante. Et s'il n'est pas de retour à minuit, je vais passer outre à l'ordre de Vieuchêne, qui tremble que j'aie des histoires avec la police suisse. La tentation est trop forte de savoir comment vit le protecteur grec de Prépuce. Et puis j'ai de bons jarrets, pour détaler à la moindre alerte.

Le coup de téléphone de la soirée m'a mis sous tension. Fragassi avait raté sa filature. En désespoir de cause, il a vérifié le registre du Carlton, cuisiné la réception : inconnu au bataillon, l'Angelo Ceppa que mon aimable collègue suisse m'avait signalé à l'aérodrome de Genève-Cointrin. Mais quand Fragassi est sur une piste, il ne l'abandonne pas facilement. Il a interrogé le chasseur qui s'était chargé de l'attaché-case : le bagagiste l'avait déposé dans la suite d'un nommé Ange Christiani que le registre, de nouveau vérifié, faisait naître le 26 septembre 1918 à Valle-di-Mezzana (Corse) et habiter rue Delibes à Marseille. Le loueur de la Chevrolet possédait les mêmes coordonnées. Il était précisé qu'il devait amener la voiture au Carlton le 1er août. Fragassi avait en vain joint la mairie de Valle-di-Mezzana. Christiani n'était pas né là. L'identité était bidon. Ceppa-Christiani n'avait pas reparu à l'hôtel. Il me restait à découvrir le charme de Genève, la plus grande des petites villes, les mouettes du quai des Bergues, les boutiques de la rue du Mont-Blanc, les somptueuses joailleries pour milliardaires, rue du Rhône.

J'ai mangé un sandwich sur la promenade des Bastions, semant des miettes sur le dallage du monument de la Réformation. Mais il est difficile de flâner lorsqu'on est préoccupé. Bien sûr, Zorba allait revenir, puisque sa Rolls était sagement garée dans un coin de l'aéroport. Mais quand ?

Comme je remontais la rue du Mont-Blanc, la façade de la poste monumentale m'a fait penser à appeler le Gros. Il n'a pas grogné. Il s'est borné, lui aussi, à constater que le propriétaire de la Rolls serait bientôt de retour et qu'il fallait planquer.

Oui, mais planquer à l'étranger, dans un lieu désert, sans se faire repérer par les serviteurs rompus aux arts martiaux ? En quittant la poste, j'ai retraversé le Rhône pour aller m'asseoir sur la bordure de pierre du quai. Tout autant que le panache du jet d'eau étincelant dans le soleil de 15 heures, j'admirais la ténacité d'un pêcheur aux prises avec une proie récalcitrante. Lorsque le poisson eut atterri dans son panier, j'ai entamé la conversation. Ainsi, j'ai appris qu'un magasin d'accessoires de pêche faisait la joie des amateurs, à deux pas de la plage, sur le quai de Cologny. J'ai toujours aimé les déguisements. Là, pour les besoins de ma planque à L'Attique, j'allais me travestir en pêcheur suisse, chemise à carreaux, chapeau de paille, gaule à moulinet. Assez chers, tous ces achats, mais je faisais, désormais, partie du décor.

Devant la pancarte *Arrivée* de la gare, mon chauffeur-chiqueur était fidèle au poste dans son cercueil roulant. Il ne m'a pas reconnu, et nous avons rejoué la scène. J'ai donné le nom de Genthod, et j'ai réglé la course devant l'épicerie aux plaquettes de chocolat si tentantes. C'est au moment du pourboire qu'il m'a regardé avec des yeux éberlués. Mais j'avais déjà tourné le dos.

En vieil habitué, j'ai pris, d'un pas assuré, le chemin de L'Attique. Je me sentais bien protégé par ma tenue de pêcheur. Pour parfaire ma transformation, j'aurais pu prendre au moins une boîte d'appâts. En observant attentivement la propriété à travers les branches des arbustes, j'ai constaté qu'il n'y avait pas de chiens et que les jardiniers-gardes du corps passaient plus de temps dans leur pavillon que dans la maison, pendant l'absence du maître. J'ai fait un saut à la cabine du village pour appeler la P.J. de Nice qui n'a toujours pas retrouvé Ceppa. Puis j'ai repris ma faction.

Un rayon de lune éclaire, au fond du jardin, le garage, dont le rideau est levé. Au fond, au-dessus d'un mini-tracteur rouge, une échelle est accrochée au mur. En

Suisse comme en France, on facilite beaucoup le travail des cambrioleurs en leur fournissant aimablement escabeaux et échelles. Ce qui fait bien rire Giglia, dit Monseigneur, un spécialiste. Il n'a rien d'un gibier du Vatican, ce Monseigneur-là ! Non. C'est un mauvais garçon que les renseignements généraux ont récupéré à la suite de je ne sais quelle sombre histoire, lui mettant le marché en main. Le minuscule Giglia, ancien ouvrier serrurier, au visage moucheté de taches de rousseur, se rachète ainsi de ses erreurs passées en rendant quelques menus services. Ce roi de la serrure a un talent que lui envierait plus d'un spécialiste en ouverture de coffre-fort. Avec lui, jamais une bavure. Impossible de se douter qu'un appartement a été contrôlé en l'absence de ses occupants. La cigarette au bec, la cendre dans le creux de la main, il attend tranquillement la fin des opérations, referme les portes aussi délicatement qu'il les avait ouvertes. Puis, la conscience en repos, il regagne son fief de Bry-sur-Marne où il taquine le goujon entre deux parties de pétanque avec les gendarmes du coin. Les R.G. n'ont plus qu'à faire leur rapport au ministre. C'est grâce à l'activité clandestine d'un anonyme ouvreur de coffres que l'Elysée est informé des activités de ses adversaires politiques.

Ah oui, ça serait bien plus facile s'il était là, Monseigneur, dans sa salopette bleu de chauffe, la casquette de cuir vissée sur le crâne. Mais le Gros n'admettrait sûrement pas qu'il exerce ses talents en Suisse, où on ne pourrait pas arrêter une éventuelle poursuite judiciaire. Je vais donc me débrouiller seul. Ma tenue de pêcheur vaut bien l'uniforme de serrurier.

J'attends toujours le premier des douze coups de minuit. L'eau clapote, à mes pieds, autour des piliers du ponton. De l'autre côté de la baie, la barque se balance doucement, tout près du luxueux chris-craft solidement amarré. De temps en temps, un poisson saute avant de replonger dans les profondeurs au milieu de cercles concentriques. Sur le chemin de Versoix, le ronronnement d'un moteur me fait sursauter. Est-ce Zorba ? Je me terre. Les phares d'une voiture qui suit la route du lac balaient un instant la cime des arbres avant de disparaître. Fausse alerte. A mesure que le temps passe, l'opération me semble moins évidente. Et si les portes et les fenêtres étaient truffées de radars d'alarme reliés directement au pavillon des gardiens, voire à la gendarmerie ?

Il n'est plus temps de douter. Le premier coup de minuit a retenti au clocher de Genthod. Le cœur battant, la gorge sèche, je m'efforce de respirer profondément en comptant les onze autres coups, martelés par le bronze dans le grand silence de la nuit.

Il n'y a plus qu'à enjamber la haie.

Malgré les efforts conjugués de la lune et des étoiles, j'ai le plus grand mal à m'orienter dans l'obscurité des allées bordées de massifs. Puis, courbé, je file à travers la pelouse, jusqu'à la terrasse. Les rideaux métalliques sont tirés, les chaises longues empilées les unes sur les autres : Zorba ne sera pas là au matin. Dans le faisceau de ma lampe de poche, je vois que la clé de la porte de droite est restée à l'intérieur. Les domestiques ne sont donc pas sortis par là. Porté par mes bonnes vieilles semelles de crêpe silencieuses, je fais le tour de l'habitation. Je manque de trébucher sur trois marches qui descendent à travers une rangée de fusains. Voici l'entrée de service. Un coup de lampe à travers la vitre grillagée : l'office, avec ses meubles ripolinés blancs, évoque un laboratoire. La cuisine, elle, jouxte un appentis où sont fixées, alignées contre le mur comme devant un peloton d'exécution, des bouteilles de gaz propane. Je tourne la poignée..., inutile d'insister ! Ce n'est pas en me baladant autour de L'Attique et en chatouillant les poignées de toutes les portes fermées que je risque d'entrer dans la citadelle gréco-suisse.

Je recule de quelques mètres, examine la façade. Toutes les persiennes du premier étage sont closes. Qu'est-ce que je croyais ? Qu'on entrait chez Zorba comme à l'Acropole ? Je ne vais quand même pas casser la vitre d'un vasistas arrière comme un vulgaire cambrioleur ! Vraiment, je le regrette, Monseigneur. Ça le ferait rigoler, lui, ce genre de serrure de l'office.

Repli stratégique. Je reviens me fondre dans un massif, au bas de la pelouse, le temps de réfléchir. Je retrouve, sur le gazon, la gaule repliée et le moulinet. Si l'on me surprenait, je ne pourrais vraiment pas prétendre que je pêche la truite dans l'herbe, à la lueur des étoiles ! Je m'assieds. Je refuse d'accepter cet échec. Les Vietnamiens n'ont-ils pas oublié la moindre ouverture, par ces temps de canicule ? Minuit et quart sonne au clocher, et j'en suis toujours au même point.

Je me lève, refais le tour de L'Attique, le nez vers la Grande Ourse. Quand je pense aux risques que je prends, peut-être pour rien, ça ne me donne pas le moral. Je me rappelle les mots désabusés de Roblin : « Moins tu en feras, plus tu seras considéré... L'administration est une pute... » Et c'est vrai. On veut bien nous laisser employer nos méthodes, même si elles ne sont pas autorisées, mais à condition de ne pas se faire piquer. Sinon, on ne nous connaît plus... Quant aux victimes de l'agression du Cannet, pour lesquelles je risque ma carrière, je suis sûr qu'elles n'ont aucune idée des efforts que je fais pour tenter de mettre la main sur les truands et de récupérer le butin...

C'est entre deux pensées moroses que je remarque un œil-de-bœuf qui, d'ici, me semble mal fermé. Ça y est ! Comme souvent lorsque je me mets en rogne, une idée m'est venue. Je vais rechercher ma gaule, je mets les longueurs bout à bout. Le tout doit bien faire deux mètres cinquante. Plus la longueur de mon bras, plus la hauteur de l'échelle qui m'attend dans le garage...

Il faut l'atteindre, cet œil-de-bœuf qui me nargue, au-dessus de l'appentis, pour le tester, de l'extrémité de la gaule. Je vais déjà commencer par décrocher l'échelle, une échelle de luxe suisse, ultra-légère, et l'appliquer contre le mur, invisible derrière les arbustes.

C'est fait. Je grimpe jusqu'au dernier barreau, la longue tige déployée à bout de bras. L'ennui, c'est qu'elle est aussi flexible qu'une antenne de radio. L'extrémité se replie contre la vitre. Il faut retourner l'engin. J'y parviens, prouesse de perchiste de cirque. Et sans tomber de l'échelle ! J'assure mon point d'équilibre et je pousse. Non, l'œil-de-bœuf n'est pas fermé : il s'entrebâille d'un demi-centimètre. C'est peu, mais c'est suffisant. La voie est libre. Si le pêcheur rencontré cet après-midi près de la plage savait le service qu'il me rend !

J'observe autour de moi. Le silence est absolu. Tout là-haut, au-dessus du glacier du Mont-Blanc, des points lumineux verts et blancs signalent le passage d'un avion. Les cris rauques de deux oiseaux de nuit s'entrecroisent. De son battement d'ailes, une chauve-souris frôle mes cheveux.

Le toit de l'appentis est assez solide pour supporter mon poids. J'assure mon équilibre sur le bord. Je fais monter l'échelle avec précautions. La pose à plat sur la pente du toit, dont les tuiles, heureusement, sont bien sèches et rugueuses. Je cale les pieds de la précieuse échelle dans la gouttière. Pour l'instant, ça tient. Prions pour que mon poids ne fasse pas céder le chéneau pendant mon escalade. De fait, j'ai l'air de prier lorsque je m'agenouille sur un échelon, la main gauche agrippée au faîte de l'appentis.

J'exerce une traction. La gouttière tient le coup.

J'avance la main droite, saisis le montant droit, commence à m'élever en rampant. J'aime mieux ne pas songer à ce qui m'attend, si tout craque. Encore un effort, et je peux saisir le jambage de la mansarde. Je marque une pause, respire profondément. Une légère poussée : le châssis bascule vers l'intérieur, de droite à gauche. Un rétablissement, et je n'ai plus qu'à enjamber l'appui.

Le premier acte est joué.

Mon ombre joue les King Kong dans le rayon de lune qui tombe de l'imposte. J'écarte mes doigts devant ma fidèle lampe de poche, pour en atténuer le faisceau. J'entame ma descente vers le rez-de-chaussée. La cage de l'escalier est imprégnée d'une curieuse odeur, de l'encens, peut-être, qui me suit jusqu'à la salle à manger au mobilier de marbre. Tout est d'une dimension impressionnante. Cela tient de la salle de réunion pour secte de milliardaires. La table est un véritable monument funéraire. Les chaises sont dressées tout autour comme une légion de fantômes réunis pour la dernière absoute. Pas de point rouge révélant un radar d'alarme. Je passe dans un salon tout aussi intime que la salle à manger. C'est vraiment un mégalomane, Zorba ! Aucun intérêt. Je poursuis ma navigation à la pile Wonder. L'espace se rétrécit quelque peu.

Me voici dans un salon aux murs recouverts d'une matière qui me semble être du daim. Des meubles d'acajou se dessinent dans l'ombre. Près du téléphone, sur un bureau vierge de toute paperasse, je repère un agenda recouvert de crocodile. Je frémis de contentement. On en découvre, des renseignements, dans un carnet téléphonique ! Je le feuillette, la lampe serrée entre les dents. Ma joie se transforme en déception. Les pages sont couvertes d'interminables et étranges signes cabalistiques. Si, encore, je disposais d'un appareil photo miniature, je pourrais faire des clichés que je soumettrais aux spécialistes de la surveillance du territoire, chez Wybot. Mais, hélas, la P.J. est le parent pauvre de la Sûreté. Les renseignements généraux de Vidal sont équipés, eux aussi, de matériel sophistiqué. Je n'en ai pas cru mes yeux le jour où le commissaire Heim, de la section « Documentation », m'a fait visiter son laboratoire. Une page de rapport dactylographié s'est métamorphosée, en un temps record, en un micropoint que j'ai retrouvé dans un texte de journal. Pour celui qui le reçoit, il suffit de ramener ce point à l'échelle normale et le rapport réapparaît. Moi, je dois me débrouiller tout seul.

Je me sens perdu devant ce casse-tête grec qui dérouterait les plus fins limiers de la sous-direction des affaires criminelles. Un sentiment d'impuissance et d'insécurité m'envahit. J'épie le silence de la maison comme si je prenais mon pouls. Pourtant, tout est calme. En fait de pouls, je n'entends que les battements de mon cœur.

Mon moral a été atteint. Certes, une perquisition en règle permettrait sans doute de découvrir des choses intéressantes ; mais comment faire, dans ce pays où tout relève du secret ? Le temps qu'une commission rogatoire internationale arrive, et Zorba serait loin, et les pièces compromettantes, si pièces il y a, envolées.

Je bats en retraite vers l'étage supérieur. Je retrouve avec soulagement l'œil-de-bœuf, la lune et l'échelle. Une main agrippée au faîtage, je descends un à un les échelons. La gouttière s'arrondit mais tient bon. Je glisse l'échelle au bas de l'appentis, retrouve la terre ferme avec plaisir. De retour au garage, je replie ma gaule, reprends le chemin de la haie.

En marchant vers Genève, je me dis qu'il me faut trouver une chambre d'hôtel. Mais à cette heure tardive, je ne peux me présenter en tenue de pêcheur folklorique. Je dois reprendre ma veste à la consigne de la gare. Si elle est fermée, je suis bon pour une nuit à la belle étoile. En tout cas, demain, je file sur Annemasse. Avec un peu de chance, je dois mettre la main sur Prépuce.

25

Magali est à bout. Elle n'a pas encore tout dit, mais ça va venir. Ses derniers gémissements l'annoncent. Ils seraient insupportables à tout autre qu'Angelo Ceppa, mais il en a tellement entendu, le *headhunter*[1] de la Mafia ! Depuis Brooklyn, où il a découvert l'élimination par la corde, le poinçon ou la batte de base-ball, il a eu l'occasion de tester quelques échantillons de tortures efficaces, sur des adeptes du mutisme qui n'ont pas su comprendre qu'il vaut toujours mieux parler avant la douleur qu'après... Le morceau de verre brisé taillade les joues, en forme de croix, la lame de rasoir prélève, d'un mouvement sec et giratoire, le nombril du réfractaire aux confidences, les seins cèdent sous la morsure des tenailles.

Angelo a choisi de brûler Magali par petites touches, du bout incandescent du cigarillo qu'il affectionne. Elle gît à ses pieds, nue, sur la pierre blanche de la calanque de Port-Miou. Si cela ne suffit pas, il lui coupera un doigt, lui tiendra la tête sous l'eau, le plus longtemps possible. Elle finira bien par craquer, cette Marseillaise insolente !

Le cigarillo rougeoie. Angelo attend, avec confiance,

1. Tueur.

l'adresse que la jeune femme ne va pas manquer de lâcher d'un moment à l'autre. Il respire l'odeur de grillé, autour des seins, mêlée à la sueur qui s'exhale du corps recroquevillé, chevilles et poignets reliés entre eux par une chaînette d'acier qui s'enfonce dans la chair. Un peu à l'écart, atterré, Zorba Nicolaos assiste à la scène, sans mot dire. Il sait, maintenant, ce dont les mafiosi sont capables.

Tout tourne dans la tête de Magali. Seul revient, comme un signal d'alarme lancinant, le coup de téléphone qu'elle a reçu, à sa caisse, à 10 heures du soir. La salle du restaurant était pleine, la terrasse sur le port aussi. Elle préparait les additions. La voix de l'inconnu était sèche :

— Je vous appelle de la part de Paulo...

— Oui ?

Elle a collé l'écouteur contre son oreille, jeté un regard dans la salle, comme si elle craignait que la conversation soit diffusée dans les deux petits haut-parleurs destinés à la musique de bastringue :

— Il aimerait vous voir... Pouvez-vous lui apporter un peu d'argent ? Je vous attendrai à partir de 11 heures, route des Calanques, dans une Chevrolet beige...

— Minuit, plutôt.

Elle a compris tout de suite. Paulo avait besoin d'elle. Il lui envoyait un ami. Pourtant, méfiante, elle a regardé autour d'elle quand elle est sortie de l'établissement. Tout paraissait normal. Elle a suivi le quai Barthélemy, traversé la place du Grand-Carnot, où des estivants riaient très fort. Elle a pris le chemin de Port-Miou. La Chevrolet, lanternes allumées, stationnait à la sortie de la ville. Un homme grand, dont elle n'apercevait par la vitre arrière que la sombre silhouette, était au volant. Seul. Il a ouvert la portière, l'a accueillie avec un accent qui n'était pas celui de son correspondant de tout à l'heure. Surprise, vaguement inquiète, elle a quand même pris place à son côté, laissant la portière ouverte.

L'inconnu souriait :

— Paul n'est pas loin. Il n'a pas intérêt à trop se montrer en ce moment.

Jusque-là, rien d'anormal. La voiture a démarré doucement. Le conducteur, sans perdre du regard le rétroviseur, a suivi les virages jusqu'au bas de la calanque, au travers des falaises recouvertes de bruyères et de genêts. Magali connaît bien l'endroit. Elle y est souvent venue, dans la voiture de Paulo, ou allongée, en maillot, sur le ponton de sa vedette, livrant son corps à la dorure du soleil...

Plus rien. Un coup violent. Une douleur dans le crâne. Le trou noir. Quand elle s'est réveillée, elle était nue, meurtrie par la dureté de la pierre, ligotée, devant deux ombres dont l'une, la plus petite, se tenait à quelques pas d'elle, devant la calandre de la Chevrolet.

De nouveau, la voix de Ceppa s'élève, lourde de menaces.

— Il faut le dire, où il est. Sinon...

Magali serre les dents. Une nausée la secoue. De sa lèvre, un filet de sang coule, tiède, poisseux, vers le menton. La gifle a fait éclater la peau.

Elle va vomir, elle parvient à gémir :

— Je vous le dirais si je le savais... Je n'ai pas de nouvelles depuis quinze jours...

— Nous, depuis huit jours seulement, ironise l'homme à l'accent américain. Puisque tu aimes ça, on va continuer...

Magali s'est détournée, hoquette, pliée en deux. Elle se redresse avec peine. La braise du cigarillo s'illumine. Angelo est tout contre le ventre de Magali. Le tube brun est posé sur le pubis. L'odeur de poils brûlés trouble le mafioso. Il se baisse, sans décoller le cigarillo du ventre, aspire une nouvelle bouffée. Magali se raidit, laisse échapper une plainte. Pourtant, elle fait encore front :

— Même si vous me tuez, je n'en dirai pas plus, souffle-t-elle. Je ne sais rien... rien...

— Dans ce cas...

Le bout enflammé du cigare viole la victime, qui hurle. Nicolaos a détourné la tête, reculé de quelques pas. Le cri a cessé, mais la bouche de Magali reste ouverte, déformée. Angelo attend.

— Alors ?

Elle agite sa chevelure, de droite à gauche, paupières baissées.

— Alors ? reprend Angelo.

Deux gifles, de nouveau.

La tête se soulève, retombe sur le sol pendant que Ceppa sort de sa poche un couteau à cran d'arrêt, fait jouer le déclic de la lame.

— Dommage, dit-il.

Magali entend vaguement, dans un bourdonnement, la voix déformée de l'homme. Elle tente d'ouvrir un œil, entrevoit l'acier dressé.

— Tanger, souffle-t-elle.

La lame caresse un mamelon, puis l'autre. Les égratigne à peine.

— Ça veut dire quoi, Tanger ?

— Paul est à Tanger, chez Manouche...

Angelo se sert du couteau comme d'une vrille. Elle hoquette :

— Il m'a téléphoné... Il est chez Manouche avec Benutti...

— Quel Benutti ? Et les bijoux ?

— Je ne sais pas...

— Les bijoux !

Un nouveau cri. Le sang a perlé au bout de la lame.

— Je ne sais pas... Je ne sais rien...

Angelo Ceppa, les lèvres pincées, ravalant sa rage, imprime au couteau un léger mouvement de rotation.

— Il t'a bien dit ce qu'il en avait fait, non ?

— Il m'a dit qu'il avait fait une bêtise... J'ai compris en lisant les journaux. Il est passé me voir en quittant Marseille... C'est là que j'ai su qu'il allait chez Manouche. Quand ses amis m'ont demandé où il était, je n'ai rien dit...

— Quels amis ?

— Mathieu Battistelli, Mémé Ruberti... Je ne sais plus...

Lui, Ceppa, sait désormais ce qu'il faut faire. Filer à Tanger avant que Magali ne donne l'alerte. Ou alors...

Il déboucle la chaînette. Magali masse ses poignets endoloris, a du mal à bouger, à se relever... Le feu de la morsure lui arrache des larmes. Ses lèvres enflées lui font ressentir tout son visage comme une boursouflure. Elle chancelle.

Ceppa lui désigne le tas de vêtements :

— Habille-toi.

Elle se traîne, à genoux, se retourne, par pudeur, tend la main vers sa jupe. Elle ne voit pas le luger sortir de la poche d'Angelo. La balle la frappe à bout touchant, à la nuque. Elle tressaute. A la seconde où elle se cambre, dans un ultime sursaut, la deuxième balle éjectée du silencieux lui fracasse la mâchoire.

— Voilà comment finissent les mauvaises têtes, dit Ceppa, d'un ton glacial. Si le Don n'a pas le fric qu'il attend, c'est comme ça que je réglerai ses comptes.

Zorba Nicolaos, appuyé contre un rocher, sent ses jambes se dérober sous lui.

26

Je m'en souviendrai, de cette nuit à la gare de Genève ! Impossible de trouver un hôtel. De guerre lasse, je m'étais replié sur la salle d'attente, éternel refuge des épaves. La banquette de bois rappelait à mes côtes endolories le confort de la salle de police du 92e régiment d'infanterie où j'avais atterri, pendant la guerre, pour avoir accordé une fausse permission de sortie à l'accordéoniste Jo Privat. Mon voisin ronflait puissamment et m'expédiait, à chaque expiration, une bouffée de vinaigre. J'avais plié en guise d'oreiller ma veste récupérée à la consigne. Ainsi, elle serait moins froissée. Je contemplais les poutrelles de la salle d'attente. Une gare n'est jamais silencieuse, même la nuit. Chaque fois que j'allais m'endormir, je sursautais.

Vers 6 heures du matin, ce fut le final de cette symphonie, avec les premiers sifflements des locomotives, les heurts des wagonnets de bagages, les sonneries et appels divers. Courbaturé, j'ai quitté avec soulagement ma planche de fakir. J'avais besoin de respirer l'air de la ville, et de manger quelque chose. Au passage, je me suis lavé les mains dans les toilettes. Mon visage pas rasé n'avait rien de rassurant. C'est pratique de voyager sans bagages, quand on vient pour une journée. Mais si le séjour se prolonge ? J'aurais pu échanger contre un rasoir ma gaule et mon chapeau de pêcheur, abandonnés sous la banquette de la salle d'attente…

Je descends, jusqu'au lac, la rue des Alpes, presque déserte. Le soleil, encore plus matinal que moi, brille dans un ciel sans nuages. Une douce brise chasse les miasmes de la gare. Les voitures sont rares, les bus à moitié vides. Un univers de sérénité.

En marchant vers le pont du Mont-Blanc, je m'aperçois que ma lampe de poche a disparu. J'y tenais, à cette lampe, précieuse collaboratrice de mes cheminements nocturnes. Elle ne me quittait jamais. Son énergie semblait toute concentrée dans une minuscule ampoule qui était pour moi le flambeau de la vérité. De plus, c'est Marlyse qui me l'avait offerte. Elle avait dû rouler sous la banquette, lors d'un instant de somnolence. Tant pis.

Les mouettes se sont agglutinées sur l'îlot Jean-Jacques-Rousseau. Rue du Rhône, à l'angle de la place Longemalle, un bistrot s'offre. J'ai tout mon temps. Le journal *La Suisse* m'attend sur une table de bois fraîchement astiquée. Je commande un café-crème-croissant, en souvenir de mon petit déjeuner avec le Gros, mon cher patron, aussi radin que décoré. Je parcours les nouvelles qui ne me passionnent pas. Je savoure mon café, avec de la vraie crème, et pas du lait mousse, comme à Paris. De plus, le garçon a eu l'heureuse idée de placer deux truffes au chocolat dans l'assiette des croissants. Décidément, la Suisse flatte ma gourmandise. Je ne résiste pas à la tentation d'un second crème, qui achève de me remettre en forme. J'abandonne ce bar sympathique pour marcher jusqu'au parc de la Grange. Du promontoire, le panorama s'étend jusqu'à la rive qui conduit à Genthod. Je m'assieds sur un banc. Je réfléchis. Evidemment, je pourrais revenir au village pour constater si Zorba est de retour. Mais à quoi bon ? Il est plus facile de sauter dans le bus jusqu'à Cointrin, pour voir si la Rolls est toujours là. Non, en fait, ça ne m'avance à rien. Je vais gagner Annemasse. Si je déniche Prépuce, je l'entraîne au commissariat, je préviens Vieuchêne de ma capture, il m'envoie le pachyderme Poiret qui s'accroche à Senanedj par la menotte, et nous voici, tous les trois, dans l'express de Paris où l'adipeux truand, sans se faire prier, nous raconte l'agression dans tous les détails et nous indique l'endroit où nous pouvons mettre la main sur les bijoux volés... Un scénario de rêve !

Restons sur terre : il faudra que je contacte Flora dès mon retour afin de lui parler des initiales que m'a fournies la Raclette, au compte-gouttes. J'ai intérêt à le revoir, la Raclette, si je ne veux pas que ses tuyaux atterrissent sur le bureau du commissaire Mattei ! Je ne suis pas le seul à entretenir des indics. Faut-il lui envoyer deux ou trois cartouches de cigarettes au trou, en attendant, même si le Gros n'apprécie pas ce genre de compromission ?

Curieusement, j'ai l'impression de cerner la vérité. Je sens qu'au cours de mes promenades forcées, à Deauville, à Marseille, à Cannes, je suis passé tout près de quelque chose d'important, et que les pièces du puzzle vont finir par se mettre en place.

Il est presque 8 heures lorsque j'abandonne mon banc. Une dernière fois je tâte mes poches avec l'espoir de mettre la main sur ma lampe, mais non ! Je reviens à pas lents vers le centre de la ville, franchis le porche de la grand-poste. Vieuchêne est sans doute au bureau, à cette heure-ci.

Je l'ai, le Gros ! Je perçois son souffle de phoque comme s'il se trouvait près de moi, dans la cabine.

— Borniche, enfin !

Tout un programme, ce « Enfin ! »

Il s'en moque, que j'aie risqué de me faire épingler comme un pâle voyou de banlieue. Que j'aie passé une nuit blanche sur une banquette de gare après avoir risqué de me rompre les os. Que je me sois cassé les dents sur un agenda peuplé d'hiéroglyphes indéchiffrables qui désarçonneraient le dieu égyptien à tête d'épervier, lui-même ! Il ne me laisse pas le temps de m'expliquer. J'ai l'impression qu'il secoue l'appareil comme s'il m'avait pris au collet :

— Vous rentrez sur Paris. Immédiatement. Je vais vous en foutre, moi, de Genève.

— Mais...

— Mais quoi, encore ? Vous avez téléphoné à Nice, hier matin. Sans m'en référer, comme d'habitude. Vous avez demandé à Fragassi de faire une filature. Eh bien, il l'a faite, sa filature. Et vous savez où ça l'a conduit ?

Un temps.

Le souffle s'amplifie.

Il radote, le Gros ! Je l'ai eu, Fragassi, depuis.

— ... A identifier les massacreurs de l'amie de Leca. Elle est à la morgue. Et vous savez qui c'est ? Un certain Ceppa-Christiani qui logeait au Carlton et qui a naturellement disparu. Voilà où il vous mène, votre flair. Borniche. Ça fait que, maintenant, Mattei se fout de ma gueule.

Il raccroche.

Evanoui, le scénario d'Annemasse. Tant mieux pour Prépuce.

Je serai ce soir à Paris.

27

Angelo Ceppa a adopté le pas de flânerie pour rejoindre la place de France. Le chemin des écoliers calme ses nerfs, permet à son cerveau de faire le point. La chaleur incite également à ralentir le rythme, sous le ciel éblouissant. Le Grand-Socco, l'immense place du marché de Tanger, resplendit de toutes les couleurs. Le vacarme est à son comble. Les gandouras et les burnous s'entrecroisent en un ballet gigantesque, ponctué de cris, d'interpellations gutturales. Des vagues humaines fluent et refluent autour des charmeurs de serpents. Çà et là, un saint homme à la barbe sévère marmonne des versets du Coran. Un excité gesticule comme s'il prêchait la guerre sainte, dans l'indifférence générale. On se rue, en revanche, sur les pâtisseries gluantes, efficaces attrape-mouches, qui dégoulinent les unes sur les autres, au gré des éventaires de fortune. Bien rangés, au contraire, avec une élégance gracieuse, des bouquets de fleurs au parfum capiteux voisinent avec le kohol, le henné et les paniers tressés.

Angelo aimerait bien découvrir tout cela de l'œil serein du touriste tranquille. Il est loin du compte. Ni ses yeux ni son esprit ne sont en vacances. C'est dommage, car ce n'est pas à Miami qu'on peut s'amuser à se perdre dans un labyrinthe de ruelles insensé, ni s'étonner d'une telle variété de visages et d'accoutrements. Même pas à Harlem ! Mais pour Ceppa, Tanger la mystérieuse pose un problème qui l'obsède. Il s'agit de mettre la main sur Leca, pour récupérer les bijoux volés. A supposer qu'il le retrouve, ce ne sera pas une mince affaire de faire cracher Paulo au bassinet ! Du côté de Zorba, tout s'est bien passé. Le Grec a reconnu sa part de responsabilité dans l'échec de l'affaire. Il a signé devant Angelo un chèque de la bagatelle de 1 milliard de francs, sur sa banque colombienne de Barranquilla. Que Leca en fasse autant, l'honneur d'Angelo sera sauf, l'opération rentable, et don Giuseppe Guidoni satisfait.

Angelo se rappelle sa première rencontre avec Leca, dans son luxueux appartement de Marseille. Il observait ce personnage, à qui Mathieu Costa l'avait adressé. Il le trouvait assez antipathique. Quelques minutes avant la réunion, Zorba lui avait vanté les mérites du super-caïd méridional, mais le courant ne passait pas. Perplexe, sans pouvoir se défaire d'une vague sensation de malaise, il supportait mal le regard fuyant de son hôte, et moins encore son comportement alibi, alors que ses envoyés spéciaux attendaient, à Cannes, le moment d'intervenir. Comme la mission d'Angelo se bornait au transfert des fonds, il s'est abstenu de toute observation. Aujourd'hui, il le regrette. Le super-caïd n'a fourni que des ringards, tout juste bons à piquer des vélos ou à arracher un sac à main du bras d'une vieille dame !

Dans la Chevrolet qui le ramenait vers Nice, où il devait reprendre l'avion de Genève, Zorba, soulagé de s'en tirer relativement à bon compte, avait fourni quelques précisions supplémentaires :

— Manouche est l'ancienne femme de Carbone… Un fameux caïd de Marseille.

— Ne me parlez plus de caïd, avait coupé Ceppa, durement. J'en ai ma claque !

Un instant déconcerté, Nicolaos était revenu à la charge :

— C'est Jo Benutti qui lui a prêté de l'argent pour ouvrir un restaurant à Tanger. Le Venezia, rue Murillo.

Angelo, ironique, avait ricané :

— Encore un caïd, sans doute !

— Un sale fer. Rusé, dur en affaires. Ça ne va jamais tout seul, avec lui, pour les affaires d'armes et de came... On dit qu'il a la détente facile !

La Chevrolet doublait à toute vitesse une longue file de poids lourds.

— Les sales fers, moi, je les brise !

Sur ces mots, Ceppa s'était enfoncé dans le cuir confortable du siège. Il n'y avait plus rien à tirer de lui.

A Tanger, installé à l'hôtel Velázquez, situé, comme son nom l'indique, dans le quartier des peintres, il n'avait qu'à traverser le boulevard Pasteur pour se trouver devant les doubles rideaux vert bouteille qui masquent la vitrine du Venezia. Glissant un œil par la porte entrouverte, il avait fait le tour de la décoration de la salle, banquettes recouvertes de tapisseries anciennes, murs ornés de photographies de stars de l'écran ou de champions de sport. Au bar, une jeune fille aux yeux noyés de kohol, assurait la permanence, en ces heures creuses de l'après-midi. Il a pris place en face d'elle sur un tabouret du comptoir, a commandé un thé à la menthe glacé. Pendant que la beauté bien cambrée s'affairait dans la cuisine, Angelo détaillait les lieux. Un escalier indiquait une première salle, au premier. Sur les tables, le couvert pour le dîner était disposé dans un ordre parfait. Ça ne sentait pas le boui-boui, loin de là ! La Mauresque est revenue. Les seins tentaient de se frayer un passage entre les plis d'un chemisier bleu ciel, lumineux comme une luciole en pleine nuit. Angelo a su apprécier les longues mains fines qui posaient devant lui, avec grâce, le plateau où trônaient la théière en argent et la tasse-verre.

Il a sorti un cigarillo de son étui, l'a allumé avec le briquet en or, cadeau d'anniversaire de Veronika Curns, a joué de son regard charmeur à travers les volutes de fumée :

— Manouche n'est pas là ?

— Jamais avant 7 heures... Quand les clients arrivent pour l'apéritif. Mais si c'est urgent, je peux l'appeler.

Déjà, sa main, telle la patte d'un félin, effleurait le combiné téléphonique.

— Pas la peine, dit Angelo, dans un sourire mi-dragueur, mi-complice. J'arrive tout droit des Etats-Unis. Il y a un bail que je ne l'ai pas vue. Je veux lui faire la surprise... Et ce vieux Paulo, comment va-t-il ?

Le front s'est plissé, au bas de la sage frange d'un brun-roux :

— Quel Paulo ?

— Leca, l'ami de Jo Benutti...

— Ah, Paulo ! Avec votre accent, j'avais mal compris. Parce qu'il y a aussi Paolo, le pilote du ferry-boat... Non, je ne l'ai pas vu aujourd'hui. Il est peut-être parti au Maroc avec monsieur Jo. Je sais qu'ils devaient y aller.

— Mais, on y est au Maroc, non ?

— Pas tout à fait. Tanger est une ville internationale. On a un statut spécial. Le Maroc, c'est à quelques kilomètres du centre-ville. Moi, je quitte mon service à 6 heures, alors je ne peux pas vous dire s'ils seront là pour dîner...

Après avoir honoré d'un généreux pourboire les yeux noirs de la belle enfant, Angelo, se promettant de revenir au Venezia à la tombée de la nuit, avait erré, nonchalant, dans les ruelles de la médina. Il s'était offert un autre thé à la menthe au café Maure proche de la porte des Vigies, où l'on donnait autrefois la bastonnade aux malfaiteurs.

A 9 heures, le soleil se couche sur le détroit de Gibraltar. L'amphithéâtre des collines flamboie. Angelo a repris le chemin de la rue Murillo. Le Venezia est comble, mais pas de Leca. La jeune Mauresque a vu juste. Il a dû aller « au Maroc » avec Jo... Les parures scintillent sous les lampes, composant avec les revers satinés des smokings la palette d'une faune huppée, interlope, où dominent des femmes à la beauté agressive. Dès qu'il a franchi le seuil, Angelo a compris. Le Venezia est le rendez-vous de la banque, du négoce, du trafic. Manouche s'est précipitée :

— Tu veux dîner, mon grand ?

Elle tutoie son monde, Manouche. Elle a de l'allure, la patronne, dans la gandoura claire à entrelacs dorés qui escamote ses formes trop généreuses. Au premier coup d'œil, elle a apprécié le mâle de choix. Elle place Ceppa à une table d'angle, d'où il peut jouir du spectacle de la salle. Elle lui offre une coupe de Krug, en signe de bienvenue. Lorsqu'elle a trinqué avec lui, elle abandonne sur la table la bouteille de champagne. Angelo la déçoit sans doute, car il dîne rapidement, réclame l'addition. Il n'a rien à faire, ici, pour le moment.

Il prend le boulevard Pasteur. Trop tôt pour rentrer à l'hôtel. Il s'arrête sur la terrasse qui domine la vieille ville, le port, et au loin, les éclats du phare et les innombrables lumières du rocher de Gibraltar. Il réfléchit. Tout à l'heure, après un tour de médina, il tentera de nouveau sa chance au Venezia. S'il ne voit pas Leca, il suivra discrètement Manouche, pour connaître son adresse. Paulo loge peut-être chez elle, ou à proximité. Si ça ne donne rien, il recommencera demain. Après tout, Tanger n'est pas Miami. Ce serait bien le diable s'il n'y rencontre pas Leca.

Angelo reprend sa marche, descend la rue de la Liberté jusqu'au Grand-Socco maintenant désert, franchit la porte de Fès, s'engage dans la rue es Siaghin, qui le conduit à la place du Petit-Socco, entourée de vieux hôtels et de cafés espagnols. La rue de la Marine longe la Grande Mosquée. Il l'emprunte, tourne à gauche. Au bout d'une cinquantaine de mètres, il s'aperçoit qu'il est dans une impasse. Il va rebrousser chemin quand un jeune Arabe, de haute taille, le teint bistre contrastant avec la chemisette beige à larges fleurs rouges, les mains dans les poches d'un pantalon chiffonné, lui barre la route. Une cigarette éteinte pend à sa lèvre :

— Tu as du feu, *sidi ?*

Tout de suite, Angelo est sur ses gardes. On ne demande pas du feu en cachant ses mains. Il fait un pas de côté, pour éviter l'Arabe.

— Je ne fume pas, dit-il.

C'est alors qu'il entrevoit, se détachant de l'encoignure d'une muraille, un autre Marocain, tout petit, râblé et chauve, les pieds perdus dans sa djellaba trop ample pour lui. Il est pris au piège, dans ce recoin d'ombre. Pourquoi a-t-il laissé son luger dans sa valise ? Il essaie de forcer le passage.

Tout se passe très vite. Le poing du demandeur de feu jaillit de sa poche, fend l'air dans la direction du visage d'Angelo, qui se dérobe par un bref mouvement de rotation et décoche un violent coup de pied dans la jambe gauche de son agresseur. L'homme, déséquilibré, gémit de douleur, va s'écrouler contre le mur. Sa tête heurte une pierre. L'autre Arabe a son couteau en main. Prudent, il tourne autour d'Angelo, guettant le moment propice pour frapper. La lame luit par intermittence. Ceppa fait mine d'avancer sur lui et, quand le bras se lève, effectue un brusque déplacement latéral avant de reprendre sa position initiale. La lame a raté sa cible. Le tranchant de la main de Ceppa ne rate pas la sienne. La trachée artère à demi écrasée, l'homme lâche le couteau, que le pied d'Angelo expédie à quelques mètres. Avec une force décuplée par la fureur, il saisit son agresseur par sa djellaba, soulève sa jambe droite, et, à deux reprises, cogne sur son genou le crâne lisse comme un caillou. Le nabot chauve, la respiration coupée, ne résiste plus.

D'une poussée, Angelo l'expédie contre la muraille. Mais rien n'est joué. Le premier Arabe a ramassé le couteau. Menaçant, il saute d'une jambe sur l'autre, se rapprochant de Ceppa qui, pour parer la nouvelle attaque, s'adosse à la muraille, près de l'excavation d'où est sorti Boule-de-Billard. Ses yeux ne bougent pas, mais il suit du regard les deux hommes à la fois, comme un boxeur sait observer les deux gants de son adversaire. Il sursaute quand un choc violent le sonne à la nuque. La ruelle s'illumine de mille feux, puis sombre dans la nuit. Il s'affaisse, tandis qu'une voix, surgie de l'encoignure, grince, lointaine, à son oreille :

— Coriace, le Ricain. Ligotez-le serré et foutez-le dans la bagnole !

Effondré sur la banquette arrière, le bel Angelo, en piteux état, reprend peu à peu ses esprits. La cordelette lui scie les poignets. L'Arabe à la cigarette éteinte ne le quitte pas des yeux. La camionnette file à travers la campagne déserte, dans le clair de lune.

Chaque pulsation de son cœur martèle le crâne d'Angelo. La douleur répétée, lancinante, commence à le rendre fou. Pourtant, il serre les dents, s'efforce de s'accrocher à une image, à une idée, comme un naufragé à une épave. Il réussit enfin à ouvrir les yeux, distingue le collier de barbe du chauffeur. Près de lui, le chauve garde la tête tournée vers l'arrière de la camionnette, qui franchit un pont, longe la mer, ralentit pour virer à angle droit dans un chemin pierreux qui mène à un bastion abandonné. Un crissement de pneus. Le chauffeur a freiné pile, dans ce décor lugubre. C'est instantanément un silence lourd, que ne troublent que les innombrables insectes.

— Descends ! ordonne le grand Arabe.

Angelo, à demi paralysé, parvient à sortir ses jambes, pose les pieds sur le sol rocailleux, glisse sur la banquette, se redresse en titubant. Une Mercedes stationne devant la camionnette, les lanternes allumées. Du revers de ses mains ligotées, Angelo essuie son visage ruisselant de sueur. Malgré son courage, il se sent glacé. Cela ressemble fort à une de ces expéditions punitives qu'il a bien connues en Amérique. Il déglutit péniblement, la gorge sèche.

Un homme, à peine plus grand que Boule-de-Billard, vêtu d'un complet clair et coiffé d'un curieux chapeau aux bords étroits, s'avance vers Angelo. Il le regarde quelques instants avant de lui adresser la parole sur un ton ironique, en zézayant légèrement :

— J'ai entendu dire que tu me cherchais, ami... Tu vois, quand on cherche Jo Benutti, on le trouve. Tu avais quelque chose à me proposer ?

Angelo recoud ses idées dans son crâne meurtri. Il a compris. Zorba l'a trahi. Dès qu'il est resté seul, le Grec a téléphoné à Tanger pour prévenir Manouche ou Benutti de son arrivée. Plus d'espoir de récupérer Leca ! Elle pouvait bien lui offrir le champagne, la Manouche..., avertie par la belle Mauresque aux mains fines, en plus !

Benutti poursuit, plus moqueur encore :

— Tu cherches peut-être les bijoux de la bégum ? Mais qu'est-ce que tu en ferais ? Ils sont tous signés. Tu ne serais pas assez con pour les mettre en circulation. Un coup à faire remonter les flics jusqu'ici ! A moins que ce soit Paulo que tu cherches, pour le faire cracher au bassinet ?

Salaud de Zorba ! Lui seul connaissait les intentions d'Angelo. Il enrage, le beau Ceppa. S'il le tenait, ce Grec de malheur ! S'il s'en sort, de ce piège, ça va péter, au bord du lac Léman !

Jo Benutti s'est tourné vers la Mercedes :

— Tu peux venir, Paulo ?

Angelo, stupéfait, voit Leca ouvrir la portière droite, la refermer, s'avancer vers le groupe. Ses mâchoires se crispent. Lui non plus, il ne perd rien pour attendre, si Ceppa a la chance de s'en sortir.

— J'aurais préféré te revoir dans d'autres circonstances, mais on m'a prévenu que tu ne me voulais pas de bien, dit Leca.

Il s'arrête de parler, fixe Angelo de ses petits yeux cruels, reprend :

— L'affaire n'a pas été concluante, c'est vrai, mais ce n'est pas une raison pour me faire porter le chapeau. C'est au colonel qu'il faut t'en prendre, pas à moi. De toute façon, je n'ai pas 1 milliard à te filer… Si Zorba a accepté, c'est son affaire. Mais je n'ai pas l'impression que son chèque, tu vas le toucher…

Jo Benutti, dans un mouvement d'impatience, a sorti un colt de sa poche.

— Avance par ici, ordonne-t-il.

Angelo ravale sa rage. Il ne peut rien tenter. Que n'a-t-il exécuté Zorba, l'autre soir, dans la calanque de Cassis, après avoir liquidé Magali ! Quelle erreur ! Il la paie cher, devant Benutti et Leca qui se moquent de lui, dans ce désert à chèvres !

Trois yeux noirs fascinent Ceppa : le regard de Jo et le canon du Colt. Il devine ce qui va se passer. Il va payer la mort de Magali.

— Avance, j'ai dit. Tu n'as pas entendu ?

Le pistolet se détourne d'Angelo pour indiquer une direction. Que faire ? Il fait un pas de côté, s'écarte du groupe de quelques mètres, s'arrête. S'il pouvait seulement bondir, bousculer Leca, zigzaguer entre les rochers qui bordent le chemin... Mieux encore, sauter sur Leca, l'emprisonner entre ses bras liés, se servir de son corps comme d'un bouclier... Bien sûr, la lutte serait inégale, mais sait-on jamais ?

Immobile, hésitant, il se revoit sur Collins Avenue, précédé du sergent Curns, quand il avait rendu visite au Don, dans sa suite du Deauville. « Oui, Angelo, une affaire sérieuse, qui me permettrait de tripler ma production de coca en Bolivie... L'idée du siècle... On n'attend plus que le feu vert de l'informateur pour la fignoler... » Drôle de fignolage, oui !

Angelo tremble de fureur. C'est bien la première fois de sa vie qu'il se trouve en position de faiblesse, impuissant, humilié, lui, le *stone killer* de la Cosa Nostra, le dur des durs ! C'est Carlo Carmino qui rigolerait, s'il le voyait, en ce moment, dans cette situation ridicule, et sans doute mortelle. Et Frankie Shots, donc, ce *mechanic*[1] à la petite semaine, qui n'a jamais pu l'encaisser...

— A genoux !

Il tressaille, comme réveillé en sursaut. Il n'obéit pas à l'aboiement de Benutti. Se mettre à genoux devant ces guignols, pas question.

— J'ai dit « à genoux », répète Jo, qui s'est avancé de quelques pas.

Les deux Arabes restent en retrait, près de Leca, dont le nez de corbeau se découpe, sinistre, dans la clarté lunaire.

Benutti en bégaie d'exaspération.

— Si tu joues à la forte tête, on va en terminer là.

1. Escroc qui manipule les cartes ou les dés ; spécialiste du trucage.

J'espérais que tu aurais un bon sentiment, que tu demanderais pardon à Paulo pour la saloperie que tu lui as faite. C'était une brave fille, Magali...

Plus de doute, cette fois. Tout vient de cet enfoiré de Zorba. Angelo n'a jamais craint la mort. Il fait face, méprisant :

— *Fuck you !*

Et de peur que Benutti n'ait pas compris, il traduit :

— Va te faire foutre !

Il suit des yeux le colt qui se redresse, tente d'injurier une dernière fois Benutti et Leca, mais n'en a pas le temps. La balle de gros calibre fait exploser son front. Sa cervelle éclabousse la djellaba de Boule-de-Billard, qui s'était précipité pour le frapper, mais que le Corse à la détente rapide a devancé.

Jo Benutti souffle sur le canon du pistolet, le remet dans sa poche, revient vers la Mercedes à pas rapides.

— Bachir et Caleb vont creuser une tombe, dit-il à Leca. Je vais faire un saut à Paris pour les funérailles de Mathieu Costa. Si je vise aussi bien sur Salicetti que sur cette canaille de Ricain...

ACTE III

janvier 1950

28

Cinq mois ont passé, au cours desquels je me suis désintéressé de l'affaire des bijoux. Totalement.

Les voleurs courent toujours, les organisateurs et les receleurs aussi. Angelo Ceppa a disparu de la circulation, et le Gros, toujours aussi hexagonal, se refuse à s'intéresser à Zorba le Grec. Quant à la diffusion du descriptif des pièces dérobées aux joailliers et bijoutiers de la France métropolitaine, elle n'a donné aucun résultat. Désabusés, les assureurs s'apprêtent à passer au compte des profits et pertes le montant de l'indemnité à verser. D'autres faits divers ont passionné les journalistes, telles l'arrestation de René la Canne puis l'« affaire des généraux », qui empoisonne l'atmosphère politique.

Le Gros m'a lancé sur Buisson, l'ennemi public numéro un, le petit père tranquille du crime qui jalonne sa route au rythme d'une agression et d'un meurtre par semaine.

— Vous vous êtes fait souffler la Canne par la P.P., Borniche. Il me faut monsieur Emile à tout prix. Vous entendez ? A tout prix.

Oui, mais monsieur Emile, comme dit Vieuchêne, ne semble pas décidé à aliéner sa liberté retrouvée. Le 11 janvier, il a encore donné un aperçu de ses talents en abattant deux employés de la Banque régionale d'escomptes et de dépôts à Champigny !

Ma vie est une répétition de planques, de filatures, de vaines recherches. Je tarabuste mes indics, je délivre des autorisations de séjour à des interdits, je promets des récompenses et des libérations anticipées que j'aurai beaucoup de mal à tenir si je ne parviens pas à localiser le dangereux échappé de l'asile psychiatrique de Villejuif. Les enquêtes sont longues et pénibles. Il me faut auditionner les victimes et les témoins, confronter leur version des faits, souvent contradictoires quant au signalement des agresseurs. On ne prête qu'aux riches : comme autrefois pour Pierrot le Fou et son gang des tractions avant, on voit partout la patte de Buisson. Le soir, quand je retrouve la rue Lepic, je suis éreinté, découragé, pessimiste. Les cinq étages à monter, c'est en prime !

Les policiers marseillais, cannois et niçois ne sont pas mieux lotis. Ils s'enlisent. Alléchés par les primes offertes par la Lloyd's, les informateurs en mission extraordinaire ont proliféré, braquant les flics les uns contre les autres. Les mages, les radiesthésistes, les astrologues se sont mis de la partie. Sans succès. Faute d'indications précises, le survol du nid de bijoux, par cartes géographiques interposées, n'a pas permis de le circonscrire.

Pierre Bertaux a mis sur la touche le directeur de la P.J., Valantin, dont l'esprit agité fomente la discorde au sein du service. Le commissaire divisionnaire Spotti, détaché de Bordeaux, est venu coiffer Vieuchêne qui remplissait, jusqu'alors, les fonctions de chef de section.

De ce fait, le Gros boude. Il devient invisible. Il attend, dans son bureau, que Spotti veuille bien le convoquer pour l'entretenir des dossiers en cours. C'est la guerre froide. On communique par notes. L'ancienne criée du cinquième étage s'est transformée en cathédrale où glissent, à pas feutrés, des ombres de fonctionnaires. Seule, de temps en temps, la voix de Poiret se répercute entre l'alignement des portes désespérément closes : « C'est une boîte de cons, braille-t-il, si ça continue, je retourne chez les parachutistes ! » Il a oublié, Poiret, que la guerre est finie depuis quatre ans.

Heureusement, il y a Flora. Quand, après ses amours bimensuelles à la Bonbonnière, je la retrouve au bistrot de la rue de Ponthieu, nous échangeons nos impressions. Elle ne m'a rien appris sur les initiales fournies par la Raclette. Sur Buisson, elle ne connaît rien non plus. Ce n'est pas son monde. Mais un soir de janvier, alors qu'une vague de froid a submergé Paris, elle lâche devant sa tasse de thé-citron :

— Vous avez des nouvelles de votre collègue ?

Et comme je la regarde, étonné par cette soudaine question :

— Mattei a fait sortir la Raclette des Baumettes, poursuit-elle. Ça m'étonnerait que, d'ici peu, il n'y ait pas du nouveau dans l'affaire des bijoux !

Je réfléchis quelques instants avant de questionner :

— C'est Prosper qui vous a fait cette révélation ?

— Peu importe. A votre place, je surveillerais le Laetitia.

J'éprouve, malgré moi, une certaine admiration pour Flora. Sa maîtrise m'impressionne. Elle sort ça, tout de go, comme si elle était l'adjointe de Vieuchêne.

— Pourquoi dites-vous ça ?

— Parce que Benedetti a été ramené de Bastia à Marseille, Sanna et Ruberti piqués au bar de la Place, et que Mattei est en train de vous doubler.

On voit bien que la belle enfant n'y connaît rien en matière de police !

— Impossible ! Mattei ne peut rien faire sans prévenir la Direction. Donc, mon patron. Qui vous dit que ces types-là sont mêlés à l'affaire ?

Flora exhale un soupir, sort de son sac le tube de rouge à lèvres et le poudrier plaqué or :

— Si vous en êtes là, ce n'est pas la peine de continuer ! Le téléphone corse fonctionne aussi bien que le téléphone arabe. Peut-être mieux, même ! En tout cas, ça a l'air de coller avec les initiales dont vous me parliez. Le seul à avoir échappé au coup de filet, c'est Paul Mondoloni.

— Et on le trouve où ?

— Au Laetitia.

Dès que je le mets au courant de la conversation, le Gros, lui, est catégorique :

— En piste, Borniche. Toutes affaires cessantes. Elle a raison, votre protégée. J'ignore comment elle a su ça, mais lisez ce qui arrive.

Le télex qu'il me tend provient de Marseille. Il est significatif :

COMMISSAIRE DIVISIONNAIRE CHEF DU S.R.P.J. MARSEILLE À DIRECTION P.J., 11, RUE DES SAUSSAIES PARIS (8e) — SUITE ARRESTATIONS RUBERTI, SANNA ET BENEDETTI QUI ONT RECONNU LEUR PARTICIPATION AU VOL COMMIS LE 3 AOÛT 1949 AU PRÉJUDICE DE S.A. LA BÉGUM, RECHERCHER ACTIVEMENT MONDOLONI PAUL, SANS DOMICILE FIXE, MIS EN CAUSE COMME AUTEUR, ET LECA PAUL, DÉTENTEUR DES BIJOUX. UN OFFICIER SUPÉRIEUR SERAIT À L'ORIGINE DU HOLD-UP PAR RENSEIGNEMENTS FOURNIS À DEUX COMPLICES QU'IL RESTE À IDENTIFIER. INTERROGATOIRE SE POURSUIT. RAPPORT SUIT.

J'ai compris ! Nous pouvons en faire notre deuil, de l'affaire des bijoux. Mattei est le plus fort. C'est un sacré flic, nous le savions. Et puis, rendons-lui ce qui lui appartient : c'est lui qui est chargé du dossier. Le vol a eu lieu dans son secteur. Il est normal qu'il en tire les bénéfices. S'il avait échoué, ce n'est pas nous qui en aurions subi les conséquences.

Je dis ça, histoire de me consoler, mais dans mon for intérieur si je pouvais lui rendre la pareille, à ce salaud de Mattei, piquer Mondoloni et Leca et récupérer le nid de bijoux, ça arrangerait bien l'avancement du Gros !

« Toutes affaires cessantes », a dit Vieuchêne. Poiret ira aux écoutes, le casque sur l'oreille, dans la grande salle du central téléphonique de la rue de Navarin. Sa mission est simple et tout à fait dans ses cordes : enregistrer les communications téléphoniques du Laetitia, rendez-vous parisien des insulaires. Simple... mais terriblement compliquée lorsqu'on sait que les conversations se font en langue corse ! Les deux Ajacciens que le Gros voulait désigner pour cette surveillance de tout repos se sont récusés. Ils ne veulent pas trahir leurs compatriotes. Du coup, il y a de la mutation dans l'air.

— Surtout pas un mot à Spotti, recommande le Gros. Nous avons eu le tuyau, c'est à nous de l'exploiter. On va montrer au Bordelais que les Parisiens ne sont pas des branquignols !

Que deviendrait la colonie corse si le Laetitia n'existait pas ? C'est un bar discret de la rue Notre-Dame-de-Lorette, dans le quartier de Pigalle, fertile en boîtes de nuit, en péripatéticiennes et en mauvais garçons. Joseph, le barman, règne sur cette ambassade très spéciale, qui porte le prénom de la mère de Napoléon et à laquelle tous les événements du Milieu semblent reliés par des fils mystérieux. Il ne paie pourtant pas de mine, Joseph, avec ses cheveux clairsemés, ses dents d'écureuil et sa stature de basset. Mais s'il disparaissait, l'édifice s'effondrerait, comme un jeu de construction auquel on ôte une cheville. En fait, le champ de rayonnement du Laetitia est des plus vastes. L'établissement, aux doubles rideaux hermétiques, est tout simplement l'antenne du milieu corse ou marseillais. C'est au Laetitia que les affaires se préparent, c'est au Laetitia que les succès s'arrosent, c'est du Laetitia que partent s'exiler dans des pays lointains les mauvais garçons désireux d'échapper aux recherches policières. On comprend, dans ces conditions, que Joseph ne souhaite ni la clientèle des *pinzuttus,* le surnom donné par les Corses aux Français du continent, ni la présence des flics.

Joseph Ansaldi savoure le calme de cette fin d'après-midi de janvier. Son regard passe distraitement sur les tables d'acajou, sur les fauteuils de velours vert encore inoccupés. Il se recueille avant l'invasion des fidèles abonnés au pastis qu'il fabrique selon une vieille recette, avant le brouhaha des conversations en langue du pays, aux intonations différentes selon que l'on est d'« au-delà des monts » ou d'« en deçà des monts » !

Entre deux bouffées de cigarette, Joseph prend le temps de rêver aux hommes et aux événements qui constituent son spectacle quotidien depuis qu'il a quitté la solitude de ses montagnes arides. Le Laetitia, c'est son fief. Ici, il ne s'ennuie jamais. C'est un théâtre, une scène sur laquelle chaque acteur est différent. Il se passionne pour la vie des personnalités du Milieu qui s'alignent à son comptoir, face au portrait de Madame mère. Il connaît leurs antécédents. S'il lui prenait l'envie de raconter tout ce que ses clients ont fait, font ou feront, nul doute que le ministère de la Justice devrait multiplier le nombre de ses prisons, départementales ou centrales. Mais Joseph ne mange pas de ce pain-là. Comme son passé est aussi vierge que son casier judiciaire, les flics n'ont pas barre sur lui. Ils n'en feront jamais un indic !

Serons-nous récompensés de notre patience ?

Voilà deux jours que nous planquons, Hidoine et moi, devant le Laetitia, dans la camionnette que nous a confiée le chef du garage. Nous sommes frigorifiés. Dans la bâche sont percés des trous savamment disposés. Garés à l'angle de la rue La Rochefoucauld, nous ne perdons rien des allées et venues de Joseph Ansaldi et de ses clients. Nous sommes là quand il fait l'ouverture, encore là quand il ferme et s'éloigne du bar, à 2 heures du matin, fatigué, le chapeau à bord roulé bien droit sur la tête, satisfait de sa journée et de sa recette.

Assis sur un seau renversé, nous nous relayons pour coller notre œil aux fentes de la bâche. Nous ne tenons pas plus de dix minutes chacun. L'air froid finit par irriter nos prunelles qui s'embuent de larmes. Notre rythme est réglé sur celui de Joseph. Dès qu'il a quitté le Laetitia, nous abandonnons notre camionnette, l'un après l'autre, par le hayon arrière. Nous remportons les Thermos qui contenaient le café chaud préparé par Marlyse, et nous jetons les bouteilles dans lesquelles, prisonniers de la camionnette, nous avons vidé nos vessies aiguillonnées par le froid.

Les consignes du Gros sont formelles : planquer, planquer encore, planquer toujours, tant que nous n'aurons pas arrêté Mondoloni. Jusqu'alors, la révélation de Flora n'a pas été suivie d'effet. Le beau Paul semble se désintéresser du Laetitia !

A mesure que l'attente se prolonge et que le froid engourdit mes membres, mon inquiétude grandit. Je commence à regretter d'avoir mis le Gros au courant de mon entrevue avec ma comtesse favorite. Cela ne m'aurait pas empêché de jeter un coup d'œil au Laetitia mais, en cas de ratage, personne n'en aurait jamais rien su.

Il neige. Les minutes s'éternisent. Dans notre camionnette frigo, le silence est total. La tête d'Hidoine disparaît sous un passe-montagne qu'il a déniché dans le grenier de son pavillon de banlieue. Mon humeur bascule, mon inquiétude se mue en angoisse.

— Si ça ne donne rien aujourd'hui, il faudra trouver autre chose, dis-je à voix basse. On ne peut pas continuer à se geler comme ça. On va finir par attraper la crève.

Hidoine ne répond pas. Je ne suis pas certain, d'ailleurs, qu'il m'ait entendu, ratatiné dans l'angle de la voiture.

Je recolle mon œil à la fente.

Paul Mondoloni s'exhorte au calme. Il se répète qu'il n'a rien à craindre, que ses fâcheux pressentiments ne sont pas fondés. Les épaules tassées, les mains dans les poches de son pardessus, il remonte la rue Notre-Dame-de-Lorette. Depuis le début de la matinée, la neige recouvre Paris, poudre les trottoirs d'un tapis moelleux et blanc que le gel ne va pas tarder à transformer en patinoire. Les piétons emmitouflés qui le croisent, les voitures qui déjà hésitent et zigzaguent, les cris des écoliers qui se bombardent de boules, plus serrées les unes que les autres, seule joie dans la ville grise et morne, tout ce spectacle d'hiver ne lui parvient qu'au travers d'un écran d'hébétude. Il ne voit rien, ne pense à rien. Il se meut comme un robot programmé pour rencontrer Joseph au plus vite.

Quelques flocons s'écrasent sur sa chevelure noire, s'accrochent aux sourcils. La bise mord ses oreilles. Il presse le pas. Son instinct lui dicte d'avancer à grandes enjambées. Tant qu'il n'aura pas atteint le havre de paix du Laetitia, le danger rôdera autour de lui.

Il se retourne pour s'assurer qu'il n'est pas suivi. « Et merde ! » grogne-t-il. Il a glissé sur une plaque de verglas toute neuve. Ce n'est plus un robot, mais un pantin désarticulé qui a repris son équilibre de justesse avec de grands moulinets de bras. En quelques secondes, la rue lui devient hostile, peuplée de flics. C'est que les nouvelles n'ont rien de rassurant.

Tout à l'heure, quand il a téléphoné à la Daurade, il n'a pas reconnu la voix de Charles Vincileoni. Au bar de la Place, sa sœur, la propriétaire, n'a guère été loquace. Il lui a semblé qu'elle hésitait à parler, comme si une présence inhabituelle l'importunait. Il se passait sûrement quelque chose. Joseph, toujours le premier averti, devrait pouvoir le renseigner. Personne ne peut le soupçonner d'être le complice de quiconque, le petit Joseph.

Puis Mondoloni se rassure : il est incognito à Paris. Ses amis le croient à Tanger. C'est bien là qu'il compte filer, à la moindre alerte. Les nuages sont de plus en plus bas, la couche de neige s'est épaissie lorsqu'il fait son entrée au Laetitia. Il va se jucher sur le haut tabouret, tout au bout du comptoir, près de la porte de service. C'est la place qu'il préfère. Il peut ainsi surveiller la porte, parer à toute éventualité. Derrière lui, l'issue de secours permet de sortir en catastrophe. Elle donne dans un couloir qui débouche sur une courette mitoyenne. De là, on peut s'enfuir par la rue La Rochefoucauld.

— *Bondiornu, Joseph. Cumu state ?*

— *Sto be. U minutu*[1]...

Joseph est au téléphone. Il tend la main par-dessus le comptoir. La sérénité de son visage, le ton tranquille de sa voix délivrent Mondoloni de ses craintes. Il se lève, traverse la salle, se débarrasse de son pardessus qu'il accroche au portemanteau. Il retrouve son sourire. Ses pressentiments fâcheux n'étaient pas fondés.

1. Bonjour, Joseph. Comment ça va ? — « Ça va bien. Une minute... »

— Je crois bien que c'est lui !

L'exclamation fait sursauter Hidoine qui bredouille des sons inintelligibles dans la laine de son passe-montagne. Il se redresse. Simultanément nos regards fixent la porte du Laetitia.

— Je ne vois rien.

— Forcément, il vient d'entrer. Il est arrivé tête baissée. Le bus 74 passait devant, juste à ce moment-là. Mais j'en mettrais ma main à couper. Qu'est-ce qu'on fait ?

Hidoine s'accorde un temps de réflexion. Il dégage ses lèvres du tricot, exprime ses réticences :

— Il faudrait d'abord vérifier si c'est lui. Sans nous faire frimer. Le mieux, c'est d'attendre qu'il ressorte. Au moins, on ne ratera pas le coche.

Une maxime du Gros me revient en mémoire : « Des choses les plus sûres, le plus sûr, c'est de douter. » Il s'en moque, le Gros, de mes états d'âme, à l'heure qu'il est ! De savoir que Mondoloni peut être là, à portée de main, et de ne rien faire, moi, ça m'exaspère. Qu'est-ce que je risque, dans le fond, à entrer dans le bar comme un vulgaire client ? S'il est là, je l'interpelle, je le prends de vitesse. Sinon, ce n'est pas parce que je viens déguster un pastis au Laetitia que Joseph pensera que je veux coincer Mondoloni !

J'ai des fourmis dans les jambes.

— Passe-moi tes menottes, dis-je. J'y vais.

Hidoine s'exécute, soupire. Il n'est pas chaud du tout, mis à part la température qui chute nettement au-dessous de zéro. De toute façon, j'en ai assez de grelotter dans cette camionnette, depuis des heures. Je soulève la bâche, jette un coup d'œil dans la rue. La nuit commence à tomber. Je saute.

Me voici devant l'entrée du couloir du Laetitia, à gauche de la vitrine. Les tentures ne permettent pas de voir ce qui se passe à l'intérieur. Je sens l'œil d'Hidoine collé à ma nuque par le trou de la bâche. J'hésite. Je joue ma fortune à pile ou face. Je lance, mentalement, une pièce en l'air. Elle retombe. C'est pile. J'appuie sur le bec-de-cane.

Il y a des moments où l'on doute de son audace. C'est le cas. La salle est vide. Ni barman ni client !

Le vent de la débâcle souffle sur moi. Que faire ? Ressortir sur la pointe des pieds, sans que l'on m'ait vu ? Ou m'installer, tout bonnement, sur un des hauts tabourets, en attendant que quelqu'un se manifeste ? Je n'ai pourtant pas rêvé : l'homme que j'ai pris pour Mondoloni a bien pénétré dans le bar, il n'y a pas cinq minutes. A moins que le couloir de l'immeuble l'ait absorbé lors du passage de l'autobus. Je ne sais pas si le hasard est le dieu des policiers mais, pour le moment, il agit en ma défaveur.

Les paroles de prudence d'Hidoine s'entrechoquent sous mon crâne. Mon regard fait le tour de la salle. La vue du pardessus, accroché au portemanteau, me rassérène. Je ne m'étais pas trompé, l'homme est là. Mais où ? Dans l'arrière-boutique ? A la cave, en train de discuter avec Joseph le barman ? Si je vais y jeter un œil, je me trahis...

Et si le pardessus était celui de Joseph ? Non, dans ce cas, il aurait placé son habituel chapeau sur la tête recourbée du portemanteau. De plus, un barman ne suspend pas ses vêtements dans la salle réservée à la clientèle.

Toujours seul devant le comptoir. Cela commence à être long. Je tends l'oreille. En vain.

Un instant, j'éprouve une sensation étrange, comme si j'étais une grande enveloppe sans squelette. Mon sang se retire de mon visage, mon cœur s'emballe, mes jambes deviennent toutes molles. La peur de tout rater. Je suis statufié. Et puis, curieusement, le sang afflue à ma tête, une bouffée de chaleur intense embrase mes joues.

Le miracle ! Au moment où je m'apprête à prendre place sur un tabouret, la tornade d'une chasse d'eau crève le silence du Laetitia. Je me dévisse la tête. La porte des toilettes s'ouvre. Paul Mondoloni ajuste, calmement, la ceinture de son pantalon. Je le vois de profil, dans la glace du lavabo et je constate que la ressemblance est parfaite avec la photographie anthropométrique que je serre dans mon portefeuille. Sous son costume de bonne coupe bleu marine se dessine un torse puissant.

Je m'avance à sa rencontre :

— Police, dis-je, d'une voix que je veux sèche, neutre, mais dont le timbre masque mal ma satisfaction.

Mondoloni a pâli. Je lui ai déjà passé un bracelet de menottes au poignet droit. Ses lèvres remuent, prononçant des paroles que je n'essaie pas de comprendre. Je m'empare de son pardessus au passage, l'entraîne vers l'extérieur. Joseph le barman n'a rien vu, rien entendu : il n'a pas émergé de son arrière-boutique, d'où me parvient un cliquetis de bouteilles.

— Qu'est-ce qui se passe ? finit par bredouiller mon prisonnier le premier moment d'émotion passée, alors que nous arrivons près de la camionnette.

J'ai retrouvé mon calme, je me sens bien. J'ai même envie de plaisanter :

— Pas grand-chose, simple vérification d'identité.

— Et vous m'emmenez où ?

— A Marseille. Depuis cinq mois, le commissaire Mattei court après une « marquise ». Si tu pouvais lui donner un coup de main pour la retrouver, ça l'arrangerait !

29

Le vent s'acharne à démontrer sa force. Il secoue dans tous les sens les arbres du boulevard Rochechouart, dégage les branches surchargées de neige au détriment des passants qui s'ébrouent, furieux d'être soudain blanchis comme des sapins de Noël. Le thermomètre est descendu après la longue chute de neige. Il s'est stabilisé à – 9 °C. Les immeubles de la rue Condorcet se détachent, lugubres, sur un ciel bas, cotonneux, d'un gris déprimant. Cela me rappelle les hivers de l'Occupation où, fraîchement démobilisé de l'armée Pétain, je déambulais dans le même quartier, l'estomac vide, sans un sou en poche, à la recherche d'un hypothétique emploi.

Le col de la gabardine relevé jusqu'à mes oreilles raidies, je plaque mon écharpe, de la main droite, sur mon nez transformé en sorbet à la fraise. La main gauche cherche un peu de chaleur au fond de la poche. J'ai, une fois de plus, oublié mes gants. Sur le trottoir dangereux, je presse mon pas de patineur vers les bâtiments du Gaz de France. Ils sont bien placés pour être surchauffés, les gars du Gaz ! Les vitres embuées d'un bistrot me tentent une seconde : un grand crème brûlant, avec croissants et beaucoup de sucre, façon Vieuchêne ! Mais, non ! ce n'est pas le moment ! La course est trop serrée avec la police marseillaise. Pas une minute à perdre. Mondoloni, c'est réglé. Il me faut maintenant coincer le fameux officier supérieur qui aurait renseigné les truands. Le télex ne mentionne pas son nom. J'en déduis que ce cher Mattei patauge dans la bouillabaisse. Une chance, je sais qui c'est, moi, le galonné ! Je me souviens de la phrase du prince Ali khan à la villa Gorriza, en août dernier : « Le colonel Norton a fait une enquête approfondie sur les membres du personnel... »

Roblin, le génial et irremplaçable archiviste, n'a qu'un colonel Norton, prénommé Leslie, dans son labyrinthe aux innombrables fiches. Mi-anglais mi-français. Malheureusement, sa dernière adresse connue est Saigon, en Indochine.

— Tu devrais voir au ministère de la Guerre, a soupiré Roblin, toujours déçu lorsqu'il ne peut fournir un renseignement complet.

L'idée ne m'enchante pas. Bien sûr, je pourrais tenter ma chance à la Guerre, mais je sais trop, pour y avoir utilisé ma salive, combien les militaires sont jaloux de leurs secrets. Même en passant par les services de la sécurité militaire, il me faudrait perdre des jours et des jours à leur expliquer le but de ma démarche, en long et en large. J'ai pensé à fourrer mon grand nez à la chancellerie de la Légion d'honneur. On la colle à tout bout de champ à n'importe quel artiste ou supporter politique, à plus forte raison à un officier supérieur qui a eu au moins le mérite de faire marcher ses soldats au pas. Remplir une fiche, donner la raison de la recherche, attendre entre trois et dix jours pour obtenir la réponse, non, je n'ai pas le temps. Alors, j'ai épuisé les ressources du Bottin et des annuaires. Je suis même remonté cinq ans en arrière. Zéro.

Le hall m'accueille comme un aéroport des tropiques lorsqu'on sort d'un avion trop climatisé. Je dégage mon nez de l'écharpe, mes oreilles du col et ma main de la poche. Je me dirige d'un air martial vers le panneau *Réception.*

Où le Gaz de France a-t-il pu dénicher la splendide créature préposée aux renseignements ? Les cheveux platine glissent sur les épaules, reviennent vers des seins pointure 95 ou 100 pour le moins, agressifs sous le jersey bleu nuit agrémenté d'une fine chaîne d'or au bout de laquelle un mini-cœur coquin semble me faire un clin d'œil. Tout un programme ! Il fait si chaud que je l'imagine déjà en maillot de bain, ou sans, cette employée pour vestiaire de boîte de nuit. Quelques pauvres hères, sur une banquette, macèrent dans la chaleur lourde, attendant qu'on veuille bien appeler leur numéro. La mine défaite, ces parfaites victimes de l'administration semblent résignées à leur sort, les yeux fixés sur la monumentale horloge qui fait durer les secondes.

Je caresse la blonde d'un regard complice :

— Si j'étais à leur place, je ne regarderais sûrement pas l'horloge, dis-je.

— Parce que qu'est-ce que vous lui trouvez, à cette horloge ?

Belle, belle, belle, mais pas futée !

— Rien. Il y a la même dans toutes les gares. Mais ici, c'est un crime de fixer autre chose que vos seins et vos jambes... Si vous voyiez le tableau, sous la table... C'est peut-être ce qui les gêne ?

Elle détourne les yeux, un peu surprise, mais flattée tout de même, puis se décide à hausser les épaules avec un bref retard.

— Vous voulez quoi, au juste ?

J'ai bien envie de lui répondre « Vous » mais je range mon sourire :

— Voir le chef de centre.

La pin-up gazière me toise, l'air suffisant :

— Alors ça ! Vous avez pris un numéro ?

— C'est moi qui vais lui faire, mon numéro. Regardez.

Son air estomaqué meurt devant ma plaque de police qui atterrit sous son nez. Ça change tout. La crinière blonde se secoue, m'enivrant d'un parfum capiteux.

— Si c'est ça, susurre-t-elle en décrochant le téléphone sans cadran.

Elle tapote à plusieurs reprises sur le support, joue les impatientes les yeux levés vers le plafond, obtient enfin la standardiste. Je crains qu'elle ne commence à lui raconter sa vie, mais non. Elle annonce gravement :

— Dis donc, j'ai un flic dans le hall qui voudrait voir le chef de centre... Qu'est-ce que j'en fais ?

Je chuchote, penché au-dessus de la table et de la gorge éblouissante :

— Police judiciaire... Urgent et très grave...

— Ouais... Il dit que c'est grave... Je l'amène ? Bon.

Je n'aurai pas attendu longtemps. La Marilyn Monroe des gazomètres, à la jupe ultra-courte, se lève, fait le tour de la table. Les bas couleur chair, à fine couture, gainent les mollets galbés à point, les chevilles minces. Les escarpins noirs se mettent en route. Les hanches, que la jupe moule comme une deuxième peau, m'invitent à suivre le mouvement. Je ne me fais pas prier, prenant soin de rester trois pas en arrière. Ma vamp franchit une porte à double battant qui se referme avec un soupir de soufflerie. Ce déhanchement me rappelle quelqu'un... Flora, parbleu ! Ce serait intéressant de les voir marcher côte à côte, déesses inattendues dans ce temple de la vétusté. Flora a quand même plus de classe. Ce qui est singulier, c'est que, des deux, c'est elle qui ferait le moins pute !

Me voici dans une antichambre aux murs peints d'un beige grisâtre. Le plafond s'écaille, mais la banquette que miss Gaz me désigne est recouverte de moleskine noire. Le luxe. Dans le hall d'entrée, le bon peuple a droit au bois dur. Je me trouve, moi, sur le territoire des instances supérieures.

— La secrétaire va venir...

Déjà, les seins marmoréens sont de nouveau pointés vers la porte que nous venons de franchir.

— Dommage, dis-je avec un soupir sincère. On commençait à peine à se connaître...

Elle daigne sourire, ne se presse pas trop de refermer la porte. Ce n'est pas le moment de laisser vagabonder mon esprit. Au lieu de m'asseoir, je vais me planter devant un plan de Paris grand format, accroché au mur. La ville est divisée en secteurs de répartition, semés de signes cabalistiques. J'imagine l'invraisemblable réseau de tuyauteries qui sillonnent notre sous-sol. Par temps de travaux, on les voit apparaître dans des tranchées ouvertes comme des blessures...

Si le chef de centre n'est pas trop mal luné, j'ai une chance de découvrir l'adresse de Leslie Norton dans le fichier général. On ne pense jamais aux inépuisables ressources d'Electricité et Gaz de France, du Service des eaux. Moyennant finances, on peut ne pas figurer dans les annuaires du téléphone. Mais comment échapper au répertoire des organismes dont dépend la commodité de la vie civile, que l'on soit propriétaire, locataire ou... militaire !

Une voix agréable me tire de mes réflexions. Je me retourne. Hélas, le timbre était trompeur. L'apparition mettrait en fuite le dragueur le plus décidé. Après l'instant de paradis de tout à l'heure, c'est un sévère purgatoire. L'administration, dans sa grande sagesse, fait sûrement exprès de coller aux fonctionnaires quelque peu importants des filles repoussoirs, propres à juguler le démon de la tentation. Là, c'est réussi. Le lorgnon de la dame, au bout de son fil noir, pend sur un chemisier en rayonne grise qui n'a strictement rien à recouvrir. Le chignon, du même gris, est tout aussi plat. Plats, également, les robustes souliers qui émergent d'une longue jupe noire. J'ai l'impression que cette créature pourrait se coller au mur comme une affiche.

— Si vous voulez me suivre...

Ce coup-là, j'aimerais mieux passer devant.

La femme-grisaille s'efface sans peine, vu son faible volume, pour m'introduire dans une pièce dont la porte est ornée de la sévère mention : *Privé. Entrée interdite à toute personne étrangère au service.* Me voici sous un plafond aussi craquelé que celui du hall. Ce parallélépipède aux murs blanchis à la chaux est un véritable four. Non, le gaz ne coûte pas cher, ici. Derrière la baie vitrée qui réclame un coup de chiffon, les voitures roulent, en lanternes, vers la rue de Maubeuge.

— Inspecteur Borniche, de la Sûreté nationale.

Le chef de centre jette un coup d'œil indifférent à ma carte tricolore. Il doit avoir cinquante ans. Ses yeux globuleux brillent peu, dans le visage sanguin. Disciple du Gros, il arbore au revers de son veston un ruban dont je cherche en vain la signification. D'un geste souverain, il me désigne un siège aux pieds chromés.

— Vous vouliez me voir ?

Connaissant le complexe de supériorité de tous les responsables des services publics, j'ai pris le parti, une fois pour toutes, de leur octroyer du galon. Aussi y vais-je carrément :

— Je cherche le domicile d'un nommé Norton, monsieur le Directeur. Dans le cadre d'une affaire en cours. Vous en avez entendu parler... Les bijoux de la bégum.

— Ah !

Immédiatement, les oreilles se font attentives.

— Il serait colonel. Les vérifications dans tous nos fichiers n'ont pas donné grand-chose...

Conscient soudain de l'importance de son rôle, le responsable du Gaz de France hoche la tête d'un air entendu.

— Avez-vous au moins une idée de la zone dans laquelle il serait domicilié ?

— Non. On a trouvé Saigon, mais ça fait loin. Il a pu aussi résider sur la Côte d'Azur. Cannes ou la région. Mais le service des courses et jeux n'a que Saigon comme adresse. Celle qui figurait sur sa carte d'officier, en Indochine...

Un sourire fend les joues charnues comme des fesses de bébé. Le chef de centre - directeur est manifestement ravi de s'en tirer à si bon compte. Il explique, avec condescendance :

— Je ne m'occupe que de la région parisienne et c'est bien suffisant. Pour Cannes, il faut consulter la comptabilité locale...

Un moment de silence. Le round d'observation.

— Je m'en doute, monsieur le Directeur général...

Je lui fais avoir une promotion si rapide qu'il en reste interloqué. Au diable l'avarice !

— ... Mais il peut aussi avoir une adresse à Paris. Mon patron dit toujours que ce que l'on cherche, on le trouve et que ce que l'on néglige nous échappe.

— Il a raison. Il est marié, votre colonel ? Parce que le contrat peut être établi au nom de jeune fille de sa femme ?

— Je l'ignore.

Mes sourcils se sont froncés. Roblin ne m'a pas parlé de ça.

— On va déjà jeter un coup d'œil au service comptable alphabétique. C'est bien pour vous faire plaisir. Pas trop déçue, la bégum, d'avoir perdu ses joyaux ? Quelle belle femme ! Mademoiselle Glasse ?

Le nom polaire sied bien à la plate et grise secrétaire. Le nez pointu surgit dans l'entrebâillement de la porte.

— Soyez gentille de vérifier si un certain Norton figure parmi nos abonnés.

Je crois bon d'ajouter :

— Colonel Leslie Norton, mademoiselle. C'est important.

La dénommée Glasse décerne à son maître un regard de servilité humide, avant de disparaître. Je n'ai plus qu'à espérer. J'attends.

— Elle est d'une efficacité remarquable, s'enorgueillit le sanguin. Si elle ne trouve pas, elle, c'est que votre colonel n'existe pas !

— Tout au moins en tant qu'abonné propriétaire ou locataire, dis-je, repris de soupçons quant à ma chance de réussite.

Elle a fait vite, la dulcinée au torse de limande. Elle est déjà de retour.

— J'ai un Norton Leslie, militaire de carrière, triomphe-t-elle. C'est sûrement ça. D'ailleurs, il n'y en a pas d'autres, à ce prénom.

Elle tend la fiche au chef de centre, qui me la remet après l'avoir parcourue.

— On peut dire que vous êtes veinard, inspecteur, dit-il. Le dernier relevé est en cours de facturation. 74, rue de Londres, Paris, VIIIe, cinquième étage.

J'avais déjà enregistré.

La rue de Londres, c'est dans le quartier de l'Europe, le principal centre d'activité des compagnies d'assurances et de la S.N.C.F. Le 74 est un immeuble cossu, dont les balcons de fer forgé dominent l'enchevêtrement des rails de la gare Saint-Lazare.

Ça me ferait drôle d'habiter au-dessus d'une voie ferrée. Enfant, j'aimais contempler les trains. Je rêvais que le père Noël m'apportait un train électrique, locomotive, fourgon, et deux ou trois wagons. Mais le père

Noël était pauvre. Alors, je me suis rabattu sur une locomotive en bois, à roues pleines, qui offrait l'avantage de rouler sur le trottoir, sans rail, au bout d'une ficelle...

Je me plante devant la grille qui surplombe les voies. Malgré le froid qui brûle mes oreilles, je reste à contempler les manœuvres de triage. Les éclairs des boggies fusent sous la voûte noire de la gare. Par instants, la vapeur des locomotives des grandes lignes, qui passent sous le pont, me noie d'un chaud nuage blanc. Mon collègue Berilley bat la semelle. C'est lui qui remplace Hidoine et Poiret, partis conduire ma capture Mondoloni à Marseille. Le nez de boxeur de ce grand gaillard rougeoie et coule un peu. Une nouvelle fois, il regarde sa montre.

— On y va ? Il est moins 2.

Il est indispensable d'attendre 6 heures du matin, l'heure légale pour forcer la porte d'un citoyen. Le flic doit être muni d'un ordre de perquisition. Sinon, il lui faut rester sur le seuil, et se présenter avec une politesse prudente. Ouais ! Mais la commission rogatoire, c'est Marseille qui l'a. Si le colonel se rebiffe, s'il ne veut pas nous suivre, c'est raté. Nous serons obligés de nous retirer en bon ordre. De planquer ensuite, pour l'empêcher de prendre la fuite. De solliciter un mandat d'amener du juge d'instruction. Ce qui ne fera pas notre affaire ! Un inculpé n'a plus à répondre aux interrogations des policiers, la loi le protège !

Le concierge de l'immeuble, un long échalas, émerge de son antre, sous le porche. Il est maigre et pourtant il a du muscle. Il la porte bien, sa soixantaine. Par ce froid, il est en chemisette. Le maniement des poubelles lui vaut des biceps à la Popeye. Avant de passer à l'interview, je lui fais miroiter ma plaque, qui prend de jolis reflets dorés sous la lampe de la loge.

— C'est qui, qui vous intéresse ?

— Ça fait plaisir de tomber sur un gardien coopératif, dis-je. Parce que, généralement, on ne nous aime pas beaucoup !

Il réprime mal une grimace. Je me félicite de ne pas être venu le voir la veille, à la sortie de Gaz de France. Je ne sais si le colonel est chez lui, mais il avait encore moins de chance d'y être hier soir. Avec ce concierge qui ne m'inspire aucune confiance, j'étais grillé.

— Mais je les aime, les flics, moi…

— Je n'en doute pas. Puisque vous nous aimez, vous allez peut-être nous filer quelques renseignements sur Norton ?

— Norton, le colonel ?

— Le colonel. Il y a longtemps qu'il habite ici ?

— Je sais pas, moi. Je l'ai toujours connu. Ça fait dix ans que je tiens la loge. Il a rien fait de mal, au moins ?

— Un militaire, ça ne fait que du bien…

L'asperge musclée avale sa salive, hésite, déglutit de nouveau :

— Je croyais que c'était pour la sauterelle du septième, que vous veniez. Parce que celle-là, qu'est-ce qu'elle peut nous ramener comme michetons… Les Norton, ça, c'est autre chose…

— Quel étage ?

— Cinquième. Un type bien. Légion d'honneur et tout et tout. On le voit pas souvent…

Berilley me dévisage, bafouille :

— Comment ça ? Il n'est pas là ?

— Vous savez, il est tout le temps en voyage… Quand je dis que je l'ai toujours connu, c'est façon de causer… Parce que, dans le fond, c'est sa femme que je connais. Lui, il vadrouille tellement…

Il se penche, me murmure à l'oreille :

— Il est dans les services secrets.

— Ah, bon ! Cinquième étage, vous dites… On va quand même aller dire un mot à sa femme.

— A cette heure-là ?

— Il n'y a pas d'heure pour les braves. Une femme de colonel, ça doit comprendre.

Le bouton de sonnette déclenche un mélodieux carillon. Avant que la porte s'ouvre, j'ai le temps d'admirer les pâtisseries 1900 qui agrémentent le plafond du palier. Mme Norton est tout ensommeillée. C'est dur d'être réveillée à 6 heures. Fort distinguée, dans sa robe de chambre de cachemire bordeaux, elle ne manifeste pourtant aucun mécontentement. Elle passe la main dans ses cheveux, dont elle doit entretenir avec soin les mèches argentées qui s'accordent parfaitement à son visage mince, à ses yeux gris.

— Madame Norton ?

— Oui...

Son regard nous interroge tour à tour, Berilley et moi. J'hésite un instant, pour trouver les mots qui conviennent.

— Mes hommages, madame. Il est tôt et nous nous excusons, mais il faudrait que nous rencontrions votre mari d'urgence...

Elle ouvre grand la porte. Nous voici dans un hall immense. La faible lumière d'une applique laisse deviner des meubles pansus, qui semblent bien n'avoir pas bougé depuis des années.

— Je croyais que c'était lui qui sonnait, dit-elle. Il n'est pas là...

Il faut croire que la désillusion marque mon visage, puisqu'elle ajoute :

— Mais si je puis vous aider... Entrez, je vous prie.

Elle nous précède dans un salon qui fait bien deux fois la surface de mes trois-pièces de la rue Lepic. Malgré les doubles rideaux, je perçois le roulement des trains, tout en bas. Mme Norton allume un lustre à pendeloques de cristal. Je peux mieux la détailler, maintenant. Elle a beaucoup de classe. L'air soucieux, elle demande :

— Vous vouliez le voir pourquoi ?

Pourquoi, pourquoi... C'est toujours les mêmes questions qui nous sont posées. Et elle, pourquoi reste-t-elle très droite, silencieuse, hésitante ? Le colonel lui aurait-il fait la leçon ? Nous respectons son silence.

— Nous sommes de la P.J., dis-je, mon indispensable insigne au bout des doigts. Il est important que nous le contactions...

— Question de vérification d'identité, ajoute Berilley.

Mme Norton semble plus rassurée. Je rengaine mon insigne dans la poche de ma gabardine.

— Je le vois rarement, dit-elle enfin. Il voyage énormément. En Autriche, en Allemagne, aux Etats-Unis. Je ne sais jamais où le joindre, et lui ne dit jamais où il est...

Le visage bosselé du solide Berilley commence à se crisper sous l'effet de la déception. Chacun à son tour. La différence, c'est qu'il n'est pas dans le coup. Il n'est là qu'en renfort. Je hoche la tête de bas en haut, fais la moue, perplexe :

— C'est ennuyeux, dis-je. Supposez qu'il vous arrive quelque chose, à l'un ou à l'autre... Vous avez bien son numéro de fil, tout de même ! Moi, je ne laisserais jamais ma femme sans nouvelles...

Elle doit s'en moquer de mes bons sentiments, Mme Norton. Surtout à 6 heures du matin. Son soupir semble sincère :

— C'est comme ça !

Elle hésite une seconde, soupire de nouveau :

— Pour tout vous dire, je m'y suis habituée. Le colonel se déplace si fréquemment que nous sommes convenus d'une chose : c'est lui qui m'appelle de temps à autre. Sans plus.

Elle ne m'arrange pas du tout, leur élastique convention conjugale. Je constate, d'un coup d'œil, le désarroi croissant de Berilley. Je décide de changer de vitesse. Tant pis pour la morale, et pour les nerfs de la distinguée Mme Norton.

— Vous disiez, tout à l'heure, que vous croyiez que c'était lui qui sonnait ?

— Parce que ça lui arrive de surgir à l'improviste... Et d'oublier ses clés.

Je baisse la tête, et le ton.

— Justement, madame, voilà pourquoi nous venons. Ce n'est peut-être pas de lui qu'il s'agit mais on a découvert... un cadavre !

— Mon Dieu !

Elle porte la main à son front, dont le fond de teint, vu l'heure matinale, n'a pas encore estompé les rides. On va nager en pleine tragédie, c'est fatal. Je suis lancé, je poursuis :

— Attendez... Je vous disais à l'instant qu'il ne s'agissait peut-être pas de lui... Le portefeuille du mort contenait bien des papiers au nom de Leslie Norton, avec votre adresse, mais il a très bien pu être perdu... ou volé. Comme votre mari ne vous tient pas au courant de ses allées et venues, c'est pour ça que nous voulions le voir...

Berilley acquiesce. Je suis sûr qu'il trouve le procédé dégueulasse. Moi aussi. Mais il faut en sortir. Heureusement, un fauteuil rococo tend les bras à la présumée veuve. Elle s'y laisse tomber. Des tremblements agitent ses lèvres. Elle ne va pas nous faire une crise de nerfs, quand même !

— Comment est-il votre mari ? Grand, petit, maigre, rondouillard ?

— Grand, fort, le teint coloré...

— Pas de signes caractéristiques ?

— Non... Si... Il lui manque trois doigts à la main gauche, qu'il a perdus en Indochine...

Je me tourne vers Berilley qui ne semble pas particulièrement apprécier ce genre d'audition. Forcément, il n'est pas concerné.

— Tu sais quelque chose, toi, pour les doigts ?

Il m'accorde un regard meurtrier, mais il est bien obligé d'entrer dans mon jeu.

— On ne m'a rien dit... Je peux les rappeler...

La malheureuse étreint les bras du fauteuil. J'y suis quand même allé un peu fort. Il faut la calmer, sans lâcher prise :

— Ce ne doit pas être le colonel, dis-je. Une pareille amputation nous aurait été automatiquement signalée. J'ai compris, le type lui avait volé ses papiers. D'ailleurs, le signalement ne correspond pas...

D'une toute petite voix, Mme Norton demande :

— On l'a trouvé où, ce cadavre ?

Je me remémore les quelques pays qu'elle a cités, parlant des voyages de son mari. Je tente la filière du côté est :

— En Alsace... C'est bien ça, hein, Berilley ? Près de Molsheim... Il y a trois jours.

Berilley acquiesce. Mme Norton se redresse, soulagée.

— Mon mari revient de Berlin ou de Francfort, aujourd'hui même ou demain par le train direct. Il me l'a annoncé par téléphone dans la journée d'hier. Donc ce ne peut pas être lui !

J'ai un large sourire d'encouragement.

— Certainement pas. Il ne vous a rien dit au sujet de la perte de ses papiers ?

— Non... Mais quand il sera là, si vous me laissez votre numéro de fil, je lui dirai de se mettre en rapport avec vous.

— Certainement, dis-je. Inspecteur Borniche, de la Sûreté.

DIRECTION DES SERVICES DE POLICE JUDICIAIRE, 11, RUE DES SAUSSAIES, PARIS VIIIe, A SERVICE RÉGIONAL DE POLICE JUDICIAIRE, 6, RUE DE BITCHE, STRASBOURG. PRIÈRE PROCÉDER ARRESTATION NOMMÉ NORTON LESLIE, MILITAIRE DE CARRIÈRE ACTUELLEMENT CADRE DE RÉSERVE, SUSCEPTIBLE DE SE TROUVER DANS RAPIDE FRANCFORT-PARIS — STOP — SIGNALEMENT : GRAND, CORPULENT, VISAGE COLORÉ — MANQUE TROIS DOIGTS MAIN GAUCHE — PROCÉDER VÉRIFICATION AVEC RENSEIGNEMENTS GÉNÉRAUX DU POSTE-FRONTIÈRE. EN CAS DE DÉCOUVERTE, AVISER D'URGENCE DIRECTION PARIS ET S.R.P.J. MARSEILLE QUI DONNERONT INSTRUCTIONS — STOP — SIGNÉ INSPECTEUR BORNICHE, DIRECTION PARIS.

30

Le colonel Norton a peu dormi, dans son single. Des cauchemars, dont il se souvient mal, l'ont tourmenté. Et voilà qu'en prolongement de ces mauvais rêves deux hommes viennent d'entrer dans le compartiment. L'employé des wagons-lits, la clé passe-partout à la main, se tient dans le couloir, l'air perplexe.

D'instinct, comme pour se protéger de cette intrusion, Norton a refermé les paupières. Ses yeux ne sont plus que deux minces fentes, sous les sourcils épais. Sans regarder les deux inconnus, il demande sur le ton le plus calme possible :

— Que me vaut l'honneur de votre visite, messieurs ? Contrôle douanier, déjà ?

L'inspecteur de la police des frontières exhibe sa plaque officielle. Son compagnon, un peu en retrait, fixe Norton d'un air dépourvu d'aménité.

— Colonel, dit le premier, vous arrivez bien de Francfort-sur-le-Main, n'est-ce pas ? Eh bien, nous sommes chargés de vous intercepter et de vous remettre à la police judiciaire de Strasbourg.

— Ah ? fait Norton.

Comment ces flics ont-ils pu savoir qu'il se trouvait dans le rapide Francfort-Paris ? Ce n'est qu'hier que les autorités américaines ont organisé ce voyage, et dans le plus grand secret... Alors ?

Les services français de contre-espionnage auraient-ils surpris le coup de fil qu'il a donné à sa femme ? Mais, en ce cas, cela relèverait davantage de la surveillance du territoire que de la P.J. de Strasbourg... Il examine la tenue des deux flics, qui témoigne de la ladrerie de l'administration. Le petit, qui ressemble étonnamment à un chimpanzé, a l'œil brillant de malice. Le grand, lui, affiche un faciès de catcheur. Le massacreur de l'équipe, sans doute. Norton essaie le ton de la plaisanterie :

— Police judiciaire de Strasbourg ? Quel crime peut avoir commis un colonel, officier de la Légion d'honneur ?

Il se lève d'un air décidé, enlève le haut de son pyjama, enfile une chemise, puis sa veste ornée de la rosette. En pantalon de coton mauve à rayures blanches et pieds nus, il est plaisant à voir. Le grand flic, flegmatique, sort de sa poche un papier :

— La police de Marseille, en exécution d'une commission rogatoire du juge d'instruction, a lancé un avis de recherche vous concernant, pour complicité éventuelle dans un vol de bijoux commis à Cannes.

Norton se sent glacé. Il aurait dû se méfier de ce Zorba... Mais il n'a jamais été question de bijoux à voler ! Pour échapper à la pression du Grec, il a seulement donné de fausses indications sur le départ du prince Ali et de Rita Hayworth...

Comment diable la P.J. a-t-elle pu remonter jusqu'à lui ? Depuis longtemps, il a rompu tout contact avec Nicolaos, et personne ne connaissait leurs relations. Que peut-on retenir contre lui ? Si seulement il avait refusé de se rendre à la villa L'Attique !

Le flic a terminé sa lecture. Il fourre le papier officiel dans sa poche. Le colonel se demande soudain si Zorba, arrêté, se serait mis à table. Mais qu'aurait-il pu dire, puisque, lui, Norton, pour se débarrasser du Grec, lui a raconté n'importe quoi ? Il faut garder son sang-froid...

— Finissez de vous habiller, colonel. Vous n'allez pas descendre sur le quai dans cette tenue !

— Non, bien sûr. Tournez-vous, s'il vous plaît !

Il foudroie de son regard d'acier les deux hommes qui se sont retournés du même mouvement. Lorsqu'il est prêt, il lance, ironique, avec une insolence de grand seigneur :

— Vous avez oublié de fouiller ma valise... Vous rendez-vous compte de votre responsabilité si les bijoux prétendument volés à Cannes s'y trouvaient ?

Le petit flic-chimpanzé se contente de hausser les épaules :

— Nous, on exécute, colonel. On sait que vous vous appelez Norton, que vous occupez la voiture 24, compartiment 7, cela nous suffit. Le tuyau de Paris était bon...

Leslie Norton a un haut-le-corps :

— C'est Paris ou Marseille qui s'intéresse tellement à moi ?

— Marseille, colonel. C'est là que vous conduiront deux collègues de la P.J. de Strasbourg. Mais c'est Borniche, de notre Direction à Paris, qui nous a fourni les indications. Si vous voulez savoir où il les a eues, vous le lui demanderez quand vous le verrez !

Le commissaire divisionnaire Spotti a déjà jeté de fréquents coups d'œil à sa montre. Il la consulte maintenant avec insistance. Vieuchêne va-t-il enfin se retirer ? Le directeur de la P.J., Valantin, se répand en calomnies sur Bertaux. Et Spotti, le nouveau patron de la sous-direction des affaires criminelles, déjà agacé par ce combat des chefs qui empoisonne l'atmosphère de la

Grande Maison, a horreur de perdre son temps en palabres inutiles.

Vieuchêne tente de rivaliser d'insolence, regarde l'heure à son tour.

— Je vous laisse, dit-il, hautain. Je suppose que le directeur général est satisfait de mes résultats.

Un reflet dans les lunettes sans monture de Spotti, qui durcissent encore son regard glacial, accompagne un mouvement de la tête ambigu :

— Il le sera plus encore quand vous lui rapporterez les bijoux. Vos indics ont l'air de chômer, en ce moment...

— Je ne travaille pas qu'avec des indics, proteste le Gros sur un ton froissé.

Puis sentencieux :

— Ce qu'il faudrait, monsieur Spotti, c'est interroger Leca. Mais Leca, c'est chasse gardée. Il s'est volatilisé, comme par hasard...

— Qu'entendez-vous par « Comme par hasard » ?

Spotti pianote nerveusement sur son sous-main de cuir noir. Vieuchêne l'énerve avec ses sous-entendus. Il attend la réponse, qui arrive avec quelques secondes de retard :

— Je n'insinue rien, articule le Gros, déjà moins sûr de lui. Tout le monde sait à la Sûreté que notre directeur général a été interné au camp de Mauzac sous l'Occupation, pour faits de résistance...

— Et alors ?

— Il n'y avait pas que des héros, dans ce camp. Leca s'y trouvait aussi, mais pour une autre raison, lui, dans le quartier des droits communs. Les deux hommes ont sympathisé. Ils se sont revus après la guerre. On a même trouvé la carte de visite du directeur quand on a perquisitionné chez Leca. Je ne suis pas le seul à penser que, si Leca a échappé à la rafle de l'autre jour, c'est qu'il a été alerté à temps.

Spotti s'est dressé, repoussant son fauteuil. Penché, les deux mains appuyées sur son bureau, il foudroie le Gros, qui mesure sur-le-champ son imprudence.

— Pas le seul ! Qui d'autre, s'il vous plaît ? Le directeur Valantin, bien sûr. Eh bien, votre Valantin, il ferait mieux de dire ce qu'il a fait des frais qu'il a prélevés sur la caisse de la P.J. et des 600 000 francs que les assureurs lui ont remis pour rémunérer de soi-disant informateurs ! Il n'a pas pu se justifier. Alors, il se venge d'une façon inqualifiable. Et vous, vous montez dans son bateau... Pierre Bertaux est un homme d'honneur, Vieuchêne. Réfléchissez : s'il avait fait prévenir Leca, Truchi et Mattei n'auraient sûrement pas eu le loisir d'interpeller ses complices. Or, ils sont tous sous les verrous.

Le Gros cherche une réponse. Tout ce qu'il trouve, c'est un faible : « Il manque Senanedj, le chauffeur... »

— Oui, et c'est dommage. Il aurait pu précipiter la conclusion de l'affaire s'il n'y avait pas eu cette fuite inadmissible, au mois d'août, quelques jours après le vol. Fuite inadmissible, je répète ! Mattei a assez proclamé qu'elle ne venait pas de Marseille, mais de Paris. La presse a su que le gros Prépuce avait été identifié à la suite de la découverte de cette fameuse batterie d'accumulateurs toute neuve. Mais qui était au courant ? Pierre Bertaux ? Sûrement pas. Valantin et vous-même, oui !

Les joues poupines de Vieuchêne s'assortissent quelques secondes avec le ruban de sa Légion d'honneur, puis, aussi vite, rejoignent, ton sur ton, la couleur de sa chemise blanche.

— Vous n'allez quand même pas me soupçonner ?

— Non, bien que vous aimiez flirter avec les journalistes accrédités au ministère de l'Intérieur ou ceux que vous rencontrez chez Victor, rue Gît-le-Cœur. Pas plus vous que Valantin. Mais un commissaire de son cabinet fréquente beaucoup le Bijou — décidément, c'est le mot à la mode —, le bar de Foata, faubourg Saint-Honoré. Ce commissaire bavarde beaucoup. Beaucoup trop... On a vite fait le tour du problème quand on sait que Foata est le beau-frère de Lazzarini, celui qui s'est proposé comme ambassadeur des voleurs pour négocier les pierres ! Vous me suivez, Vieuchêne ? C'est pour éviter de nouvelles fuites que le patron a chargé le commissaire Hugues de se faire passer pour un assureur. Habile tactique : Hugues faisait mine de négocier, remontait la filière, récupérait les bijoux, arrêtait les voleurs. Ce qui a tout flanqué par terre, c'est que cela s'est su, par la faute de Valantin, jaloux de ses prérogatives. Il était en vacances à Antibes, il n'avait qu'à y rester et à laisser l'enquête aux professionnels Truchi, Mattei Battini et Eglenne !

Vieuchêne sent bien qu'il est temps de rejoindre le camp de Spotti. Après tout, il a l'oreille du directeur général. Virtuose du virage négocié, le Gros ne faillit pas à ses habitudes.

— La police marseillaise, susurre-t-il, était furieuse d'avoir été laissée en dehors de ces tractations.

— C'est normal. Elle vous a rendu la pareille. Elle a interpellé trois des auteurs du coup, et elle ne nous a avertis par télex que lorsqu'elle a senti que Mondoloni et Norton lui échappaient... Heureusement que vous étiez là !

Vieuchêne rougit de nouveau, mais c'est de vanité, cette fois. Il se rengorge. Enfin, Spotti vient de reconnaître ses mérites. Ruisselant d'obséquiosité, il suggère :

— Vous pourriez peut-être insister sur ce point auprès du directeur général... Pour le tableau d'avancement ! L'assurer, aussi, de ma totale confiance...

— Comptez sur moi. Mais n'oubliez pas, vous, que les bijoux sont toujours dans la nature.

— Peut-être pas pour longtemps, monsieur Spotti. J'ai ma petite idée là-dessus !

31

— *Señor Nicolaos ?*

La voix a fait sursauter la fille qui, effrayée, s'échappe de la couchette de Zorba et va se tapir dans un coin de la cabine. Ses bras croisés tentent de protéger sa nudité.

Le Grec étouffe un juron. On ose venir troubler sa joute perverse, en cette dernière soirée de liesse populaire ! Comme chaque année, avant le mercredi des Cendres, le carnaval bat son plein. La guerre civile, absurde, barbare, qui, depuis 1948, ravage le pays, est oubliée. On a laissé les *machetes* au vestiaire. Plus de décapitation, plus de membres coupés, éparpillés au vent des plantations de caféiers, plus de « coupe-flanelle », l'extirpation de la langue par incision de la gorge. C'est la semaine de la réconciliation. Au rythme des *cumbia*, des *merengue*, des flûtes et des tambours, les concours de danses spontanées se multiplient. La *Violencia* reprendra demain, à l'aube, après que la foule en délire aura enseveli Sa Majesté Joselito Carnaval, avant que le soleil ne soit levé sur la mer des Caraïbes. Pour l'heure, dans les rues et les ruelles pavoisées, stagnent l'arôme du rhum et de l'anis mélangés et l'odeur lourde de la marijuana qui accompagne les batailles de fleurs au cours desquelles on couronne les nombreuses reines de beauté.

— *Señor Nicolaos ?*

La voix, à nouveau, résonne dans l'étroite coursive qui s'ouvre sur une file de cabines. Zorba le Grec est furieux. L'appel l'a surpris alors que ses grosses pattes caressaient la peau cuivrée de la jeune nubile. Dans la débauche de bruits et de couleurs, elle n'avait pas été difficile à convaincre. Une poignée de pesos avait suffi. En compagnie d'autres miséreuses de son âge, elle errait au milieu des costumes bigarrés des *machos,* des contorsions lascives de femmes, à demi nues, qui dansent, pendant des heures, jusqu'à l'évanouissement.

Ce n'est pas l'inégalable Rio de Janeiro, mais c'est tout de même quelque chose, le carnaval de Barranquilla ! Tout au long du rio Magdalena, qui mène des installations portuaires au centre ville, les wagons ouverts du petit train, cahotant sur des rails usés, croulent, nuit et jour, sous le poids de grappes humaines. Les *bandoleros,* détrousseurs de grands chemins, les *carteristas,* pickpockets émérites, les prostituées de la ville et des *llanos,* des cohortes d'Indiens, misérables et désœuvrés, se ruent sur ce vaste creuset de musique, d'ivresse, de drogue et de sexe.

Comme la voix surgit pour la troisième fois « *Señor Nicolaos* », Zorba entrouvre la porte de la cabine :

— Voilà... voilà...

Il a réajusté son pantalon, rabattu la chemisette à fleurs par-dessus la ceinture, fait signe à l'adolescente de se vêtir. Il monte l'escalier, émerge sur le pont. Deux flics colombiens en uniforme l'accueillent. Il recule d'un pas, étonné. La police, ce n'est pas pour lui. Il la paie assez cher pour avoir la paix. Mais un civil les accompagne. Un flic aussi, celui-là, ou un douanier, pour afficher une telle arrogance.

Zorba tente de se rassurer. Sa main grasse passe dans ses cheveux rares, pour y remettre un semblant d'ordre. Il n'a rien à craindre. En Colombie, il est chez lui. A Barranquilla, surtout. C'est bien pour ça qu'il a choisi ce port, royaume de la corruption, tête de pont entre les paysans voisins, gros producteurs de coca, et les Etats-Unis. Coup de chance, justement. Pendant le carnaval, on ne travaille pas. La cargaison de coca, qu'il doit transborder prochainement, ne lui a pas été livrée. S'ils veulent vérifier, ils peuvent y aller, les trois bonshommes ! Bien sûr, il y a la gamine. Mais en Colombie, où, depuis des siècles, le *macho* a bâti un monument à son sexe, la morale, on s'assied dessus.

Depuis qu'il a quitté le sol de France, après le capotage du coup des bijoux de la bégum, Zorba se sent tranquille. Il a fermé L'Attique, de Genthod, il a expédié ses serviteurs dans sa propriété de Vouliagmeni, près d'Athènes, et il a bourlingué sur les océans. Sa seule présence a donné plus de nerf aux équipages. Ses bénéfices ont décuplé.

La disparition d'Angelo Ceppa l'avait d'abord soulagé. Moralement et financièrement. Le chèque qu'il avait signé, sous la contrainte, n'a jamais été encaissé. Le gros Prépuce et son amie avaient été, eux aussi, retirés du circuit des humains. Zorba avait respiré. Il n'est jamais bon de laisser des témoins derrière soi, qui peuvent, du jour au lendemain, devenir des maîtres chanteurs. La reconnaissance, sur cette terre, il ne faut pas y compter.

Il avait, par contre, éprouvé quelque émotion à l'annonce de l'arrestation des auteurs du vol des bijoux. Son inquiétude n'avait été que passagère : Costa était mort, Fredericci l'avait précédé dans la tombe, Leca était en fuite. Le colonel Norton, lui, se montrerait d'une discrétion exemplaire. L'habitude du secret ! Il lui serait d'ailleurs difficile de faire autrement sans s'avouer coupable. Tout était donc pour le mieux, puisque, pour la police française, Zorba Nicolaos n'existait pas.

Ouais, mais quand même… Le flic en civil qui le dévisage, un sourire énigmatique au coin des lèvres, ne lui dit rien qui vaille. Et quand il se met à parler, d'une voix sèche, dans un espagnol fortement teinté d'américain, Zorba se sent inquiet, l'espace d'une seconde.

— *Special agent* Clifford, du FBI, dit-il. Vous êtes seul sur ce cargo ?

Il devrait s'en être aperçu, non, le Ricain ! L'équipage est noyé dans le flot du carnaval, et le bateau, solidement amarré, n'a pas besoin de main-d'œuvre.

— Oui, dit Zorba. J'en suis même le propriétaire. Je faisais ma sieste. Vous cherchez quelqu'un ?

Son regard se pose, en même temps, sur le plus grand des flics en uniforme. Une face de brute, avec le nez écrasé et des oreilles de catcheur. Pour qui la vie d'autrui ne vaut pas une gorgée d'aguardiente et qui garde la main droite passée dans le ceinturon, derrière le dos, là où est accroché le poignard.

Clifford sort de sa poche un jeu de photographies, les colle sous le nez huileux de Nicolaos.

— Connaîtriez-vous ce type-là, par hasard ?

Bien que les termes « par hasard » lui redonnent un peu confiance, le Grec a du mal à rester impassible. Les clichés représentent, de face et de profil, le visage d'Angelo Ceppa. Il jette un coup d'œil perplexe aux flics colombiens qui, pour antipathiques qu'ils soient, n'ont pas l'air de s'intéresser beaucoup au problème. Il avale sa salive :

— Ma foi, non. Ce visage ne me dit rien.

— Sûr ?

— Sûr.

Et pourtant, l'horrible scène des calanques lui revient instantanément en mémoire : Ceppa torturant et exécutant Magali sous ses yeux. Tout aussi rapidement, une question se pose. Comment le fédé a-t-il pu remonter jusqu'à lui ? Et pourquoi un des Incorruptibles chers à John Edgar Hoover, le grand patron du FBI, qui se baladent à travers le monde comme en pays conquis, a-t-il débarqué à Barranquilla, sur son bateau, un soir de carnaval ?

Pour masquer son désarroi, Nicolaos feint de fouiller encore au fond de sa mémoire en observant les photos.

— Vous le recherchez ? demande-t-il, enfin.

Il se sent soudain glacé. Si les flics suisses ont signalé qu'ils avaient pris l'avion ensemble, à Genève-Cointrin, ce peut être embarrassant. Encore que l'on peut voyager dans le même appareil sans se connaître pour autant. Et déposer, de la même manière, sa fiche de débarquement au guichet de la police de l'air.

— C'est un important mafioso de Floride, disparu au Maroc dans des circonstances étranges, poursuit Clifford. Notre ambassade a adressé une circulaire de recherches à tous les services concernés. Et comme il avait pris l'avion à Nice... Je vous repose la question : êtes-vous certain de ne pas connaître cet individu, de ne jamais l'avoir côtoyé, en Floride, en France, en Suisse ?

Où veut-il en venir, ce flic ricain, avec ses formules insidieuses ? Nicolaos a eu une telle assurance, tout à l'heure, qu'il lui est difficile de revenir en arrière. Reconnaître maintenant qu'il se souvient, même vaguement, d'Angelo, ne serait-ce pas se mouiller dans l'affaire des bijoux, dont il s'est sorti sans heurt jusqu'alors ?

Zorba réfléchit à toute allure. Mettre le doigt dans l'engrenage l'entraînerait trop loin. Et puis, sa double nationalité, grecque et colombienne, le protège. La Colombie ne l'extraderait pas. Ce serait, en revanche, le commencement des ennuis, les demandes incessantes de rançon de la part des autorités vénales de la ville.

Dans une grande envolée de franchise, il proclame :

— Je ne pense pas que ma situation me permette de fréquenter des mafiosi. Ma flotte est importante et je possède...

Le sourire ironique de Clifford s'accentue, stoppant net la diatribe de Zorba.

— Vous me direz tout cela au Palacio Federal, dit le *special agent,* replaçant les photographies dans son portefeuille. Nous parlerons aussi du sergent Curns et de sa femme, morts curieusement dans l'explosion de leur hors-bord, bien que cela semble sans rapport avec vos activités. De votre départ de Genève, encore, en compagnie de Ceppa, de votre arrivée à Nice et de votre promenade sur la Côte d'Azur dans une Chevrolet louée, bien entendu, sous un nom d'emprunt... Vous voyez, monsieur Nicolaos, que nous avons beaucoup à parler, tous les deux... Si vous voulez venir, notre voiture est là...

Une panique insurmontable s'empare du Grec. Il a beau se répéter qu'on ne peut rien lui faire, il sait qu'un interrogatoire de police n'a jamais de fin. Les Américains sont tout-puissants, en Colombie, où pullulent les agents du FBI, du Narcotic Bureau et de la CIA. Et si on l'embarquait dans un avion, comme cela arrive souvent en Bolivie ou au Paraguay, et qu'il se retrouve devant une juridiction fédérale ?

La panique de Nicolaos croît de seconde en seconde. N'aurait-il pas mieux fait de dire la vérité ? Mais il y a cette maudite histoire de Magali et le coup de fil passé à Tanger pour annoncer l'arrivée de Ceppa, avec l'intention maligne de le faire assassiner. Il ne peut plus faire marche arrière. Il faut nier, nier toujours, même si on lui colle des rapports de police sous le nez.

Il peut aussi disparaître. Il est chez lui, en Colombie. Il connaît Barranquilla comme le fond de sa poche. Derrière son cargo, un autre navire est à l'amarre. Une idée : il prétend qu'il lui faut se vêtir plus correctement, il fait le tour du pont, il enjambe le bastingage et il se retrouve de l'autre côté du môle, dans le dédale des passages donnant accès aux entrepôts. En bas, la petite vicieuse saura bien se débrouiller seule. Elle en a vu d'autres, à quinze ans.

Une horde de festivaliers bariolés, hurlant des mélodies rythmées, déferle sur la jetée. Des batteries de couvercles de casserole accompagnent tambours et guitares. C'est le moment d'agir, d'autant plus que les jeunes gens enflamment de puissants pétards qui éclaboussent l'eau noire d'éclats multicolores.

Zorba, l'œil oblique, profite de l'instant où les détonations se répercutent en cascade, pour demander :

— Mes papiers sont dans ma cabine. Je les prends ?

— Si vous voulez, dit Clifford. Et les documents de bord. Un garde va vous accompagner.

C'est l'instant décisif. Zorba s'efface devant le plus petit des policiers colombiens, à l'entrée de l'escalier. Alors que les bottes résonnent sur les marches métalliques, le Grec fait un bond de côté, s'abrite derrière un conteneur, au pied de la grue arrière. Puis, de toute la vitesse de ses courtes jambes, il fonce sur le pont, en direction du roof des ventilateurs. La semi-obscurité lui est favorable. A l'abri des conteneurs de la plage avant, il enjambe le garde-corps.

Dès lors, tout se passe très vite. Le malabar en uniforme qui l'a poursuivi le menace de son arme alors qu'il s'apprête à s'élancer.

— *Manos arriba, señor.*

Les mains en l'air, il est fou, ce *policiaco !* Il ferait mieux de ramasser le portefeuille bourré de billets que Zorba lui a lancé, sans même se retourner. Le fanal blanc du cargo voisin stimule sa volonté de fuir. Un bond d'un mètre à peine, et il est sauvé.

De la jetée, une fusée jaillit, escalade la nuit à une vitesse vertigineuse, abandonnant derrière elle une infinité de points d'or. Elle s'épanouit au-dessus du port en une gigantesque retombée d'étoiles rouges et vertes.

Zorba s'est détendu. Mais il n'a pas mis assez de

puissance dans ses jarrets pour atteindre le pont voisin. Il n'a pas entendu non plus le coup de feu, tiré presque à bout portant, du pont de son cargo. Son corps foudroyé chute, telle une masse molle, entre les deux coques, parmi les immondices du port. Un peu de sang monte de l'eau sale, se mêle aux traînées de mazout qui lèchent les coques des bateaux.

ACTE IV

32

Barthélemy Ruberti apprécie au plus haut point le bureau du commissaire Mattei. C'est devenu, pour lui, un havre de paix, après l'interrogatoire plutôt serré qui l'a fortement secoué, cette nuit. Il a craqué. Tant pis, il dira tout. Les petits copains n'ont qu'à en faire autant, s'ils veulent éviter les pièges du cuisinage, les rugissements de l'inspecteur Azam et les arguments frappants des flics musclés venus, en extra, renforcer l'équipe de Mattei. Mémé a fait son deuil de la maison de ses rêves, à Calvi. Cette crapule de Gagliardi ne comptera pas les billets de mille que Mémé espérait bien aligner sur la table de la minable agence immobilière.

Oui, Ruberti se sent à l'aise dans l'antre de Mattei et de Truchi. Au fond, la sagesse n'est-elle pas de se ranger du côté du plus fort ? Il vaut toujours mieux avoir affaire au Bon Dieu qu'à ses saints, surtout lorsque ceux-ci sont portés sur la châtaigne. Truchi et Mattei, eux, n'aiment pas la violence. Ça se voit. Oh, bien sûr, quand ils se trouvent en face de brutes comme Benedetti, ou de têtes de lard comme le petit Sanna, on comprend qu'ils puissent s'énerver, par moments. Ruberti, lui, a compris tout de suite que la partie était perdue. Les flics sont au courant de tout. Il fallait qu'ils aient un sacré « canari » dans leur manche, pour le faire chanter à ce point-là !

Mais qui ? Forcément quelqu'un qui touchait de près l'équipe malheureuse. Cabudo, à Cannes ? Ansaldi, du Laetitia, à Paris ? Impossible.

Truchi et Mattei avaient su apprivoiser Mémé Ruberti :

— Ce n'est pas par l'opération du Saint-Esprit qu'on vous a dégringolés. Si tu ne veux pas écoper un maximum, aux assises, tu as intérêt à reconnaître les faits. Et à nous restituer la camelote...

Coincé, Mémé a choisi de passer aux aveux. Dans le fond, son rôle était minime. Il n'avait fait que le coureur cycliste. Il a expliqué avec précision l'emploi des malchanceux anti-héros de cette lamentable aventure. Il a convaincu Benedetti, Sanna et Mondoloni de reconnaître leur participation.

— Tout ça, c'est bien joli, dit Mattei. Mais les bijoux, c'est Leca qui les a. Et Prépuce et sa maîtresse sont morts. On aimerait bien que tu nous dises où ils sont enterrés et qui les a refroidis !

L'ahurissement le plus total s'était lu sur le visage de Ruberti.

— Comment vous savez ça ?

— On sait, dit simplement Mattei, énigmatique.

— Alors, monsieur le Commissaire, vous en savez plus que moi, parole d'homme. Pour les bijoux, laissez-moi faire...

— Et qu'est-ce que tu as l'intention de manigancer ?

— Je voudrais causer à mes amis, en tête à tête, avant de « descendre » chez le juge.

— D'accord. Mais Norton, le colonel, tu n'en parles jamais... Pourquoi ?

— Parce que nous n'étions que des exécutants... Tout ce qui se tramait en dehors de nous, on ne savait rien. Il paraît qu'il y avait des huiles dans le coup... Quand vous aurez Leca, il prendra ses responsabilités.

— Tu sais où il se planque, Paulo ? Entre nous, tu as

intérêt à nous le dire, car, sans lui, les bijoux ne seront jamais récupérés.

— Laissez-moi causer à mes amis, je vous répète...

Le commandant Bocharasse n'a sûrement pas le talent stratégique et littéraire du général de Gaulle, mais il ne doit pas falloir plaisanter avec lui. Il arrive à l'heure militaire. Souveix-la Raclette, dans ses petits souliers, poireaute depuis un bon quart d'heure dans le salon désert de l'hôtel Beauvau, inquiet sans trop savoir pourquoi. Peut-être parce qu'il n'a pas l'habitude de fréquenter les huiles. Ou parce que, sortant des Baumettes, il se sent encore un peu perdu dans le monde extérieur.

Le voici, le commandant ! Un gorille miniature, l'allure martiale, foulant la moquette au pas de charge. Ce ne peut être que lui. Flora a fourni à la Raclette un signalement très précis de ce futur lieutenant-colonel :

— On se ressemble comme Blanche-Neige et Grincheux, tu verras ! A croire qu'ils se sont trompés d'étiquette pour l'un de nous, à la maternité !

Impressionnant, à vrai dire, malgré son fâcheux mètre soixante-trois, amélioré, sans doute, par les talons tricheurs des chaussures noires à bout arrondi, cirées nickel. Cinquante ans, la coupe en brosse au carré du crâne en forme d'obus, le nez aplati, les lèvres épaisses écartées sur des dents jaunies, en un rictus qui singe le sourire. Et l'inévitable rosette de la Légion d'honneur, seule tache de couleur sur le complet gris anthracite. Le mistral qui balaie Marseille depuis trois jours a ravivé sa couperose.

— Vous êtes déjà là ? grogne-t-il, comme si d'être en avance était aussi répréhensible que d'être en retard.

— C'est-à-dire, mon commandant...

— Pas de commandant ici, nom de Dieu ! Flora vous a expliqué ?

— Elle m'a dit...

— Asseyez-vous.

Le ton de commandement sonne désagréablement aux oreilles du truand minable. Il croit entendre les aboiements de Gueule-d'Empeigne, le surveillant des Baumettes qui l'avait pris comme souffre-douleur. Mal à l'aise, il évite les petits yeux noirs qui cherchent à vriller les siens.

— J'avais besoin d'un homme sûr pour une mission particulière. Flora m'a dit que je pouvais compter sur vous. Je vous ai téléphoné tout de suite. J'ai horreur de perdre mon temps.

La Raclette, sur la défensive, approuve d'un signe de tête, mais reste muet. Le commandant ne doit pas manquer d'hommes de confiance autour de lui. Alors, pourquoi l'avoir choisi ? Il poserait bien la question, si l'autorité du militaire ne le paralysait. D'ailleurs, Bocharasse n'attend ni question ni réponse. Il assène :

— Je suis d'un naturel méfiant. Mais comme vous êtes l'ami de Prosper et d'Antoine, ça me suffit.

Il connaît donc Prosper Pozzo et Antoine Guérini. En fait, qui ne les connaît, à Marseille ? D'autant plus que le commandant, comme sa sœur, est né à Plan-de-Cuques, dans la très proche banlieue.

Le salon est toujours désert, mais le chef de guerre le parcourt d'un regard inquisiteur, comme pour découvrir un espion dissimulé derrière les plantes vertes. Il baisse la voix :

— Une voiture nous attend à l'angle de la rue Saint Saëns. Une Renault noire, immatriculée dans le Gard Elle est ouverte. Vous vous mettez au volant, comme si vous vous apprêtiez à démarrer. Compris ?

Voilà que le regard perd de son assurance, que les mains se frottent nerveusement l'une contre l'autre.

Qu'est-ce qui lui prend soudain, au héros de Bir Hakeim ? C'est louche. La Raclette flaire le coup fourré. Il comprend de moins en moins. La gorge sèche, il articule :

— C'est pour quoi, exactement ?

— Vous verrez. Faites ce que je vous dis. Il y a 100 000 balles à la clé. De quoi refaire surface après votre séjour à l'ombre des collines des Baumettes, hein ?

Pas de réplique possible. La Raclette se sent dans la peau d'un bidasse de vingtième classe. Il se lève maladroitement de son fauteuil, raide et abasourdi. Le nombre de 100 000 lui semble irréel. Et dangereux. Ou c'est trop ou ce n'est pas assez. Dans quel guêpier la chère sœur l'a-t-elle fourré, croyant lui rendre service ? Il était loin de soupçonner un coup mystérieux, quand Bocharasse lui a fixé rendez-vous à l'hôtel Beauvau !

La Raclette, marchant comme un automate, passe devant le portier de l'hôtel, qui se colle au mur pour que les basques de son uniforme d'amiral donnent moins prise au mistral. Il courbe l'échine sous le vent glacé qui s'engouffre, en hurlant, dans la rue Saint-Saëns. La Renault est là, vide. Il lutte contre les rafales qui lui rabattent la portière sur les doigts. Il s'énerve, se dit que tout va mal. Installé au volant, il allume une cigarette, tente de se calmer. Il serre le volant pour discipliner ses mains, qui tremblent comme, tout à l'heure, celles du commandant, pourtant blindé contre la frousse ! Deux gardiens de la paix, le képi enfoncé jusqu'aux oreilles, pédalent contre le vent. On a l'impression qu'ils vont reculer. Ils passent devant la Renault, sans lever le nez sur la Raclette qui a instinctivement toussoté. Dès qu'ils ont disparu en zigzaguant, par la rue Corneille, Bocharasse surgit, ouvre vigoureusement la portière, pousse Souveix. Il s'installe au volant.

La Renault démarre, lanternes allumées, plonge dans la circulation dense, à 19 heures, aux alentours du Vieux-Port. Consultant fréquemment le rétroviseur, le commandant fait le tour de l'Opéra avant de revenir sur le quai des Belges par le cours Estienne-d'Orves. La Raclette ne comprend rien à ce manège. Son inquiétude croît à chaque tour de roue. Maintenant, c'est l'angoisse. Bocharasse pique droit vers la sombre rue de la Loge, derrière l'hôtel de ville. Il contourne l'hôtel-Dieu. La rue du Panier coupe la rue de l'Evêché. Bocharasse se faufile derrière la cathédrale, s'arrête dans le coin le plus noir, près des escaliers qui unissent la place de l'Esplanade au quai de la Tourette. Au comble de l'anxiété, la Raclette maudit Flora...

— Vous voyez, là-bas, de l'autre côté de la place de la Major ?

Oh oui, il voit, Gaston Souveix... Il connaît ! Les bâtiments, éclairés en partie, qui s'élèvent près de la rue Four-du-Chapitre sont le fief de la police judiciaire. C'est le fameux « Evêché » où sévissent Truchi, Mattei et leurs sbires. C'est là que s'est traitée, il y a quelques jours à peine, l'affaire des bijoux de la bégum. Il a du mal à déglutir. Mais qu'est-ce que ça veut dire, tout ça ? Si c'était une expédition punitive, cette arrivée insolite, sur les lieux des interrogatoires ? Il croit voir bouger des ombres noires, dans l'obscurité traîtresse de la place. Ne seraient-ce pas des agents du commandant, venus lui régler son compte pour venger les petits camarades qu'il a donnés ? Comment se sortir de là ? Ouvrir la portière, se ruer vers le porche, se réfugier dans les bras des gardiens de faction ? Stupide ! Ce serait se découvrir, reconnaître sa culpabilité. Et les tueurs l'abattraient avant qu'il n'ait fait deux mètres.

— Je vois, balbutie-t-il.

— Le portail est fermé, à cette heure-ci. Les flics qui évacuent les locaux passent par la porte piétonnière, à gauche du porche. C'est ce que vous allez faire. Il n'y a plus de planton après 19 heures. Vous vous trouverez dans la cour intérieure. En face de vous, vous verrez un vieil escalier double. Et devant, dans l'arrondi, un arbre. Vous vous arrêterez au pied.

Les idées les plus noires s'enchevêtrent dans le cerveau de la Raclette. Il n'a jamais pu encaisser les militaires. Lorsqu'ils veulent se venger, il faut s'attendre à tout, avec leurs esprits tortueux. Il en a lu, des bouquins d'espionnage, lorsqu'il était logé aux Baumettes, aux frais du contribuable. Il les connaît, ces futurs colonels ! Drôle d'engeance. On ne sait jamais s'ils sont toujours les « pères de leur régiment », selon l'expression consacrée, ou de dangereux barbouzes des services secrets... Oui, c'est bien ça. Pour le punir, de façon exemplaire, d'avoir joué les « canaris » avec le commissaire Mattei, Bocharasse, lié avec les truands, va le faire exécuter, de nuit, au pied de l'arbre de l'hôtel de police. Il aime les symboles, ce salaud ! Ce ne sont pas 100 000 balles, qu'il va ramasser, mais 4 ou 5, ou une seule, mais bien placée !

Il ouvre des yeux effarés, proteste d'une voix mourante :

— Je n'ai rien à y faire, moi, dans cette cour de flics...

— Comment, rien à faire ? tonne Bocharasse. Vous avez tout à faire, oui, et vite. Vous allez déposer ce paquet au pied de l'arbre, et revenir à la voiture en vitesse. Parce que, croyez-moi, ça va faire une sacrée explosion.

« C'est bien une opération de barbouze, se dit la Raclette... Ils veulent déposer une bombe au pied de l'escalier pour ramener les flics à plus de compréhension avec les truands qu'ils arrêteront à l'avenir. Il ne manquait plus que ça... ! »

A 19 h 30, le commissaire Truchi s'étire, s'apprête à quitter son bureau. Il a passé sa journée à relire l'ensemble des procès-verbaux enregistrés par Mattei. Les truands se sont mis à table. La confession est complète. A l'église, elle mériterait l'absolution. Pas à l'Evêché. Ces faux durs ont fini par mouiller le colonel Norton qui, débarqué de Strasbourg, n'en finit pas d'afficher sa superbe et de protester de son innocence. Il a eu beau dire, le juge Sacotte l'a fait écrouer. La première phase de l'opération s'est déroulée comme le souhaitait Truchi. Il ne reste plus qu'à mettre la main sur les bijoux. C'est Leca qui les a. D'après des tuyaux que Mattei a recueillis à Cannes, Paulo honorerait, de temps en temps, le sol français de sa présence. Il aurait été vu à Paris, sur les Champs-Elysées, en compagnie de Vincileoni. Et à Cannes, chez son ami Cabudo.

Par la fenêtre de son troisième étage, le commissaire jette un coup d'œil blasé sur le bassin de la Joliette, où dansent les feux des navires et les lumières des réverbères du quai. Il boutonne le col de son pardessus, glisse dans le tiroir de sa table une chemise contenant les états des frais accumulés durant la semaine.

Les bureaux de la 9e brigade ont retrouvé le calme, après la fièvre des jours derniers. Il savoure cette paix, Truchi. Les murailles des Baumettes abritent, pour un bout de temps, les agresseurs de l'agha khan et de sa belle et distinguée épouse. Un très bon point acquis pour la nomination au grade de divisionnaire. Mais où sont passées les pierres ? La marquise surtout, ce joyau rarissime de 22 carats, aux feux exceptionnels, aux reflets bleus et roses, que l'agha khan avait offert à la bégum, à Bombay, à l'occasion de son jubilé ?

Brisant le silence de la pièce, grince la sonnerie du téléphone. Du seuil, Truchi revient sur ses pas, le sourcil froncé. C'est sûrement Mevel, le chef de brigade, qui a encore une précision à lui demander. Le téléphone entre

Marseille et Paris ne chôme pas. C'est qu'il soigne, lui aussi, son avancement, le chef !

— Oui ?

— Il y a un paquet pour vous dans la cour de l'Evêché.

— Qui est à l'appareil ?

Raccroché. Truchi ne connaît pas cette voix. Qu'est-ce que cela signifie ? On confie un paquet au planton du poste de police, on ne le dépose pas dans la cour ! C'est une farce, ou quoi ?

Truchi ne s'émeut pas pour si peu. Il ferme tranquillement sa porte, descend l'escalier qui, au premier étage, donne accès aux locaux des archives régionales. Au rez-de-chaussée, le vaste hall de réception est désert. Truchi ouvre la porte qui donne sur le perron. Une faible lumière éclaire la cour de l'ancien hôtel de l'Evêché. Le commissaire descend les marches usées de l'escalier de pierre en demi-cercle qui mène dans la cour intérieure. Il aperçoit tout de suite le paquet, déposé au pied de l'arbre, près du perron. Un cachet de cire scelle la ficelle, sous laquelle une feuille de papier a été glissée. Truchi se penche, lit les lettres majuscules, découpées dans un journal : JEAN TRUCHI À OUVRIR EN PRÉSENCE DE M. SACOTTE.

Le choc. Il retient son souffle. Il a compris tout de suite. C'est pourtant vrai. Il a gagné. La combinaison, mise au point avec Mattei, a marché. Lors de l'ultime confrontation, tous deux avaient fait comprendre aux truands que, puisqu'ils avaient échoué sur toute la ligne, leur intérêt était de rendre les bijoux. Les magistrats en tiendraient compte...

Le futur commissaire divisionnaire Truchi remonte lentement les marches, serrant contre lui le précieux fardeau. Ce paquet grossièrement ficelé l'agite d'une intense émotion. Six mois d'efforts enfin récompensés ! Avec, au bout, les félicitations du ministre. Et la fin de cette lamentable guéguerre qui dressait les uns contre les autres le directeur de la P.J. et le directeur général, les flics de Marseille et ceux de Paris.

— Demandez-moi le juge Sacotte, je vous prie...

Truchi a reposé l'appareil, appelé Mattei et ses inspecteurs à la rescousse. Le bureau a tôt fait de retrouver le tumulte des grands jours.

— Allô ?

Truchi reprend l'appareil.

— Venez vite, monsieur le Juge, les bijoux de la bégum sont dans mon bureau...

Devant des dizaines d'yeux stupéfaits scintillent, quelque vingt minutes plus tard, les joyaux chers à S.A. la bégum. Truchi et Mattei échangent un long regard. Pour un peu, ils tomberaient dans les bras l'un de l'autre.

— Il va en faire une tête, Vieuchêne, conclut Mattei. Ça lui fera les pieds, à cette vieille croûte... Son auréole de premier policier de France va en prendre un sacré coup !

33

Eh bien, c'est comme ça !

Un nouveau but pour Marseille. Mais pas question d'abandonner le terrain. Le Gros s'est redressé, tel un joueur culbuté qui se secoue pour redoubler d'ardeur :

— Je pars pour Marseille, avec Spotti, histoire de voir ce qui se trame là-bas. Tâchez de remettre la pendule à l'heure, pendant mon absence, Borniche. Je compte sur vous.

Et moi, je compte sur cette garce de Flora et son salaud de Prosper.

Quand nous quittons l'ascenseur, j'affronte une fois de plus l'odeur matinale d'encaustique qui empuantit le couloir du cinquième étage. La main du planton se porte machinalement à son képi. Il a vu tant d'hommes menottés. Un Pozzo de plus ou de moins ! Son œil blasé hésite entre notre trio et la revue porno tranquillement étalée sur le dessus du comptoir. On passe son temps comme on peut, en attendant la relève de 9 heures.

Dans mon bureau, Poiret soulage de ses menottes un Pozzo pas très en forme, qui commence à masser ses poignets rougis par les bracelets. Il avance une chaise. Prosper s'y laisse choir. Sa langue fait le tour de ses lèvres, comme son regard inquiet fait le tour de mon antre. J'y vais d'un préambule gentiment ironique :

— Ça, mon cher, tu peux te dire que les bons coups à la Bonbonnière, c'est terminé. Tu devines pourquoi je t'ai sorti de cabane, aujourd'hui...

Du classeur de bois, veuf depuis longtemps de son tablier, j'extirpe une chemise verte marquée *I.S. 5873.* Je fais en sorte que Prosper puisse lire son nom, écrit en lettres capitales. Le mouvement ascensionnel de sa glotte est perceptible. Sans me presser, je sors du dossier l'imprimé qui relate sa condamnation pour proxénétisme. Je l'étale bien à plat sur mon bureau. Je prends encore tout mon temps pour introduire un procès-verbal vierge dans l'increvable chariot de ma vieille Olympia. Laisser mariner un détenu est toujours profitable. Mes deux index — les flics, en général, ne sortent pas des cours Pigier — commencent à torturer les touches. Prosper Pozzo les suit des yeux. Son anxiété croît au rythme du cliquetis. A chaque retour du chariot, il voit diminuer ses chances d'échapper à l'exil, loin de la région parisienne. Amer, résigné, il soupire :

— Vous me notifiez ma trique[1]... ?

— Il faut bien. Tu quittes la Santé dans trois jours. Alors, que ce soit moi ou un autre !

Je continue à mettre l'Olympia à rude épreuve. Poiret, les manches de chemise retroussées, avachi contre la porte, attend le moment de passer à l'action. Prosper toussote, tire de sa poche un mouchoir qu'il promène sur ses lèvres avec une affectation de dandy. Une fausse élégance de voyou raffiné. Il est beau garçon, d'accord, mais il peut toujours repasser pour la vraie distinction. Après tout, puisque Flora s'en contente...

Tout en feignant de garder les yeux baissés sur mon texte, j'observe ses narines pincées, sa pâleur. Je sais qu'un détenu, même endurci, à la veille de retrouver la

1. « Interdiction de séjour », dans le langage des prisons.

liberté, est démoralisé dès lors qu'on lui notifie une peine d'interdiction de séjour. Il a compté les semaines, les jours, les heures jusqu'au grand moment, et voilà que les portes de la prison ne s'entrouvrent que pour le condamner une nouvelle fois, l'expédier dans un trou perdu de la France profonde avec, contraignants, humiliants, les contrôles permanents de la gendarmerie ou de la police. Pour nous, flics, le chantage fait toujours partie de la panoplie nécessaire. Comment débrouiller des dossiers restés sans solution, si nous n'avons pas le moyen de forcer la collaboration des hommes du Milieu ?

— Et vous m'envoyez où ?

Mes doigts restent suspendus au-dessus du clavier.

— Nulle part. La liste des villes interdites figure dans le carnet que je vais te remettre. Tu en prendras connaissance. Le principal est que tu ne te fasses pas piquer à Paris, Marseille, Nice, Lyon, Toulouse ou Bordeaux. Toutes les villes importantes, quoi ! Si on t'y trouve, tu replonges pour trois ou six mois pour infraction à l'arrêté d'interdiction de séjour. Je ne sais pas, mais des coins comme l'Ardèche ou la Lozère, ce n'est pas si désagréable !

Il me fixe, figé, la tête droite, le regard vide. Au bout du rouleau, le beau Prosper. Non, la trique, les truands n'aiment pas ça.

— Et vous ne pouvez rien faire pour moi ?

Je repousse la machine, me renverse en arrière sur ma chaise, pêche dans ma poche une cigarette froissée. Poiret, amusé, glousse.

— Pas grand-chose. Jusqu'alors, j'ai été gentil avec toi. Avec Flora, aussi. Je t'ai sorti de taule pour que vous puissiez vous amuser. Résultat, zéro. Vous auriez été compréhensifs, l'un ou l'autre, j'aurais peut-être pu faire quelque chose... Mais vous vous êtes foutus de ma gueule au point que je passe pour un rigolo au sein de la brigade !

Prosper sursaute.

— Ne dites pas ça, monsieur Borniche.

— Tiens donc ! L'affaire des bijoux de la bégum, par exemple. Je comptais un peu sur toi, pour les récupérer. Je me disais : « Prosper est un intime de Leca, d'Ansaldi, du Laetitia. Il doit savoir pas mal de choses. » Et qui marque les points ? Qui arrête les auteurs du vol ? Qui retrouve les bijoux ? Les collègues de Marseille.

Pozzo secoue la tête, avec l'air navré de la bonne foi méconnue :

— Il faut me comprendre, monsieur Borniche. On me voit sortir du greffe tous les quinze jours, en votre compagnie. Déjà que ça fait jaser. Si en plus vous aviez retrouvé les bijoux, c'est pour le coup qu'on aurait dit que j'étais votre indic. Que Marseille ait mis la main dessus, ça m'évite une balle dans la tête.

— Oui, mais pas l'interdiction de séjour…

— Tant pis. J'aurai fait ce qu'il fallait.

Je le considère étonné.

— Tu ne vas tout de même pas me faire avaler que tu es à l'origine de la restitution ?

— Pourquoi pas ?

Son air assuré, presque arrogant, m'indispose. Poiret s'est avancé d'un pas. Ses battoirs s'élèvent au-dessus de la tête de Pozzo. Lui aussi a du mal à digérer la révélation.

— Dis donc, le Corsico, braille-t-il, tu nous prends pour des cons ou quoi ?

D'un signe, je calme le pachyderme qui grogne d'indignation et de dégoût.

— Puisque c'est ça, je vais me taper un sandwich au Santa Maria. Mais fais-moi confiance, Prosper, si tu continues à raconter des salades, je te l'aplatis, ta jolie gueule de maquereau, quand je remonterai.

Il enfile sa veste, quitte la pièce en maugréant :

— Dire que c'est pour entendre ça que je faisais le guignol à la Bonbonnière.

Je me remets paisiblement au clavier.

— On va terminer le P.-V., dis-je. Pour tes élucubrations, on verra plus tard.

Pozzo s'arrache à sa chaise.

— Je n'invente rien. Voyez Flora, si vous ne me croyez pas. C'est par elle que je suis passé...

Mon regard ahuri lui fait hausser le ton.

— Parole ! Il n'y avait qu'un moyen de sortir Leca de ce merdier : obliger les autres à se rétracter. Et moi, je l'aime bien, Paulo. C'est mon pays. Indirectement, je vous rendais service sans me griller. Quand vos collègues ont fait comprendre à l'équipe que les peines seraient réduites si les joyaux refaisaient surface, ils se sont mis d'accord pour revenir sur leur accusation.

— Ouais... Et comment as-tu pu intervenir, du fin fond de la Santé ?

— Les avocats, qu'est-ce que vous en faites ? Leca a accepté de rendre les bijoux. Mais il fallait un homme de confiance pour les déposer chez les flics, sous le sceau du secret. Comme je n'avais pas de prêtre sous la main, j'ai pensé au frère de Flora. Un commandant au-dessus de tout soupçon. On en a discuté à la Bonbonnière. Flora lui a téléphoné. Il s'est un peu fait tirer l'oreille. Mais quand il a su que ça me rendait service, il a fini par accepter le paquet. A son tour, il l'a confié à un type qu'il a accompagné jusqu'à l'Evêché. Voilà.

— Et c'est qui, ce type ?

— Vous le connaissez bien : la Raclette.

Là, il me sonne, le Prosper. J'ai eu en main, au départ, deux informateurs, Flora et la Raclette. J'ai été aux petits soins pour eux. Tout ça pour me faire doubler au bénéfice de Truchi et de Mattei. Elle est plus qu'amère, la pilule. Mon amour-propre de poulet en prend un sacré coup !

J'essaie de réagir en retournant le problème :

— Qui me prouve que tu n'as pas appris tout ça par ton avocat et que tu n'essaies pas d'en tirer les bénéfices ?

Un instant interloqué, Prosper poursuit :

— Leca a divisé le butin en deux. Il n'a rendu que la part des exécutants. L'autre, il l'a gardée, pensant que sa cavale pouvait durer des mois et qu'il aurait besoin d'argent. S'il y a rétractation complète, s'il obtient un non-lieu, selon son habitude, il dédommagera tout le monde royalement. C'est son moyen de pression sur Ruberti et ses amis...

— Drôle de mentalité, dis-je. Et l'agha khan, et la bégum, dans tout ça ? Tu sais où il se trouve, en ce moment, Leca ?

Prosper, prudent, rumine sa réponse. Au bout de quelques secondes, il énonce enfin :

— Il est loin... S'il n'est pas arrivé, il n'en est qu'à quelques encablures...

— Pourquoi ? Il est sur un bateau ?

— Possible, bredouille Prosper, qui se reproche déjà d'en avoir trop dit.

Je m'impatiente :

— Enfin, quoi, possible ? Réfléchis : la restitution a eu lieu le 25, nous sommes le 27. A moins d'avoir pris l'avion, il ne peut pas être bien loin...

Pozzo ne répond pas.

— Bien, dis-je, agacé. Tu gardes ton mystère, je te ramène à la Santé et je m'occupe de Flora.

— Laissez Flora tranquille, monsieur Borniche. Elle travaille pour vous, en ce moment.

— Qu'est-ce que tu racontes ?

Prosper prend un air résigné.

— Vous verrez... Vous serez peut-être bien content de mettre la main sur des bijoux qui manquent...

— Ah oui ?

— Ne vous moquez pas. J'ai entendu dire que, dans le lot gardé par Leca, il y en avait un auquel la bégum tenait beaucoup. La marquise, si j'ai bonne mémoire... Un chouette diam.

— Et alors ?

— Alors, si vous nous laissez travailler, il y a des chances que vous mettiez la main dessus.

— Pari tenu, dis-je, en retirant le procès-verbal du rouleau de la machine. Tu signes là, en attendant, et je garde le papier sous le coude quinze jours, pas plus. Une marquise contre une comtesse, tu vois, je suis bon prince.

34

Une pluie glaciale s'est abattue sur Paris. Les réverbères du passage Geffroy-Didelot jouent les périscopes de sous-marins. Il est minuit passé. Une fois de plus, j'ai abandonné Marlyse, pas contente du tout, pour venir me nicher dans l'encoignure d'une porte, surveillant la sortie du bar Chez Jeannot. Des ombres passent sans me voir, pataugeant et glissant à plaisir, comme moi tout à l'heure. Mes Bata transformées en éponges me donnent l'impression d'avoir les deux pieds posés sur un serpent. La façade lézardée de l'immeuble s'égoutte sur les étais noircis qui s'efforcent de la soutenir. La voûte qui, tout au bout du passage, donne sur le boulevard des Batignolles, rougeoie dans les feux des taxis quittant le théâtre Hébertot.

Chez Jeannot, comme on l'appelle dans le quartier, a tout pour séduire les amateurs des *Mystères de Paris.* C'est une boutique désaffectée que Jean Beux, un Marseillais avisé, a transformée en bar. Un détail bien commode pour les activités de l'établissement : l'entrée principale donne sur la rue des Dames, et la discrète sortie de secours, sur le passage Geffroy-Didelot. La salle est plus que modeste : quelques tables de chêne, aux trépieds de bronze noirci, entourées de chaises, sous l'éclairage cru d'un tube de néon.

L'arrière-boutique sert aussi bien de réserve pour les boissons diverses que de cache pour les faux billets. La porte, ouverte sur le passage, laisse apparaître un réchaud à gaz qui fait partie du décor mais ne chauffe jamais la friteuse. On ne sait ce qui, du pastis ou du crésyl, domine dans la puanteur ambiante.

Je distingue enfin la silhouette de Flora, qui se dessine sur la vitre de la porte principale. Ma belle comtesse-indic se décide à sortir. Sur le seuil, elle jette un rapide coup d'œil dans la rue des Dames, relève le col de son ciré noir dont la ceinture dégage sa taille fine et souligne ses hanches. Elle s'engage dans le passage. Ses hauts talons claquent sur le pavé luisant. Juste avant la voûte, elle se retourne pour s'assurer qu'elle n'a pas été suivie, puis disparaît sur le boulevard.

J'émerge de mon encoignure. Des nuages courent dans la nuit, sous le ciel bas, mais il ne pleut presque plus. Je saute par-dessus les flaques. A l'angle du boulevard, je m'arrête, me dissimule derrière un pilier de porche. Flora se sent en sécurité. Elle trottine sur le terre-plein central en direction de la station de métro Villiers. Je jette un coup d'œil derrière moi. La rue est déserte. Je reprends ma course. Ma contre-filature n'a rien décelé de suspect.

Arrivée à l'angle de la rue Lévis, Flora coupe la chaussée, passe devant la devanture illuminée de la brasserie Les Cyclamens, s'enfonce dans la pénombre de l'avenue de Villiers. Elle ralentit l'allure, glisse la main dans sa superbe chevelure, qui a reçu quelques gouttes de pluie. La place qui jouxte l'imposante construction de la Banque de France est sans vie. En quelques pas, je suis près de ma comtesse, au moment où elle ouvre la portière de son cabriolet. Je m'installe sur le siège droit, referme doucement la portière.

— Quel temps, souffle Flora. Heureusement que

j'avais relevé la capote. Je ne vous ai pas vu, en sortant du bar...

— J'étais dans l'impasse...

Elle remonte d'un doigt une mèche de cheveux rebelle. Ses yeux me regardent avec l'habitude de la séduction. Elle est sacrément belle. Sa bouche, surtout, me fascine. Si j'étais disponible... Mais je ne le suis pas et je ne suis pas là pour ça !

— Il y avait Bartolomeo, de la Rascasse, Ange Salicetti, de l'Equipage, Ansaldi, du Laetitia...

— Que des patrons de bistrot, en somme...

— Plus Mathieu Battistelli, du Monceau-Bar.

Je fais la moue.

— En somme, quand un taulier rencontre un autre taulier, ils se racontent...

— Des histoires de bars. Ils ont parlé de Mathieu Costa. Salicetti disait que c'était un seigneur qui avait réussi des tas d'affaires, sans verser une goutte de sang. Ils étaient très amis... Ils allaient chez Shéhérazade boire le champagne avec des filles avant de finir la soirée à l'Autobus-22...

— Où Mathieu a fini lui-même. Je m'en fous de Mathieu. Vous n'êtes pas restée plus de deux heures chez Jeannot pour n'entendre que ça !

Flora me refait le coup de la mèche rebelle, avec un regard plus dur.

— Je ne pouvais pas uniquement entrer et sortir. J'ai beau les connaître tous, ils se seraient demandé ce que j'étais venue faire... Jeannot m'a offert le figatelli et le pâté de merle... Moi qui ai horreur de ça !

— Donc, vous n'avez rien appris ? Ils n'ont même pas parlé de Leca... ni des types arrêtés ou de la restitution des bijoux ?

Un silence.

Flora ferme les yeux. Et, de nouveau, dans la pâle lumière du réverbère, juste au-dessus de la voiture, je suis troublé. Elle s'en rend compte, la garce. Sa voix se fait charmeuse, avec une pointe d'inquiétude.

— Si vous me promettez...

De nouveau, ce regard clair. Quel dommage que ce soit une pute ! Il me semble que je vais apprendre quelque chose, mais quoi ? Il faut ferrer lentement, délicatement, avec juste ce qu'il faut de douceur affective dans le ton :

— Voyons, Flora...

— C'est Leca qui avait les bijoux. En totalité. Il les a eus deux jours après le vol, dès qu'ils ont été déterrés de la planque de Vallauris. Mémé Ruberti les lui a apportés dans une villa de La Bocca, où il planquait le gros Prépuce. L'ennui, c'est que celui-ci a été identifié. Paul a été obligé de prendre des précautions...

— Ils parlaient devant vous ?

— C'est ce que Mathieu disait en douce à Jeannot Beux, pendant que je faisais semblant de déguster le pâté de merle.

— Mathieu, c'est Battistelli ?

— Oui. Il est du même village que Leca et ils se connaissent depuis l'enfance. Il disait : « Je les prenais tous, moi, les diams, je les faisais retailler et je les refourguais. Au lieu de ça, il en a refilé une partie aux poulets, par le frère de Flora... Et il a fallu que j'aille à Tanger, chez la Manouche, pour choisir dans ceux qu'il avait gardés. Sans ça je n'avais pas la marquise... Une pierre de cette qualité ! » Voilà.

— C'est tout ?

Flora m'offre son sourire numéro un.

— Vous trouvez que ce n'est pas suffisant ? Vous le connaissez, Mathieu ?

Je fais signe que non.

— De vue, peut-être. Comment est-il ?

— Grand, brun, un peu voûté. Beaucoup de cheveux rejetés en arrière, crantés. Toujours très élégant. Il entretient sa forme au sauna du Claridge. C'est le spécialiste des bijoux volés. Le Monceau-Bar n'est qu'une couverture. Il a eu des histoires pendant la guerre, à Monte-Carlo, quand il se tapait la Manouche, à l'hôtel de Paris.

— Et il habite ?

— Rue Legendre. Vers le 148 ou le 150. Mais n'allez surtout pas chez lui, vous n'y trouveriez rien. C'est un malin, Mathieu... Et puis, comme c'est moi qui ai entendu la conversation...

— Vous me parliez du Monceau-Bar ?

— Oui. C'est rue de Logelbach, dans le quartier Monceau. Un truc chic. Dommage qu'il n'y ait jamais personne... Ou alors des vieux avec des minettes, à cause des meublés du coin...

Elle a un soupir de regret. Regret de ne pas trouver chez Mathieu la clientèle huppée qu'elle recherche ? Ou regret de m'en avoir trop dit ?

Elle sort de son sac un miroir d'écaille et le tube de rouge à lèvres assorti. Je suis le mouvement du tube sur les lèvres, qu'elle fait aller et venir plusieurs fois, l'une sur l'autre, pour égaliser la teinte.

— Il a des mains, ce Mathieu ! Superbes. Et agiles...

Interloqué, je regarde pétiller les yeux de Flora. Que veut-elle dire ? Je sais bien qu'avec les putes il ne faut pas trop se poser de questions. Les mains, ça fait partie du métier. Mais quand même !

— Qu'est-ce qu'elles ont de particulier, ses mains ?

Elle sourit. Un peu de rouge a déteint sur ses dents éclatantes.

— Elles empaument. Il était croupier de casino, Mathieu. Il avait l'art de dissimuler les cartes dans la paume de sa main, comme un prestidigitateur, grâce à ses longs doigts. Les flics des jeux n'y voyaient rien. Il distribuait à qui il voulait et il partageait les bénéfices. Tout son argent, il le plaçait dans l'achat des bijoux volés, qu'il revendait, sous le manteau, après transformation. Il gagnait sur tous les tableaux.

— Il faut croire que non, puisqu'il n'est plus croupier...

— Parce qu'un collègue jaloux l'a balancé. Ç'a été la dégringolade. Maintenant, il fait le fourgue. C'est un très gentil garçon. On vous le dirait, au Claridge ou au Fouquet's...

Je n'ai pas perdu de vue mon idée :

— La marquise, vous pensez qu'il l'a encore ?

Flora hausse une épaule :

— Je ne vais tout de même pas le lui demander... Tout est possible, avec lui... Elle est sûrement bien planquée et il faut attendre qu'elle réapparaisse. Alors, là, on verra. Surtout qu'il est très ami avec Prosper... Au fait, merci pour lui...

— Il n'y a pas de quoi, dis-je... Si je comprends bien, il faut que j'attende de vos nouvelles ?

Le moteur tourne. Flora effleure ma main, sans la prendre.

— Surtout, dit-elle. Si vous voulez que ça aille très bien pour la marquise...

35

On dit bien « repas de chasse », on peut bien dire « repos de chasse ». Le chasseur, c'est le flic. Moi, en l'occurrence. De fait, il y a du farniente dans l'air, sur la butte Montmartre. C'est dimanche. Je peux enfin m'offrir la grasse matinée. Et j'en profite. Je savoure tous les instants, je m'étire, béat, des petits doigts jusqu'aux orteils. Pacha sans scrupule, je laisse mon adorable cordon blond s'activer avec la poêle dans ma mini-cuisine. Notre nid est tiède. Il a gelé, cette nuit. La fenêtre de la chambre est toute fleurie de givre. Je hume la chaude odeur des crêpes.

— Jeudi, c'était la Chandeleur, m'a dit Marlyse. Comme, une fois de plus, tu n'étais pas là, on va se les faire aujourd'hui. Tu veux bien ?

Si je voulais ! Elle pense à tout, Marlyse. Tout pour que je sois heureux, que j'oublie le roman noir de ma vie professionnelle. Le parfum de la pâte qui grésille me plonge dans un univers de paix, loin des tribulations de mes truands favoris. C'est qu'ils sont rares, les moments où je n'ai vraiment envie de rien faire.

Il faut toujours que je sois sur les nerfs, même lorsque je pourrais me reposer. A vrai dire, c'est impossible depuis que j'ai dans ma vie le phénomène Gros ! Aujourd'hui, 2 février, je goûte ces moments exceptionnels. Prendre son temps... Un privilège qui m'est refusé, et que je refuse trop souvent, par la faute de l'habitude. Donc, aujourd'hui, je prends mon temps. Prosper et Flora ne travaillent-ils pas pour moi ? Mais tout à l'heure, si j'en ai le courage, il faudra que je dégringole mes cinq étages pour farfouiller dans ma boîte à outils, au fond du réduit qui me sert de cave et qui pue le moisi. Les joints de nos robinets ont rendu l'âme et Marlyse ne supporte pas plus les coups de bélier nocturnes dans la tuyauterie que Couinas, mon irascible voisin qui ne cesse d'alerter le gérant pour nuisances. Si je n'étais pas flic, il y a longtemps qu'il aurait déposé plainte pour entrave à la liberté du sommeil, délit que j'ai en vain cherché parmi les articles du Code pénal.

Au diable les robinets ! Marlyse dépose le plateau sur le drap, se glisse contre moi, s'adosse à l'oreiller, la bouche gourmande, les cheveux flous, dorés comme les crêpes.

— Quand on sera riches, on achètera un louis d'or, dit-elle. Tu vois, si j'en avais eu un dans ma main en faisant sauter les crêpes, on aurait eu de la chance toute l'année !

— Ça viendra, dis-je. Pour l'instant, la chance, c'est d'être là, près de toi.

Elle glisse un coin de crêpe dans ma bouche, mord le bout qui dépasse, en un baiser. Il en ferait une jaunisse, le Gros, s'il voyait ma belle compagne me donner la becquée au lit, à 1 heure de l'après-midi ! Pourquoi faut-il que j'aie une pensée émue pour lui, en cet instant de bonheur voluptueux ? Connaît-il autre chose que la froideur de ses dossiers, dans le sinistre bureau du cinquième étage, devant le boa empaillé qui lui sert de fétiche, face à la bibliothèque aux étagères désespérément vides ?

— A quoi penses-tu ? demande Marlyse. Tes crêpes vont refroidir. Goûte celle-ci, elle est plus sucrée.

Ma main se tend, reste dans le vide. La sonnerie du téléphone, infernale, nous a fait sursauter, bloquant mon geste. Elle s'obstine, cette maudite sonnerie, qui viole notre havre.

— Ah non ! J'espère que ce n'est pas encore Vieuchêne, gémit Marlyse. Pas aujourd'hui, tout de même...

Je manque de déraper sur le parquet ciré, j'atteins l'appareil après une glissade acrobatique. Je l'empoigne avec brutalité.

— Oui ?

Non, ce n'est pas Vieuchêne. A l'autre bout, un halètement. La voix de Flora, précipitée, angoissée :

— Je ne vous dérange pas, au moins, monsieur Borniche ?

Qu'est-ce qui lui prend, à celle-là ! J'étais loin de penser à elle. Quelle catastrophe va-t-elle m'annoncer, pour prendre la peine de me joindre chez moi, un dimanche ? Son Prosper serait-il de nouveau entre quatre murs, au Quai des Orfèvres ou à la Santé ?

— Non... Mais qu'est-ce qui se passe ?

— Il se passe que je vous avais bien dit de ne pas aller rue Legendre ! Et que vous avez tout fichu par terre...

Je rassemble mes idées, troublé par Marlyse qui arrive, nue, se drapant d'une main avec une serviette, prenant l'écouteur de l'autre.

— C'est lui ? chuchote-t-elle.

Je fais signe que non, de la tête.

— Moi, je suis allé rue Legendre ?

— Vous, non, coupe Flora. Mais votre patron, oui. Avec un commissaire petit et rondouillard et deux inspecteurs. Ils ont retourné l'appartement de Mathieu. Ça va être facile, maintenant, pour remonter le courant !

Je reste sans voix. Flora poursuit, fiévreuse :

— Il vient de m'appeler, Mathieu. Il n'avait pas parlé de la marquise à cinquante personnes !

Je me dis mentalement « Merde, merde et merde.

Quelle idée d'avoir été parler de ça à Vieuchêne ! » C'est bien le mot qui s'impose. Le pis, c'est que ce n'est pas la première fois que le Gros prend ce genre d'initiatives imbéciles, à l'esbroufe. On dirait qu'il s'en moque, par moments, de compromettre nos chances. De fâcheux souvenirs se bousculent dans ma tête. L'affaire Giraldi, entre autres[1]. Il avait eu l'idée d'accorder une autorisation de séjour à ce truand, ami de Victor l'Epicier, sans même vérifier aux archives sa situation pénale. Or, Giraldi avait été gratifié d'une condamnation par contumace à vingt années de travaux forcés. J'avais remué les bas-fonds pour le récupérer avant qu'il ne le soit par la P.P. ou la gendarmerie. Il aurait eu bonne mine, le Gros ! Et voilà qu'aujourd'hui, comme hier, il me refait le coup !

— Ils ont trouvé quelque chose, chez Mathieu ?

— Ni chez lui ni au Monceau-Bar. Si : une balance, et deux ou trois trucs qui servent à calibrer les pierres. Ils l'ont cuisiné jusqu'à midi et demi, rue des Saussaies... C'est ennuyeux pour Prosper ! Parce que Mathieu va finir par se poser des questions, vu qu'il est à Paris, bien qu'interdit de séjour.

Flora a raison. L'intervention du Gros est stupide. Il a encore voulu honorer sa fameuse maxime, « Les dieux aident ceux qui agissent » ! Le résultat, c'est qu'il nous met dans un sacré pétrin.

Je m'efforce de reprendre mon calme :

— La préfecture aura oublié de lui notifier l'arrêté d'interdiction avant sa sortie. C'est fréquent. Et puis Prosper est insoupçonnable. Mathieu le sait. Sinon il y en aurait quelques-uns en cabane...

— Ouais, grogne Flora, pas tellement convaincue. On va passer prendre l'apéro chez lui, on verra comment ça se présente ! Excusez-moi encore.

1. Voir *Flic-Story,* éd. Fayard.

Elle est bien polie, de s'excuser, la comtesse ! Je repose lentement l'appareil, anéanti. Marlyse, qui a tout écouté, hoche la tête, perplexe :

— Il n'y a pas à dire, ce qu'il peut empoisonner le monde, ton bouddha !

Je la serre contre moi, pour me réconforter. Je soupire, découragé et exaspéré en même temps :

— Il devait être avec Gillard. Le petit, rondouillard et déplumé, c'est lui. Déjà, l'autre jour, en revenant de Marseille, ils ont eu des mirages ! Des gangsters étaient, paraît-il, dans le train. Ils ont mis en branle le commissariat spécial de la gare de Lyon qui a envoyé une flopée d'inspecteurs à l'arrivée du *Mistral.* Les deux terreurs ont été ceinturées, menottées sous les flashes des photographes. Un vrai western. Ce n'étaient que deux braves Marseillais qui s'en venaient visiter Paris et se rincer l'œil aux Folies-Bergère, à l'insu de leurs épouses parties se reposer à Cannes. Toute la nuit, rue des Saussaies, Vieuchêne a voulu leur faire avouer qu'ils étaient en combine avec Leca. S'il écrit un jour ses mémoires, le Gros, ça m'étonnerait qu'il parle de Giraldi et des pauvres types qu'il fallut relâcher, avec des excuses ! Je ne sais pas si les dieux aident ceux qui agissent, mais en l'occurrence, le Gros aurait dû savoir qu'il faut agir selon ses moyens. Parce que maintenant, comme dit Flora, pour remonter le courant...

Vieuchêne s'enfle comme un animal marin monstrueux. Je me demande si sa panse va éclater avant ses joues, ou l'inverse. Il a bondi de son fauteuil, desserré sa cravate, pour donner libre cours à sa fureur. Il glapit, il fulmine. Ecarlate, agité de tremblements inquiétants, il arpente la pièce de long en large, s'efforçant de maîtriser ses mains, qu'il garde derrière le dos. A chaque passage, ses yeux se plissent pour me foudroyer.

— Ça, c'est le comble ! C'est à moi que vous osez faire des reproches, alors que, depuis que vous vous êtes mis sur l'affaire Costa, vous ne faites qu'accumuler les échecs !

Je n'avais pu placer que quelques mots. Il m'a pris de vitesse, selon son vieux principe : la meilleure façon de se défendre, c'est d'attaquer. La bourrasque vieuchênienne a balayé les couloirs de la P.J. Le vide est fait. Chacun se planque. Comme un phare aspiré dans un tourbillon, je résiste, coincé entre la bibliothèque et le boa empaillé, à l'air idiot.

Il freine soudain devant moi, s'immobilise, ramène ses mains en avant, serre les poings :

— Ça vous fait rire, n'est-ce pas, que je me sois cassé le nez. Mais qui est-ce qui m'a affirmé que Battistelli avait la marquise ?

Je me contrôle avec peine. Une pareille mauvaise foi me laisse sans voix. Puis je me secoue. Il n'y a aucune raison que je me laisse traiter de la sorte. On a beau n'être qu'un sous-fifre, on a sa dignité.

— Je m'excuse, patron, mais je ne vous ai jamais dit ça. Au contraire. Flora m'avait rapporté un renseignement précis, mais il fallait attendre que la pierre réapparaisse. Ne pas alerter Mathieu avant !

— Ah oui ? Et comment vous vouliez la faire réapparaître, vous ? Comme un lapin d'un gibus ? Vous vous prenez pour un prestidigitateur, à présent ?

Un nouveau rugissement après l'ironie. Il reprend ses allées et venues saccadées, se faufile entre deux chaises, ouvre brutalement la porte du secrétariat, la referme d'un coup de pied rageur. En pleine incohérence, le Gros ! Il me ferait pitié, si je n'avais pas une envie féroce de l'étrangler... Voilà qu'il lance à la volée ses lunettes d'écaille sur le bureau :

— Il va rigoler, votre ami Spotti, quand il apprendra ça. Parce que vous allez vous casser les pattes pour le lui raconter, hein ? Ce qui fait qu'Hugues va rigoler, Paolini va rigoler, Bertaux va rigoler, Jules Moch va rigoler, tout le monde va rigoler... Mais vous croyez qu'ils rigoleraient si je leur racontais vos exploits ? Parce que, pour les ratages, vous êtes un champion, Borniche ! Je vous demande de retrouver Fredericci, l'assassin de Costa. Le temps que vous réfléchissiez, il est mort. Bon. Je vous mets sur l'affaire Arpels à Deauville. Vous n'y êtes pas depuis une heure, crac ! vous vous branchez d'autorité sur le vol de Cannes. Vous voilà à La Bocca, Prépuce vous file sous le nez. Vous escaladez les murs de Nicolaos à Genève, vous rapportez quoi ? du vent ! Vous me bassinez avec vos Prosper, vos Flora et vos Raclette et ce sont Truchi et Mattei qui reçoivent les félicitations... Voilà où vous en êtes, Borniche. Alors, je vous en prie.

— Et Mondoloni, et Norton, patron ?

— D'accord pour Mondoloni et Norton ! Je vous les laisse. Ce n'était pas difficile de les piquer. L'un sortait des toilettes, l'autre prenait le train ! Pas un exploit, croyez-moi. Par contre, pour couronner le tout, vous me faites faire chez Battistelli le plus remarquable fiasco de ma carrière. Je m'en souviendrai, rassurez-vous. Vous vous en moquez que je sois barré du tableau d'avancement !

Un brusque demi-tour, et le voilà reparti, les mains dans les poches, la veste soulevée, l'œil fou et la Légion d'honneur agressive. J'affermis ma voix :

— Vous m'auriez contacté, hier, ça se serait peut-être passé autrement... Je n'ai pas bougé de chez moi de toute la journée.

Comme mordu par son boa poussiéreux, il fait volte-face. Il est de nouveau devant moi, les yeux meurtriers rivés dans les miens.

— Ils sont trop sacrés, vos dimanches, pour que j'ose vous déranger. Vous avez assez clamé partout que vous étiez mon esclave. Et puis, qu'est-ce que vous auriez fait ? Vous auriez perquisitionné mieux que moi ?

— Je n'aurais pas perquisitionné du tout, patron !

Le redoublement de sa rougeur m'effraie. Il ne va pas crever d'une attaque, là, quand même ! Je me tais. On n'entend plus que son souffle rauque, dans le silence de la pièce.

Il contourne son bureau, se laisse tomber dans son fauteuil. L'effort que je fais pour rester calme permet à une idée de germer. Je profite du temps mort, je détache mes mots :

— J'ai un moyen de faire réapparaître la marquise, si vous le voulez bien. Mathieu ne veut pas nous la montrer, mais il faudra pourtant qu'il la fasse voir à un acheteur éventuel.

L'œil du Gros s'arrondit :

— Vous connaissez quelqu'un qui veuille acheter cette pierre, vous ? Avec tout le battage fait autour ?

— Peut-être.

Ses doigts tambourinent le sous-main de cuir qu'Hidoine et moi lui avons offert pour son anniversaire. Il secoue la tête, l'air affligé :

— Mon pauvre ami ! Vous devriez écrire des bouquins, vous réussiriez sans doute mieux que dans la police. Et qui c'est, votre acheteur miracle ?

— Moi.

Vieuchêne me considère non comme un flic, mais comme un fou pour qui les portes de l'asile vont s'ouvrir prochainement.

— ... Supposez, patron, qu'un milliardaire, américain ou brésilien, un collectionneur de pierres précieuses, en tout cas, un type un peu dingue qui achète des tableaux volés pour les contempler dans le secret d'une chambre forte, une sorte de maniaque, quoi...

— Oui, eh bien ?

— ... Fasse une proposition à Mathieu pour acquérir

la marquise... Il faudra bien qu'il se découvre... Et qu'il la montre...

Vieuchêne pousse un soupir, ferme les yeux, les ouvre, hausse les épaules :

— ... Des bouquins, je vous dis, Borniche... Enfin, comment pourriez-vous vous présenter à Battistelli... En veste pied-de-poule, pantalon de flanelle et chaussures Bata... Vous n'avez rien du milliardaire. En plus, vous ne parlez ni l'anglais, ni l'espagnol...

— Portugais, patron, au Brésil... Ce n'est pas moi qui me présenterais. C'est son ami Pozzo qui servirait d'intermédiaire. Il aurait confiance. Tous deux sont des intimes de Leca...

Le Gros s'éponge le front d'un revers de manche.

— Insensé, extravagant, dit-il. Vous parlez si Mathieu ne va pas flairer le piège... Et vous croyez que votre Prosper à la noix marcherait dans un coup pareil ?

— Vous dites toujours que les dieux aident ceux qui agissent... Peut-être que le mien me donnera un bon coup de main...

36

Les truands n'ont pas l'habitude de savourer la bière ni les harengs Bismarck de chez Lipp, la brasserie toujours à la mode du boulevard Saint-Germain, où les artistes, les écrivains et les comédiens côtoient les hommes politiques de toutes tendances. C'est pourquoi j'ai choisi cet établissement, que j'aime beaucoup, pour mon rendez-vous opérationnel avec Prosper Pozzo. Il n'a pas intérêt à se montrer en ma compagnie dans les quartiers de Montmartre, de Montparnasse, ou des Champs-Elysées. Il risquerait de faire de mauvaises rencontres.

Je suis assis au fond de la première salle. Le mur est en retrait de l'escalier qui mène au premier. Le double niveau oblige les garçons, en tenue traditionnelle 1900, le long tablier blanc sur le pantalon noir, à se livrer, en virtuoses, à de périlleuses acrobaties. Ils tiennent sans faillir, sur leur main droite retournée, les lourds plateaux chargés de plats, d'assiettes et de bouteilles. Leur virage au pied de l'escalier est un perpétuel sujet d'amusement pour le client désœuvré qui, secrètement, attend toujours qu'un plateau dégringole, répandant chopes de bière et montagnes de choucroute… sur son voisin, bien sûr !

Ce matin, j'ai appelé Prosper à Neuilly, ce que je n'avais jamais fait. C'est Flora qui a décroché.

— J'ai besoin de le voir d'urgence, ai-je dit, impatient.

— C'est si urgent que ça ?

— Ça peut l'être. Je l'attends à midi, sans faute, brasserie Lipp, 151, boulevard Saint-Germain. Il me trouvera au rez-de-chaussée, au fond.

— Et moi ?

— Inutile.

Les gens qui n'ont rien à faire sont le plus souvent en retard. Prosper fait exception. A midi pile, le voici. Bronzé comme un chanteur de charme abonné aux ultraviolets, la taille bien prise dans un costume de gabardine beige, cravate aux tons dégradés du bleu nuit au bleu lavande, il attire l'attention de quelques douairières qui papotent devant leur Saint-Raphaël. Il traverse la salle, met le cap sur ma table. Rien à voir avec le détenu que Poiret et moi escortions deux fois par mois de la Santé à la Bonbonnière. Les semaines qu'il a passées en Corse avec Flora lui ont mis le cœur en fête. Son autorisation de séjour est périmée. J'ai, dans ma poche, une prolongation de quinze jours, émanant de la Direction de la réglementation intérieure, que je compte bien monnayer.

Marlyse est assise, toute seule et très digne, dans un angle de la terrasse, devant un jus de tomate. Elle veille au grain. Je l'ai chargée d'assurer une filature difficile... Prosper se glisse entre deux tables pour s'asseoir à côté de moi sur la banquette de moleskine :

— Vous êtes beau comme un astre, dis-je. Toujours amoureux ?

J'ai volontairement cessé le tutoiement, afin de garder mes distances.

— Plus que jamais.

— Que prenez-vous ?

— Un cognac.

J'ai envie de lui dire que c'est un peu tôt, mais, après tout, ça le regarde.

— Ça va mal, Prosper, franchement...

— Quoi ?

— Mon patron est déchaîné. Le loupé de chez Mathieu m'a mis en porte à faux. Il m'en rend responsable. Il ne veut plus renouveler votre autorisation.

Je m'interromps pendant que le garçon pose devant Pozzo le verre ventru où le Hennessy déploie ses reflets ambrés et qu'il verse pour la troisième fois, dans ma tasse, du café fumant. Quand il s'éloigne, je reprends.

— Je me suis débrouillé pour vous avoir une petite prolongation, le temps que vous preniez vos dispositions, mais ce sera impossible par la suite.

Soucieux, Prosper réfléchit un bon moment avant de répondre. Enfin, il avale son verre d'un trait.

— Donc, si je comprends, c'est l'exil...

— A moins que nous ne réussissions tous les deux un coup fumant qui vous permettrait de vous la faire belle pendant quelques années.

Il me regarde, surpris, pensant sans doute que je vais lui proposer l'attaque du train postal. Je poursuis :

— Mathieu a confiance en vous. Vous l'avez revu plusieurs fois depuis cette satanée histoire. Supposez que vous ayez le moyen de réaliser un super-bénéfice sur une affaire que vous lui apporteriez... Une affaire marginale, bien entendu, que l'on ne peut confier qu'à un compatriote dont on est sûr qu'il ne vous doublera pas...

Le quotient intellectuel de Prosper est très nettement au-dessus de la moyenne. J'en ai eu la preuve dans son dossier, que Roblin m'a sorti et que j'ai lu avec attention. Il a de la matière grise et il sait s'en servir. J'ai noté, dans un rapport de la préfecture de police, qu'il s'était sorti d'une affaire fort astucieuse de vol aux faux policiers. Le procédé était d'une simplicité biblique. En compagnie d'un gardien de la paix révoqué, qui s'était abstenu de rendre sa carte de police, prétendant l'avoir perdue, il interpellait, rue Cadet, dans le quartier des transactions, un bijoutier-joaillier, étranger de préférence :

— Inspecteur Dunoix, police judiciaire. Qu'est-ce que vous trimballez dans votre mallette ?

— Des pierres, monsieur l'Inspecteur...

— Je m'en doute... On va vérifier au bureau si elles sont saines. J'espère pour vous que vous avez les certificats et les factures.

Le trio s'embarquait dans une voiture noire, tout à fait « service ». Direction : la caserne de la préfecture, dans l'île de la Cité. Les deux faux flics empruntaient l'ascenseur de droite, dans la cour, encadrant le bijoutier qui serrait contre lui la précieuse mallette. Ils s'arrêtaient au quatrième étage, faisaient asseoir la victime sur un banc, devant l'alignement des portes des bureaux. Pendant que le complice surveillait le malheureux, Prosper, la mallette à la main, faisait mine de se diriger vers le bureau des fraudes. Il traversait le long couloir, redescendait par l'escalier du fond, disparaissait dans la masse grouillante des uniformes et des visiteurs de la préfecture. Un quart d'heure s'écoulait.

— Ils sont en train d'expertiser vos pierres, disait le gardien défroqué. Je vais voir s'ils en ont encore pour longtemps.

Il s'esquivait à son tour, laissant leur client moisir quelques heures sur le banc.

Quand, par la suite, les inspecteurs du Quai des Orfèvres avaient mis la main sur leur ancien collègue, Pozzo n'avait pas été dénoncé. Mais les vrais flics, pour se venger, l'avaient fait écrouer pour proxénétisme.

Prosper tapote son verre vide, m'offre une cigarette, fait cliqueter son briquet en or, attend la suite.

— Quand je parle de coup fumant, c'est des bijoux qu'il est question. Je sais que vous en avez vendu pas mal à Mathieu, à une certaine époque. Non, ne protestez pas... Vous avez eu l'occasion, lors de vos courtes vacances, de passer par Monte-Carlo et d'y faire connaissance d'un milliardaire, amateur de pièces rares... Américain ou argentin, ou brésilien, peu importe. Il loge pour quelques jours au Crillon. Ça vous a fait tout de suite penser à Mathieu...

Prosper me laisse parler. Je lis dans ses yeux qu'il a compris où je voulais en venir.

— La marquise, que Leca lui a confiée pour la vente, n'est pas négociable, en raison de ses caractéristiques et de la diffusion effectuée en Europe par les services de police. C'est l'occasion idéale de lui faire quitter la France. Mathieu ne peut qu'accepter et vous offrir votre part d'intermédiaire...

J'interpelle le garçon au passage :

— Un autre Hennessy pour monsieur...

— Et si Mathieu refuse, dit Prosper, à mi-voix.

— Pourquoi refuserait-il une affaire proposée par un ami, compatriote de surcroît, et avec lequel il a déjà traité des affaires de ce genre ?

Il agite la tête à plusieurs reprises :

— Vous y tenez, à votre légende...

— Je tiens surtout à mes informations, mon cher. Mathieu est un fourgue. Le matériel de pesée découvert chez lui le prouve... Et Flora ne m'a pas dit le contraire... Pourquoi serait-il allé à Tanger chercher la marquise, si ce n'était pas pour gagner sa vie dessus... ?

— Et vous l'avez, ce milliardaire en dollars, vous ?

— Bien sûr.

Par-dessus le bord du nouveau verre de cognac, les yeux de Prosper me fixent, agrandis par la surprise.

— Je peux même vous donner le numéro de sa suite… S'il veut des garanties, Mathieu peut lui téléphoner. Il parle le français comme vous et moi…

Je bluffe, à fond. Comment vais-je pouvoir me sortir de ce mauvais pas ? J'enchaîne :

— Mathieu vous confie la marquise et vous la lui montrez. C'est tout.

Prosper repose son verre, me considère d'une prunelle ironique. Malgré mon assurance, il flaire le coup fourré.

— Parce que vous le croyez assez niais pour me la donner ?

— Dans ce cas, vous venez avec lui au rendez-vous que le richissime vous fixera…

— Vous lui sautez dessus, vous le fouillez et, s'il n'a pas le joyau, c'est moi qui porte le chapeau…

— Pas plus que s'il l'avait ! Il croira qu'il a été filé, surtout après la descente chez lui de l'autre jour. Ou que son téléphone a été écouté…

Convaincu, Prosper ? Pas tellement. Moi non plus, sur mes chances de réussite. A vrai dire, je joue la carte forcée. Mais sait-on jamais ? Si Battistelli, mis en confiance, abandonne la pierre à Prosper, ne serait-ce que quelques minutes, je pourrai brûler un sacré cierge au dieu des flics !

— Conclusion, reprend Prosper, si je veux bénéficier d'une autorisation, il faut que je me dévoue.

— Le plus tôt sera le mieux. Autorisation, cela va de soi, mais en plus, une sacrée prime offerte par les assureurs.

— Et si j'échoue ?

— L'autorisation sans la prime. A condition de jouer le jeu, bien sûr. Il y a un téléphone au sous-sol. Venez…

Prosper se lève. Moi de même. D'un coup d'œil, je vois que Marlyse, qui se repoudre le nez, nous a repérés, dans sa minuscule glace. Elle quitte la terrasse. Nous, nous descendons l'escalier. Sans hésitation, le doigt de

Prosper fait sur le cadran le numéro du Monceau-Bar. Cela démontre l'habitude. L'écouteur à l'oreille, j'entends le bourdonnement qui se prolonge :

— Il n'est pas encore arrivé, dit Prosper. Je vais appeler chez lui.

— Patientez...

A l'autre bout, on décroche enfin. Silence. On attend que l'interlocuteur se dévoile.

— Mathieu ?

— *Yé.*

— Prosper.

— *Bondiornu.*

— Il faut que je te voie.

— *Hoddie ?*

— *Yé.*

— *Un' ora ?*

— *Yé. A vedeci.*

La conversation sibylline est déjà interrompue. Pozzo me regarde :

— Vous avez compris. J'ai rendez-vous à 1 heure.

— Parfait. Vous me téléphonez ensuite, au bureau. Si vous avez la pierre, bien entendu. Pour le Crillon, l'Américain, c'est Roby Bedford, ancien conseiller de l'United Fruit of California. Suite 335.

Prosper demeure stupéfait :

— Parce qu'il existe vraiment ?

— Naturellement. Vous ne pensez pas que je vais coller un robot dans la chambre, au cas où Mathieu téléphonerait... On y va...

Je règle la note, avalant une grimace. Ce salaud de Prosper aurait pu prendre un café, tout comme moi. Lorsqu'il s'engage dans la porte tambour pour traverser la terrasse, j'ai l'impression qu'il est moins fringant que tout à l'heure.

Je sors l'autorisation de mon portefeuille, lui tape sur l'épaule.

— Et ça, mon vieux, ça ne vous intéresse plus ?

Il s'en empare sans empressement, hèle un taxi. Oui, beaucoup moins fringant, le Prosper ! Mais, comme dit le Gros : « Où le mouton est attaché, il faut qu'il broute ! »

37

Je n'ose bouger, de peur de réveiller Marlyse. Ma main tente d'effleurer discrètement sa peau si douce. Abandonnée, avec une innocence enfantine, elle voyage, belle et nue, au pays des rêves, tandis que j'ai l'impression, moi, de patauger dans un bourbier. Si notre mini-armoire à pharmacie contenait des somnifères, j'en ingurgiterais un ou deux. Mais nos richesses se limitent à un tube d'aspirine et à un flacon de mercurochrome pour les jours où j'ai, exceptionnellement, le temps de faire un peu de bricolage. Il me faut donc compter les heures interminables, les yeux grands ouverts dans la nuit. Tel un comédien à la veille de la première, j'ai le trac. La journée qui m'attend est capitale. Récupérer la marquise, c'est désormais ma hantise, mon obsession, bref, l'affaire de ma vie.

Une mèche de cheveux blonds taquine ma joue. Un souffle léger s'exhale des lèvres de Marlyse, comme des mots d'amour. Pourtant, je me sens seul. Le doute m'a envahi peu à peu. La gorge sèche, le cœur fou, je finis par me glisser vers le bord du lit avec une discrétion de Sioux. La pendulette phosphorescente marque 3 heures.

Je me dirige facilement dans le noir : le couloir est exigu, et mon habitude est grande. J'atteins le robinet. Avant même que l'eau ait commencé à couler, le monstre des tuyaux, réveillé en sursaut, proteste avec fureur. Son rugissement ébranle les cinq étages. Je n'ai pas encore eu le temps de changer ces maudits joints ! Je referme aussitôt. Le vacarme décroît, puis cesse, comme à regret, après quelques ultimes hoquets. Le silence revenu, je guette, derrière la cloison, les ruades du voisin Couinas. Aurait-il renoncé ?

Je me recouche, me réfugie de nouveau dans la tiédeur. La gueule de Prosper passe et repasse devant mes yeux, avec une régularité implacable. Confusément, j'ai peur. Sensation nouvelle, que m'apporte cette nuit. Je suis furieux de cette faiblesse, mais je n'y puis rien.

J'essaie de me raisonner. Je me répète, en vain, que tout semble se présenter comme je l'espérais. Prosper, en quittant la brasserie Lipp, s'est rendu directement rue de Logelbach. Marlyse l'avait devancé. Elle l'a vu entrer au Monceau-Bar à 1 heure pile. Toujours exact, décidément, le beau Pozzo !

— Il n'y avait pas grand monde, mais le bar est sympathique...

— Comment le sais-tu ?

— J'en avais assez de me faire racoler au coin de la rue Henri-Rochefort, où je m'étais postée. C'est plein de bordels, ce quartier. Alors, je suis entrée chez Mathieu, juste au moment où Prosper en sortait. Il n'y était pas resté longtemps.

De mon côté, je n'avais pas traîné non plus. Le chef de la réception du Crillon, vieille connaissance, m'avait rassuré. La consigne serait donnée. Si quelqu'un demandait Mr. Bedford, ou l'appartement 335, on répondrait que l'Américain n'était pas encore rentré. On prendrait le message. Donc, paré à bâbord comme à tribord ! Mais ce qui me plonge dans les affres d'une nuit blanche, c'est ce que Prosper m'a rapporté. Je le pressentais, à vrai dire. Mathieu est d'accord pour lui confier la marquise, à condition qu'une garantie de même valeur, soit en espèces, soit en pierres, lui soit donnée, le temps que l'Américain expertise le joyau !

Et c'est ça, la tuile ! J'ai voulu croire au miracle, et je me retrouve plaqué au sol, en plein suspense, sans grand espoir. Où vais-je trouver une somme aussi faramineuse, une trentaine de millions au moins, ou sa contrepartie en diamants ? Pas dans la caisse du service, en tout cas. D'ailleurs, depuis que 6 millions ont été volés, sans effraction, dans le coffre du commissaire Benhamou, le chef de la section économique, on se méfie. Plus un liard dans les tirelires courant d'air de la P.J. ! Et sûrement pas dans le coffre du ministre, qui ne manquerait pas de me prendre pour un hurluberlu. Avec l'approbation pleine et entière de Vieuchêne :

— Vous savez, monsieur le Ministre, il est bizarre, en ce moment, Borniche...

Je cherche un réconfort en parcourant, de la main, le buste de Marlyse. Elle pousse un léger soupir, se tourne sur le côté gauche. Je suis plus seul encore, dans cette nuit qui n'en finit pas. Mon anxiété est à son comble. Je guette l'apparition du jour, dans la jointure des doubles rideaux. Enfin, à 7 heures, la sonnerie de la pendulette me délivre, de son tintement aigrelet. Les zéros de 30 millions finissaient par se multiplier dans mon crâne comme des pneus de voiture se dédoublant à l'infini sur l'autodrome de Montlhéry.

Marlyse, les yeux fermés, murmure :

— Roger ?

— Chérie ?

— Ce que tu peux être agité. Tu penses toujours à ta pierre ?

— Evidemment !

— Tu devrais demander aux assureurs. Ils ont de l'argent, eux. Qu'est-ce que ça peut leur faire, d'avancer 30 ou 40 millions !

Je ne réponds pas. J'enfile ma robe de chambre. Elle

est loin d'être sotte, ma tendre compagne, mais si elle s'imagine qu'on les manœuvre comme on veut, les gentlemen de la Lloyd's !

11 heures. La Citroën de Crocbois se range rue de la Paix, devant l'immeuble du cabinet Tyler and Co. Majestueux, le Gros s'extirpe de son siège. Il a revêtu son costume bleu marine numéro un, sur lequel le ruban de la Légion d'honneur semble plus neuf que d'habitude. Bleu, également, le chapeau à bord roulé, et noir le parapluie qu'il tient à la main, sans doute pour faire plus *british.* Il ne lui manque plus que le *Times.*

— Bien, énonce-t-il d'une voix impériale. Ne perdons pas de temps. Il est entendu que vous me laissez parler, Borniche. Parce que je n'aime pas beaucoup votre manie de me couper la parole...

Il me regarde droit dans les yeux. Ils doivent être un peu boursouflés, mes yeux, après la nuit que j'ai passée. Pour une fois, l'attitude théâtrale de Vieuchêne me réconforte, au lieu de m'agacer. Après tout, s'il y a un pépin, c'est lui qui portera le chapeau. Et pas à bord roulé, celui-là.

Pendant que nous gravissons les marches recouvertes d'un tapis moelleux à fleurs, je rumine une pensée bien hors de propos : jamais de ma vie, à moins d'une intervention divine bienveillante, je n'aurai 30 millions à ma disposition. Le calcul est vite fait : 100 000 francs par mois, cuvée 1950, ça donne 1,2 million par an. Il me faudrait donc vingt-cinq années de bons et loyaux services administratifs à assumer, sans dépenser un centime ! J'ai trente et un ans. Cela m'entraînerait alors jusqu'au crépuscule du XXe siècle, sans manger, sans boire, vêtus, Marlyse et moi, de vieux chiffons, mais sans même pouvoir s'offrir une toile au Gaumont Palace...

La carrure de Vieuchêne obstrue la porte. Il s'avance, martial. Je redécouvre le bureau du duo Isitt et Beullens, que mon patron a avertis de sa visite. L'accueil n'est pas le même. Ces messieurs marquent leur déférence pour le grade et la dignité du bouddha décoré, qui se défait de son parapluie et de son chapeau avec une désinvolture que je ne lui connaissais pas. Un sourire courtois fend le poupin faciès de Mr. Beullens, plus sanguin que jamais. Si on pressait son petit nez rond, il en sortirait sûrement du whisky pur malt.

— Nous avons pris votre demande en considération, dit-il, en nous faisant signe de nous asseoir. Malheureusement…

Le miracle n'aura pas lieu. Je m'y attendais. Je ne suis pas assez fervent. Contrairement à ce que pense l'optimiste Marlyse, au réveil, on trouve moins facilement 30 millions qu'un bouton de culotte dans le tronc d'une église. L'espoir de récupérer la marquise s'éloigne à une vitesse supersonique. Et, de nouveau, l'angoisse m'étreint.

— Nous n'avons pas une telle somme par-devers nous, poursuit le rubicond. Mais votre idée, monsieur le Commissaire, est géniale. Félicitations. Et puisque vous garantissez le résultat…

Je retiens mon souffle. Qu'a-t-il bien pu leur raconter, Vieuchêne, dont le visage s'empourpre de plaisir ? Un torrent d'enthousiasme le submerge.

— C'est comme si c'était fait, affirme-t-il. Lorsque mon informateur m'a fait savoir que Battistelli exigeait une contrepartie, j'ai tout de suite pensé à vous. Et je me fais une joie de restituer, à Son Altesse la bégum, la pierre à laquelle elle est si fortement attachée.

Je n'en crois pas mes oreilles. Comment, moi qui me fais un mauvais sang d'encre, vais-je supporter ce sourire satisfait, ce bluff ? Non, vraiment, il ne manque pas d'air, le Gros !

Suspendu aux lèvres épaisses de Beullens, que son compère Isitt ne cesse d'approuver en opinant du chef, j'écoute la suite :

— La maison Cartier, juste en face de nos bureaux, nous a prêté un collier de diamants. Une pièce magnifique. M. Battistelli peut avoir confiance. Elle vaut 22 millions. Je compte naturellement sur votre vigilance pour ne pas la laisser filer. Il ne manquerait plus que le collier et la marquise disparaissent en même temps !

D'une envolée de la main, le Gros balaie cette crainte. Il se tourne vers moi, martelant ses mots :

— Vous entendez ce que dit Mr. Beullens, Borniche ? Les yeux rivés au collier, hein ?

Mr. Isitt a mis en mouvement ses jambes de sauterelle. Le Créateur l'a doté de doigts particulièrement aptes à la manœuvre des combinaisons des coffres-forts. Il ferait un casseur d'élite, Mr. Isitt ! Un déclic, un second, la porte s'ouvre. J'entrevois des liasses de billets, des documents, puis un écrin rouge, frappé de lettres d'or entrelacées. Il referme le coffre, dépose le coffret sur la table, dans un geste plein d'onction. Mr. Beullens s'avance à son tour vers le trésor, soulève le couvercle.

Bon Dieu, je n'avais jamais vu ça ! Le Gros non plus, d'ailleurs. Les yeux lui sortent de la tête. Tous les quatre, nous restons plantés devant un ruissellement de pierres, une rivière de diamants montés en chatons, qui scintillent comme mille étoiles. Les yeux rivés, comme dit Vieuchêne, aux joyaux, je les imagine au cou de Marlyse. Je vois très bien la rivière couler sur sa peau nue, légèrement bronzée, en pensant avec tristesse que je ne pourrai jamais lui offrir le dixième du millième d'un de ces diamants, avec mon traitement de petit fonctionnaire et les états de frais que Vieuchêne me grignote, mensuellement, par mesure d'économie ! Heureusement qu'elle n a pas besoin de tous ces carats pour être belle, ma tendre Marlyse !

Mr. Beullens referme cérémonieusement le couvercle, glisse le précieux écrin dans un vulgaire sachet d'emballage, tend le bébé à Vieuchêne :

— A vous de jouer, cher commissaire. Et je vous dis le mot de Cambronne !

C'est bien la moindre des choses, de la part d'un représentant de la Lloyd's... Moi, je pense à tous ces sacs de nœuds, au mois d'août dernier, quand le commissaire Hugues se donnait tant de mal... Tout ça pour en arriver là. C'était bien la peine que ce pauvre Valantin s'agite comme un diablotin dans un panier de crabes !

— Qu'est-ce qu'il fout, nom de Dieu !

Coincé dans la voiture de Crocbois, garée rue Henri-Rochefort, le Gros répète cette phrase pour la troisième fois au moins. Il est 17 heures. Cela fait une heure dix minutes et quarante-cinq secondes que nous patientons, en attendant Prosper. Soixante-dix longues minutes, depuis que Vieuchêne lui a remis le paquet échange au café de la Paix, place de l'Opéra. Pozzo avait rendez-vous avec Battistelli à 16 h 30. Depuis, le silence. Et l'inquiétude qui, sournoise, s'est installée.

Le Gros se racle la gorge, donne un grand coup du plat de la main sur le tableau de bord.

— Vous ne voudriez pas qu'il se soit fait ramasser par la P.P. ? gronda-t-il. Alors, là, ce serait le bouquet !

Mon paquet de blondes est vide. Nerveux, je mâchonne une allumette. J'envie la placidité de Crocbois. A quoi peut-il penser, si loin de nos angoisses ? Un flâneur frôle la voiture. C'est le commissaire Gillard, associé à notre expédition. Je baisse la vitre :

— *Psss !*

Il ralentit le pas, se retourne, examine la rue.

— On ne sait pas de quel côté Prosper va repartir, dis-je doucement. Le mieux serait que vous restiez près du boulevard de Courcelles. S'il a le caillou, vous levez votre chapeau et on fonce dans le bar repiquer la rivière...

Combien de temps, encore, à se morfondre ? Les planques sont toujours des montagnes russes, du sommet de l'espoir au creux de la dépression. Pour les journalistes, c'est pareil. C'est pour ça que nous nous comprenons si bien.

— Le voilà !

L'exclamation de Vieuchêne a fait sursauter Crocbois l'impassible. Devant le Monceau-Bar, un taxi s'est arrêté. Prosper, vêtu d'un ample pardessus en poil de chameau, règle le chauffeur, entre dans l'établissement. Il n'a rien dans les mains. Sans doute dissimule-t-il le précieux paquet dans son confortable manteau ?

Les minutes d'angoisse reprennent leur cours.

Mon cœur bat à grands coups. Je respire mal. La gorge me brûle. Je me damnerais pour un café et une cigarette. Je perds toute notion du temps. Enfin, Prosper émerge sur le seuil, hume l'air, hésite sur la direction à prendre. On dirait qu'il flaire tout autour de lui, les mains dans les poches, avant de se décider à tourner à gauche, pour mettre le cap vers le boulevard de Courcelles. Il faut attendre, attendre encore, qu'il ait parcouru la centaine de mètres au bout desquels Gillard le contactera, à l'abri de l'éventuelle curiosité de Mathieu. Il ne se presse pas, Prosper. Je bous... Il disparaît. Trente secondes encore... un siècle ! Puis Gillard apparaît. Je m'apprête à m'élancer dans le bar.

Catastrophe ! Le chapeau reste vissé sur la tête de Gillard. L'affaire a raté. Prosper n'a pas la pierre !

Je suis au bord de la dépression. Mon regard croise les yeux meurtriers de Vieuchêne, qui s'est retourné sur le dossier du siège. Panique, plus trouille. Conscience aiguë du ratage ? Je suis vidé de mes forces.

Au loin, Gillard n'est plus en vue. Il doit parlementer avec Prosper. Une fois encore, le regard du Gros m'assassine, effrayant de rancune. Je n'y lis pas seulement la réprobation, mais bel et bien la révocation qui m'attend. Je fais un effort prodigieux pour dominer ma voix, qui aurait tendance à chevroter :

— Je vais voir ce qui se passe, dis-je.

Je me glisse hors de la voiture, referme doucement la portière, enfile la rue de Logelbach, du côté des numéros pairs. Le Monceau-Bar est au 8. En passant rapidement devant la vitrine, j'ai moins de risques de me faire repérer que de l'autre côté. J'arrive devant le 12, voici le 10... J'accélère le pas. Et c'est à cet instant fatidique que Battistelli surgit sur le pas de sa porte.

— Par exemple, monsieur l'Inspecteur... Qu'est-ce que vous faites par ici ?

Il faut croire que la nature m'a doté de solides réflexes ou m'a fait bon comédien. Le temps de chercher une réponse, elle est déjà sur mes lèvres. Je choisis le rôle de l'étonné :

— Je m'excuse, mais...

Voilà qu'il se présente, maintenant !

— Mathieu Battistelli. On s'est déjà vus au Claridge.

— Ah ?

— Oui, vous étiez venu dire bonjour à votre ami Viallis, le masseur, à la piscine...

Il a bonne mémoire, le bougre ! C'est vrai, à deux ou trois reprises, j'ai traversé le couloir de l'hôtel Claridge pour gagner la luxueuse salle de relaxation où officie mon ami Paul Viallis. Les clients étaient nombreux, et je ne comptais pas rencontrer un jour Mathieu dans de telles circonstances...

— Je vous offre un verre ?

— En vitesse, alors...

Je le suis jusqu'à son zinc bien astiqué. Tant pis pour Gillard, qui ne doit rien comprendre à ma stratégie, au bout de la rue. Tant pis pour le Gros, qui écume, à coup sûr, dans la voiture de Crocbois. Je fais contre mauvaise fortune bonne figure.

— Pastis ?

J'approuve de la tête. Mathieu est sur la défensive, je le sens. Tout en me servant, il m'observe. Ses yeux ne me quittent pas, tandis que nous trinquons.

— Ça fait que comme ça, vous êtes dans le coin ?

Je me rappelle instantanément les propos de Marlyse :

— Oui, rue Henri-Rochefort. Un contrôle au baisodrome. Qu'est-ce que ça défile, là-dedans !

Mathieu sourit.

— La fesse, monsieur l'Inspecteur, ça a toujours rapporté.

Puis, à brûle-pourpoint :

— J'aurais cru que vous cherchiez des bijoux !

Il me faut une sacrée dose de sang-froid pour ne pas accuser le coup. Une chance de n'avoir pas pris part à la perquisition ordonnée par le Gros, le fameux dimanche après la Chandeleur !

— Quels bijoux ?

— Je ne sais pas... Des gens de chez vous me prennent pour un receleur..., parce que des joailliers me font confiance... Regardez !

Pour regarder, je regarde ! Et je n'en crois pas mes yeux. Mathieu a tranquillement ouvert le tiroir-caisse dont il a sorti un paquet. Il a extirpé du papier d'emballage... l'écrin rouge, frappé de lettres d'or. Qu'est-ce qu'il cherche ? Se moque-t-il de moi ? La rivière de diamants resplendit sous la lampe de la caisse. Ma gorge se noue.

— C'est du toc, dis-je dans un grand sourire. Un truc pareil, si c'était du vrai, ça vaudrait des fortunes !

Il sourit à son tour, remet l'écrin dans le sachet de papier kraft, le serre dans le tiroir qu'il ferme à clé. Dire que j'ai la rivière, là, à portée de la main, et que je ne peux rien faire, puisque la marquise court toujours.

— Un autre petit ?

— Merci. Il faut encore que j'aille aux archives, à la préfecture...

— Alors, je vous dépose sur les Champs-Elysées... C'est direct...

— Inutile. Monceau est à deux pas et je change à Barbès. A un de ces jours.

Je quitte le bar. Cette vrille que je sens entre mes omoplates, c'est le regard de Mathieu. Je fonce vers le boulevard de Courcelles. Personne. Je n'ai plus qu'à faire le tour du quartier, revenir à la rue Henri-Rochefort par la rue de Prony ou la rue de Phalsbourg pour retrouver Gillard et le Gros. La distance est la même. Je choisis la rue de Phalsbourg.

— Roger ?

Une voix bien connue. La portière d'un taxi s'est ouverte. Marlyse me tire dans le G 7, ordonne au chauffeur :

— Rue Grange-Batelière !

Je vais de surprise en étonnement.

— Qu'est-ce que tu fais là ?

— Je savais que vous étiez là en planque. Je suis venue pour le cas où tu aurais besoin de moi. Je suis tombée sur Gillard...

— Où il est, Gillard ?

— Parti avec le Gros rue Grange-Batelière. Pozzo n'avait pas la marquise. Mathieu l'avait confiée à un de ses correspondants, Marcel les Cheveux-Blancs, pour la faire retailler...

— Merde !

Il y a de quoi jurer ! Je suis en train de me faire griller par Vieuchêne. Il se fout de moi. Ils ne m'ont pas attendu...

— C'est Gillard qui t'a dit ça ?

— Oui. Je l'ai appelé du taxi, au moment où tu entrais dans le bar. Il faisait signe à Crocbois de venir le rejoindre...

— A quel endroit de la rue Grange-Batelière ?

— Angle rue Rossini, d'après Pozzo. C'est là qu'il doit retrouver le type aux cheveux blancs.

Je crève d'impatience. Il se traîne, le taxi ! Puis-je arriver avant Crocbois ? Sûrement pas ! C'est un as du volant, Crocbois, j'en sais quelque chose.

— Prosper y est allé comment, là-bas ?

— Par le métro.

Je sue ma terreur.

En cet instant, deux trésors, dont un placé par le Gros sous ma responsabilité, sont dans la nature... Il faut récupérer la marquise, mais aussi revenir dare-dare rue de Logelbach, reprendre la rivière de Cartier ! Vieuchêne n'a laissé personne devant le Monceau-Bar. Si les diamants prêtés à Tyler and Co. disparaissent, je suis mûr pour le conseil de discipline. Je devais rester près de Mathieu, afin de veiller au grain.

Je suis dans de sales draps. Je sens que, en cette journée du 9 mars, j'ai vieilli de dix ans !

Comment notre chauffeur poussif a-t-il fait pour arriver rue Grange-Batelière en même temps que Crocbois ? Mystère. Toujours est-il qu'au moment où notre taxi se gare à l'angle de la rue Rossini, la Citroën de la boîte fait une marche arrière pour se ranger devant le porche d'un marchand de matériel de bureau. Les silhouettes de Vieuchêne et de Gillard restent immobiles. Ils attendent Pozzo.

Marlyse règle le taxi. Toujours prévoyante, elle demande une fiche pour se faire rembourser la course, le cas échéant. Elle ne perd jamais le nord, ma compagne. Je l'admire...

— Regarde...

Un petit quinquagénaire grisonnant stationne à l'angle des deux rues. Il attend visiblement quelqu'un. Dans le doute, j'attends, moi aussi.

Pas longtemps. De l'endroit stratégique où je suis placé, je vois Pozzo arriver tranquillement, les mains dans les poches de son manteau, qui a dû coûter à Flora un certain nombre de passes. Le petit homme aussi l'a repéré. Il avance à sa rencontre. Le mouvement semble avoir échappé à Vieuchêne. Je serai le premier au poteau.

— Police, dis-je. Venez par ici.

L'inconnu, surpris, roule des yeux effarés. Il bégaie des paroles incompréhensibles. Je l'entraîne dans le couloir d'un immeuble. J'ai à peine terminé de fouiller le côté gauche de la veste que le Gros surgit, la face congestionnée. Il a assisté à la scène et a tout de suite réalisé. Avec rage, il fouille le côté droit de l'homme qui, les bras levés, se laisse faire. Mais, en même temps, il me décoche un regard furibond. Gare à moi, si la pierre est absente.

— Rien par ici, dis-je. Et vous ?

Livide, l'œil torve, le Gros me crache :

— Rien non plus. Joli travail, mon cher...

Un feu d'artifice de foudres administratives illumine mon univers. Nous sommes joués. Ou je me suis trompé d'individu, ou l'homme aux cheveux blancs comptait entraîner Pozzo dans sa tanière.

Ma voix grince, menaçante :

— Le diamant.

— Quel diamant ?

Est-ce, ou non, un comédien de premier ordre ? Sa

surprise sonne juste. Pourtant, mon instinct s'obstine à me dire que je ne me suis pas trompé. Et voici Gillard qui arrive à la rescousse sur ses courtes jambes. Il se met à fouiller, lui aussi. Son désappointement se lit, peu après, sur son visage de lune. Il hausse les épaules, s'efface dans le couloir, en retrait du Gros. Il devine l'explosion, qui ne va pas tarder. En attendant, silence de mort.

Je rassemble mes forces. Je recommence à fouiller ce Charlot sans chapeau melon. Du côté gauche, poches de veste et de pantalon, à fond. Du côté droit, cette fois, déjà exploré par les gros doigts de Vieuchêne. A la hauteur de la ceinture du pantalon, je perçois un crissement de papier froissé. Je suis la ceinture, trouve une échancrure, près d'un passant. Mon doigt s'infiltre dans l'ouverture, sent le papier de soie...

Je sors ma trouvaille, déplie le papier. Je respire profondément. La pierre scintille sous mes yeux. Je ne veux pas montrer mon émotion. Je demande, sur un ton brusque :

— Et ça, c'est quoi ?

Le bonhomme n'a rien d'un dur. Il baisse les yeux, bafouille, piteux :

— Une pierre que m'a confiée Battistelli pour la faire retailler. Elle était chez le lapidaire quand il m'a appelé pour dire qu'il fallait la rapporter à un de ses amis, vêtu d'un pardessus en poil de chameau...

Je comprends maintenant pourquoi Mathieu souhaitait me déposer sur les Champs-Elysées. S'assurer de mon départ pour téléphoner d'un endroit tranquille, loin de son bar, susceptible d'avoir été branché sur table d'écoute.

— C'est la marquise, dis-je. Un des joyaux volés à la bégum agha khan. Comme si vous l'ignoriez...

L'homme aux cheveux blancs est soudain saisi d'un tremblement qui le secoue comme une feuille.

— Je l'ignorais, inspecteur, je vous le jure. Battistelli m'avait dit qu'il avait une pierre, achetée pendant la guerre à un israélite, qui intéressait un de ses clients américains. Il m'a demandé si je ne connaissais pas un bon artisan pour la réduire. Elle faisait vingt-deux carats, je crois. Je l'ai confiée à mon ami Wadjman qui a exécuté le travail.

— Et il habite où, Wadjman ?

— Tout près. Je sors de chez lui...

Le commissaire principal Vieuchêne s'impatiente. Pendant que Gillard entraîne son prisonnier, verdâtre, vers la voiture de Crocbois, il me lance d'un ton rogue :

— Wadjman, on s'en occupe, Borniche. Puisque les bijoux vous attirent tellement, allez donc voir rue de Logelbach si la rivière ne s'est pas évaporée... Ce serait tellement dommage pour votre avancement...

— Mais j'y pensais, patron. Excusez-moi, j'ai Marlyse qui s'impatiente, dans son taxi !

BAISSER DE RIDEAU

38

Août 1960. Ma mission de « privé » ne m'empêche pas de m'offrir un séjour de rêve. Allongé dans un transat, au bord de la piscine de l'hôtel Las Brisas, je domine le promontoire qui ferme la baie d'Acapulco. Le soleil est éblouissant. Derrière les verres teintés, mes yeux s'accrochent à l'ourlet de l'Océan, le long des falaises. Le bleu du ciel fait pâlir l'eau verte. Les cinq bastions, à la Vauban, du Fuerto San Diego, m'évoquent l'époque des galions des Philippines.

Marlyse, bronzée à souhait, se balance dans un hamac, près de moi. Je fais des envieux. Depuis longtemps, je ne l'ai vue aussi détendue, aussi heureuse.

La compagnie d'assurances qui m'a chargé du dossier n'a pas lésiné sur les moyens. Le couple d'escrocs qui, depuis près de six années, a extorqué des centaines de millions à une vingtaine de sociétés, tant françaises qu'étrangères, est à Acapulco. Tout à l'heure, le commissaire Gonzalez que je rencontrerai au Palacio Federal me communiquera les derniers résultats de ses recherches dans les cent cinquante hôtels de la ville.

Hier soir, les exploits des plongeurs de l'hôtel Mirador nous ont donné la chair de poule. Une courte prière devant un reliquaire illuminé, et le piqué vertigineux, du haut de la falaise, les précipite vers les rochers immergés du gouffre de La Quebrada.

— *El periodico francese, señor?*

La tête couverte de l'inévitable sombrero, les mains noires d'encre d'imprimerie, un jeune Mexicain me propose un journal français. Le titre de *France-Soir* me cloue à mon transat : « Rebondissement imprévu dans l'affaire des bijoux de la bégum. Paul Leca, recherché depuis onze ans par la police, se constitue prisonnier. »

Je m'y reprends à deux fois pour parcourir l'article. Le journaliste s'en donne à cœur joie avec le personnage de Leca, petit homme d'allure modeste, vêtu d'un complet gris sans élégance, coiffé d'un feutre à large bord sous lequel son regard se dissimule. Il est descendu d'une luxueuse Mercedes noire, avec la tranquille assurance d'une victime sûre de son bon droit et de l'erreur judiciaire.

Le roi de l'alibi n'a pas perdu la main.

Aussitôt, dans mon esprit, des images se bousculent. Ma pensée vole de l'autre côté de l'Atlantique, jusqu'au palais de justice d'Aix-en-Provence où un jour de juillet 1953, sous un ciel digne de celui d'Acapulco, débute le procès des auteurs d'un rocambolesque hold-up.

Le crissement des cigales dans les platanes, le chant des fontaines au détour des rues de la vieille ville ne sauraient faire oublier que la cité du roi René possède aussi une prison et une cour d'appel. Une nuée de policiers, de magistrats, d'avocats, de journalistes, de photographes s'est abattue sur le cours Mirabeau d'autant plus enfiévré que les victimes figurent au sommet du Gotha international. L'agha khan et la bégum sont des personnages de légende. Leur célébrité rejaillit sur les truands qui ont osé les attaquer.

Les hôtels affichent complet. J'ai réussi à me procurer

une chambre à Marseille. Trois quarts d'heure de trolley, ce n'est pas la mort.

— Ne vous faites pas trop voir, m'a recommandé le Gros. Ils seraient capables de vous citer à la barre. Vous êtes là comme observateur, pas pour vous mêler au grabuge. Car, du grabuge, il va y en avoir, c'est moi qui vous le dis.

L'observateur que je suis s'est donc infiltré, non sans mal, dans une salle de cour d'assises archibondée, au moment de la lecture de l'acte d'accusation. Le président Portoukalian dirige les débats.

Les accusés ont tellement été mitraillés de questions, abreuvés de confrontations et de reconfrontations qu'ils semblent étrangers à la litanie du greffier. Paul Leca, toujours en fuite, et Paul Mondoloni, mis en liberté provisoire médicale, n'ont pas jugé utile de se présenter dans le box des accusés.

Autre absent de marque, Prépuce Senanedj, qui n'a pas donné signe de vie depuis près de quatre ans. Aurait-il été exécuté par ses anciens complices, comme certains l'ont laissé entendre au cours de l'instruction, ou a-t-il rejoint Leca et Mondoloni, sur des terres lointaines, plus hospitalières ? Mystère. Le procès se déroulera sans eux. Ils seront condamnés par contumace.

Les avocats de la Lloyd's et de la bégum sont à leur banc. Quant aux ténors de la défense, ils affûtent leurs armes.

On en arrive enfin à l'appel des témoins. Soixante et un, pas un de plus, pas un de moins. Pierre Bertaux, directeur général de la Sûreté nationale, et Georges Valantin, directeur de la police judiciaire, font, bien entendu, partie du lot. En vedettes. Au banc de la presse, on se frotte les mains. Jamais, de mémoire de journaliste, on n'aura assisté dans un prétoire à l'affrontement entre deux grands patrons. De la même Maison, surtout !

Son Altesse la bégum recueille, d'emblée, tous les suffrages. Elle porte une élégante robe blanche à pois bleus, un petit chapeau blanc. Tous les regards sont fixés sur elle. Elle est superbe. Ses agresseurs, eux, sont moins flambards aujourd'hui qu'il y a quatre ans, quand, sur le bord de la route de Cannes, ils braquaient leurs armes sur la Cadillac princière.

La voici à la barre, la bégum, qui attend la formule du président :

— Nom, prénoms, âge, domicile et profession.

On s'en serait douté ! Les rites de la justice sont immuables. Le magistrat hésite entre Altesse, Princesse ou Madame. Il a dû y penser toute la nuit sans trouver de solution. Dans le doute, il n'appelle la bégum d'aucun nom.

— Veuillez dire à la cour ce que vous savez...

— Pas grand-chose que les jurés ne connaissent par l'acte d'accusation.

Elle a raison, la bégum. Sa voix est fort agréable, mais on ne va pas, pour le plaisir de l'entendre, récapituler les griefs retenus contre les accusés. Le greffier a mis assez de temps à les lire, avec force ratés.

— ... Je veux simplement signaler que l'homme qui était à ma droite, au moment de l'agression, n'a pas ouvert la bouche. Moi j'ai dit : « Ne nous faites pas de mal, on vous donnera tout. » C'est celui qui était à ma gauche qui a parlé, avec l'accent méridional : « Soyez braves, ne dites rien et laissez-vous faire... » Ensuite, ils ont crevé les pneus de la voiture. Nous sommes partis en courant vers la maison du gardien pour alerter la police.

— Et le sac rouge qui contenait les bijoux ?

— Dans mon émotion, je l'ai donné comme le reste...

— Qui reconnaissez-vous, dans cette bande ?

La princesse, pour la première fois, dévisage les accusés l'un après l'autre. Ils n'en mènent pas large. Ils se sont levés. Sanna le Pieux, au garde-à-vous, écarquille les yeux. La bégum lui accorde un regard de mépris courtois.

— Celui-là, je suis formelle. Les autres, je ne sais pas.

Elle en arrive à la restitution des bijoux. Elle n'insiste pas sur le fait qu'il en manque beaucoup.

— Greffier, apportez la marquise !

Pour un peu, on s'attendrait à voir débarquer une chaise à porteurs, comme il s'en trouve encore dans les vieux hôtels particuliers d'Aix-en-Provence. Ce n'est qu'un petit paquet qui arrive. Le greffier coupe la ficelle, ouvre la boîte à cigares. La salle retient son souffle. Une enveloppe, deux enveloppes... Une troisième, que le greffier tourne et retourne. Il reprend les trois, les secoue. Ses yeux de poisson mort s'agrandissent. Rien ! Envolée, la marquise. Le regard qu'il adresse au jury fait peine à voir. Ses mains tremblent. Le président s'éponge le front. L'avocat général vrille la boîte d'un œil incrédule. Après un instant de stupeur, la salle commence à s'amuser. On dévisage Battistelli. On commente la finesse de ses longs doigts de croupier, comme s'ils avaient pu escamoter la pierre à distance, *sa* pierre, comme il dit, puisqu'il nie, depuis son arrestation, que ce soit celle de la bégum, malgré les affirmations du lapidaire. Les truands sont stupéfaits. La bégum ne sourit plus. Les avocats, blêmes, rivalisent de mutisme. C'est dramatique et irrésistible.

Décidément, elle joue des tours à tout le monde, cette marquise facétieuse, depuis que je l'ai retirée de la poche de l'homme aux cheveux blancs. Cela avait commencé au bureau...

— Si je comprends bien, Borniche, Battistelli n'a fait aucune difficulté pour restituer la rivière Cartier ?

— Aucune, patron. Ni pour me suivre. Mais il s'obstine dans sa version, qui ne tient pas debout : le collier lui aurait été remis en garantie, il y a quelques mois, contre une pierre qu'un artisan du Faubourg-Montmartre se serait chargé de retailler !

L'illustre commissaire Vieuchêne se carre dans son fauteuil de hêtre verni, en soupirant profondément. Les événements de la journée l'ont épuisé. Il replie le mouchoir grand format avec lequel il s'est épongé le front. Il s'accorde un instant de réflexion avant de lancer :

— Il est où, Battistelli, en ce moment ?

— Je l'ai collé au trou en attendant la confrontation. J'ai aussi convoqué M. Pouget, le joaillier de la bégum, pour demain. On lui présentera la pierre. Les gens de la Lloyd's, eux, viendront reprendre la rivière de Cartier.

Imprudent, je dois avoir l'air trop content de moi, puisque le Gros jaillit de son fauteuil. Fini le calme provisoire. La tempête se déchaîne :

— Vous avez convoqué M. Pouget, *vous ?*

— Il fallait bien, patron.

Le tonnerre m'assourdit. Je n'ai plus qu'à me laisser rouler dans le torrent verbal :

— Et qu'est-ce que je deviens, *moi,* dans tout ça ?

Ecarlate, il réussit l'exploit d'insérer deux doigts entre sa chemise et son cou, au risque de les coincer. Il avance la tete dans ma direction, tel un bouledogue :

— Qui vous a autorisé à vous occuper de ça ? Il me semble que vous y allez de plus en plus fort, en ce moment, Borniche. Vous prenez des initiatives bizarres. Je vous charge d'aller au Monceau-Bar rechercher la rivière, un travail de routine, et vous, vous en profitez pour me ridiculiser. C'était à moi de convoquer les assureurs. C'était à moi, chef de service, qu'il appartenait de demander à M. Pouget d'avoir l'amabilité, s'il en avait le temps, de passer au bureau. Au lieu de cela, vous interférez dans mes attributions. Qu'est-ce qu'elle va penser, la bégum, si, par hasard, elle apprend que c'est un subalterne qui agit en mes lieu et place ? Voulez-vous que je vous dise ? Je suis trop bon avec vous. Je vous laisse trop la bride sur le cou, au point que ça en devient grotesque. Mais ça va changer, croyez-moi. Pas plus tard que tout de suite. Et Spotti, vous lui avez dit, à Spotti, que j'avais retrouvé la marquise ?

— Non, patron.

Il se tait, ses doigts passent du col à la cravate, puis sa fureur décroît.

— C'est encore une chance. Dorénavant, plus d'initiative personnelle sans un mot écrit de ma main. C'est clair ?

Pas le moment de rétorquer qu'une intervention ordonnée n'est plus une initiative. Ce qui est positif, c'est que la marquise soit là. Les receleurs aussi. Nous avons marqué un nouveau point sur Marseille. Et la baudruche est assez lucide pour deviner ma pensée, puisqu'elle se dégonfle aussi vite qu'elle s'était enflée.

— Auriez-vous des allumettes ?

Je sors le Flaminaire en métal chromé que Marlyse m'a offert pour la Saint-Roger. Le Gros soupire, hausse les épaules, énonce sur un ton de patience résignée :

— Je ne vous demande pas un briquet. Une boîte, pour y coller la marquise !

Sans se lever, rentrant son ventre, il repousse son fauteuil, ouvre le tiroir de sa table-bureau, en sort une boîte rouge qui contient encore quelques trombones, la retourne sur le sous-main.

— Ça fera l'affaire en attendant, dit-il. Le directeur général tient à m'exprimer ses félicitations. Venez.

Ses doigts saucisses poussent le diamant au fond de la boîte de carton, momentanément promue au rang d'écrin. Triste épisode dans la vie d'une pierre, admirée, choyée, regrettée. Il s'assure que les parois sont sans faille.

Je quitte le bureau sur les talons de mon chef. Nous

franchissons le couloir du cinquième étage, délaissons l'ascenseur. La Direction générale de la Sûreté nationale se trouve au troisième. Avec une autorité magistrale, le Gros pousse la porte vitrée à petits carreaux, qui se referme sur moi. Un gardien de la paix, en gants blancs, stationne dans le hall de réception. Il ne lit pas de revues érotiques comme son collègue du dessus. Un huissier s'avance :

— Commissaire principal Vieuchêne, gronde le Gros. Je suis attendu.

L'huissier à queue-de-pie, inclinant cérémonieusement la tête, s'efface devant une porte capitonnée.

— M. le Chef de cabinet va vous recevoir.

Ombre fidèle, je suis le Gros. Je me sens un peu gêné dans ma veste pied-de-poule qui ne s'impose pas dans les locaux directoriaux, mais aurais-je pu prévoir ce cérémonial après une journée aussi mouvementée ?

M. Paolini nous accueille avec un sourire bienveillant, que je lui rendrais si je n'étais pas aussi intimidé. C'est la première fois que je mets les pieds dans le poste de commandement de la Sûreté. Je l'ai aperçu plusieurs fois, dans la cour, ce haut fonctionnaire sympathique, au teint pâle. Je suis même monté avec lui un matin dans l'ascenseur. J'ignorais qu'il s'agissait du bras droit de M. Bertaux.

— Félicitations, dit-il au Gros. Joli palmarès. Le directeur général va vous le dire lui-même.

Figé devant le bureau dans un semblant de garde-à-vous, Vieuchêne savoure le compliment. Il rosit de plaisir.

— Les dieux aident ceux qui agissent, monsieur le Chef de cabinet.

Ça y est, il l'a replacée, sa formule. Nous sommes loin des vociférations de tout à l'heure, de la suffocation par hypertrophie subite des cordes vocales.

M. Paolini se lève, fait le tour de la pièce, tapote le montant d'une porte capitonnée, l'ouvre et annonce :

— Le commissaire est là, monsieur le Directeur.

Nous entrons dans un vaste bureau, centre vital de la citadelle policière aux multiples ramifications administratives, politiques et judiciaires. Pierre Bertaux, longiligne, un sourire épanoui aux lèvres, a déjà quitté son fauteuil. Il vient vers nous la main tendue, serre avec vigueur celle de Vieuchêne, puis la mienne. Sa satisfaction fait plaisir à voir.

— Félicitations, commissaire, dit-il. Cette pierre ?

— Elle est là, monsieur le Directeur général.

Vieuchêne tapote sa poche droite, puis la fouille, passe à la poche gauche. Cela me rappelle sa mimique de l'après-midi avec l'homme aux cheveux blancs. Enfin, il extrait la boîte de carton rouge de la poche de son pantalon, avec un soupir de soulagement, la retourne dans le creux de sa main. La marquise jaillit, pas plus grosse qu'une pièce de 1 franc, lui échappe, roule sur le tapis du bureau. Je la ramasse, la tends au directeur de la Sûreté.

— Formidable, dit Bertaux. Vraiment formidable.

A nouveau, il nous dévisage en souriant. Les plumes de paon du Gros se sont déjà gonflées. Elles ne tardent pas à tenir toute la pièce. Cette fois, il en est sûr, son rêve va se réaliser. Spotti va regagner sa bonne ville de Bordeaux. La succession lui est offerte. Son œil rusé ne perd pas un détail de la physionomie du directeur général et de son chef de cabinet. Nous sommes en mars, le tableau d'avancement est pour juin. La marquise lui ouvre la voie des échelons.

— Puis-je vous demander un service, monsieur le Directeur général ? dit-il, onctueux. Vous allez penser que c'est un comble, mais, à la P.J., nous n'avons pas d'endroit assez sûr pour garder un joyau de cette valeur.

Pierre Bertaux, le front plissé, réfléchit, puis :

— Moi non plus. Pour peu que la pierre disparaisse de mon bureau, c'est pour le coup que certains feraient des gorges chaudes. Je vais la montrer au ministre et lui proposer de la garder pour une nuit dans son coffre. Vous la reprendrez demain matin.

Ça fait vraiment plaisir de voir de hauts fonctionnaires aussi compréhensifs. Je me sens débarrassé d'un grand poids, en cette fin de journée de mars... Parce qu'elle a bien failli s'évanouir à jamais, la marquise, vu l'irruption du Gros chez Battistelli, le dimanche suivant la Chandeleur. Et la rivière Cartier aussi !

Au moins, bien au frais dans le coffre du ministre de l'Intérieur, elle passera une nuit tranquille, avant son départ définitif pour Marseille.

.

Coucou, la revoilà ! Elle fait son apparition, la marquise, devant la cour stupéfaite. Non, ce n'est pas Battistelli qui l'avait escamotée ! Elle avait tout bonnement quitté les enveloppes gigognes, sans doute mal fermées par le juge. Elle est enfin tombée lorsque le greffier, hagard, a secoué la boîte de cigares une fois encore.

Du coup, le président a retrouvé une forme olympique.

— Bon, dit-il à la bégum. Reconnaissez-vous cette pierre ?

Son Altesse hésite :

— Il faudrait que je la revoie à la lumière du jour, près de la fenêtre, si vous permettez...

Le président permet. Le greffier tend la pierre à la princesse qui l'examine attentivement, hochant la tête.

— Est-ce la vôtre ? s'inquiète le président.

— Ce sont les mêmes feux... Ces reflets bleus et roses sont exceptionnels. Mais la pierre a été retaillée, je ne peux vraiment pas me prononcer. Je crois, cependant, que c'est le diamant que mon mari m'avait offert à Bombay.

Je supporte mal ce nouvel instant de suspense. La pierre circule au banc des accusés. De nouveau, tous les regards sont rivés aux doigts de Battistelli. Le greffier roule des yeux affolés, comme si la marquise allait, une fois encore, disparaître. Les gendarmes, le sourcil soupçonneux, tendent le jarret. Les accusés, eux, rivalisent manifestement de cupidité, d'envie, de dépit. Mettre la main sur des bijoux pareils et se retrouvér aux assises, sans un sou, c'est vraiment injuste.

— Ce qu'elle est belle, murmure l'homme aux cheveux blancs, manifestement heureux du travail qu'il avait confié au lapidaire.

— C'est bien moi qui l'ai retaillée, affirme Wadjman. Je la reconnais...

— Tu as retaillé *ma* pierre, insiste Mathieu. Pas la marquise.

Au tour des jurés d'examiner le corps du délit, comme s'ils y connaissaient quelque chose ! De nouveau, les sourcils des gendarmes se froncent, mais moins sévèrement que tout à l'heure. En principe, les jurés sont des gens au-dessus de tout soupçon.

— Rentrez la marquise, ordonne le président.

La grande dame regagne la boîte de cigares. Le greffier allume une bougie, fait fondre sur la ficelle l'extrémité d'un bâton de cire, avant d'y apposer le sceau de justice.

La bégum jette un dernier regard à la boîte, s'incline gracieusement devant le président, passe devant les accusés sans les voir.

Le Gros l'avait prévu, le grabuge ! Les journalistes l'attendaient avec impatience. Les commissaires

Eglenne, Truchi et Mattei, pourtant étrangers à la querelle des chefs, le redoutaient.

Les titres ronflants de la presse : *Festival de police devant les assises d'Aix-en-Provence, Comment s'opéra la restitution des joyaux volés* ou encore *le Duel Valantin-Bertaux,* ont alléché les friands nécrophages, partisans de la guerre des polices. Autant la déposition sereine de la bégum a impressionné, autant l'inévitable escarmouche policière fait saliver d'avance un auditoire qui, de la corbeille au balcon, s'était arraché les places.

Un garde mobile moustachu avait entrepris de me barrer le passage :

— Vous, les Parisiens, flic ou pas flic, on n'entre pas.

Cela commençait bien ! Il fallait pourtant que je l'occupe, ma place ! Le manomètre du Gros, que j'avais joint le matin même, de mon hôtel marseillais, marquait la pression maximale :

— N'arrivez surtout pas en retard, Borniche. Et tenez-moi au courant des détails. De tous les détails, vous entendez ?

Il voulait savoir, Vieuchêne, dans quelle direction le vent allait virer. D'ailleurs, à la Sûreté, les paris sont ouverts. Qui sera la victime de ce duel insolite ? Dans son ancien entourage, Valantin a ses partisans. On aime sa bonhomie, son accent méridional, sa simplicité. Bref, on le connaît beaucoup plus, à cause de ses poignées de main, que le directeur général, enfermé dans sa tour d'ivoire en raison de ses hautes fonctions. Pourtant, les sondages donnent l'avantage à Bertaux. Depuis son arrivée à la tête de la Sûreté, nous volons de succès en succès. Toutes les affaires criminelles importantes des quatre dernières années ont été solutionnées en un temps record. Les ennemis publics mis à l'ombre.

Le Gros, nommé commissaire divisionnaire, dès que Spotti eut regagné ses pénates, exulte. Les médailles, les primes d'encouragement et de satisfaction pleuvent dru sur la P.J. Et le grade de sous-directeur des affaires criminelles est en vue.

Un silence se fait dès l'entrée de Valantin dans l'amphithéâtre. Petit, les cheveux de neige, agité de tics, il attaque de front, avec une audace stupéfiante. Il règle ses comptes :

— J'accuse M. Bertaux d'être le complice de Leca dans le vol des bijoux de la bégum.

La salle se fige dans la stupeur. Valantin jette un coup d'œil autour de lui. Les paroles ont fait mouche. Il y a de quoi. J'attends la suite, bouillant d'impatience. Les journalistes gribouillent leurs feuillets. Il poursuit, dressé comme un coq :

— J'ajoute que c'est lui qui a prévenu et fait fuir les principaux bandits. Le reste des bijoux, il se l'est partagé avec son ami Leca.

Il a dû le mijoter avec amour, son coup de théâtre, Valantin. Pour l'effet, il est servi. Un bruissement d'indignation parcourt la salle. Mais la rumeur vise-t-elle les prétendus agissements de Bertaux ou, au contraire, la fantaisie délirante des déclarations de son ancien subordonné ? Ce n'est pas fini.

— Il a recelé une partie des bijoux et demandé au ministre Queuille de les conserver dans le coffre du ministère.

Chacun, dans l'assemblée, se sent devenir fou. Sous les yeux ahuris des accusés, un autre procès se déroule. Pas le leur, mais celui du grand patron de la Sûreté ! Et moi qui connais toute l'affaire, et pour cause, moi qui sais comment la marquise, confiée par sécurité la veille à Pierre Bertaux, nous a été restituée le lendemain matin même, pour être mise sous scellés après présentation au joaillier de la bégum, je suis sûr, désormais, que quelque chose ne tourne plus rond dans la cervelle du pauvre Valantin.

Je me mords les lèvres quand Bertaux s'avance, très digne, pour faire face à l'outrage. Grand, mince, vêtu d'un costume clair, paré du prestige de ses titres universitaires et des fonctions qu'il a exercées en qualité de commissaire de la République, il est très maître de lui. Les accusations insensées de son subordonné, il va les balayer d'un trait. Il parle haut et ferme :

— Tout vient de ce que je n'ai pas estimé M. Valantin au prix auquel il s'estime lui-même. Or, M. Valantin est un incapable, un brouillon, un hurluberlu, un hanneton.

Dans le box, les accusés s'étranglent de joie. Ce n'est pas tous les jours que les rôles sont renversés et que l'on compare un poulet à un hanneton ! Non seulement les truands sont nourris depuis des mois aux frais du contribuable, mais voilà qu'on leur offre des loges gratuites pour une énorme farce policière. Il n'y a que dans le Midi que l'on voit ça !

Après ce prologue sans équivoque, Pierre Bertaux explique, précis et serein à la fois, comment il a connu Leca pendant la guerre, dans un camp d'internement.

— Parfaitement, monsieur le Président. Leca est un homme d'honneur. La tradition de l'honneur s'est perdue dans la bourgeoisie, mais elle existe encore dans le Milieu.

Le feu aux poudres !

— Le Milieu, hurle le président, outré, mais je vais finir par me demander si vous n'en faites pas partie !

L'horreur ! La calomnie a vite fait son chemin, dans le prétoire de la cour d'assises d'Aix-en-Provence.

— J'ai parlé de Code d'honneur et non d'honnêteté, rétorque calmement Pierre Bertaux.

Mais la cause est entendue. La confusion est à son comble. L'avocat du colonel Norton a réussi un joli coup en mettant face à face, dans une lutte fratricide, deux fonctionnaires d'autorité, et non des moindres. Dans le box, les accusés en sont à se demander si on ne va pas les libérer séance tenante, leur dérouler un tapis rouge sur les marches du palais de justice et les décorer du ruban rouge. La séance est levée dans un tumulte indescriptible.

Je quitte la salle, écœuré, porté par le flot. Les commentaires vont bon train. Des rassemblements s'opèrent dans les brasseries voisines, entre le conservatoire de musique et l'église de la Madeleine. Je passe au large.

Quand je rends compte au Gros du déroulement de la séance, son commentaire m'écœure plus encore :

— Avec Martinaud-Deplat, notre nouveau ministre, ça ne m'étonnerait pas que Bertaux soit suspendu à son tour de ses fonctions. Vous vous rendez compte, moi qui espérais devenir sous-directeur...

Oui, c'est tout ce qu'il trouve à dire, Vieuchêne !

Encore une illusion perdue. Je suis déçu.

C'est vraiment une histoire de fous, ce vol autour des bijoux de la bégum !

J'ai déserté mon transat pour un matelas de plage. Un film vieux de sept ans vient de se dérouler dans ma tête. Et je savoure mon bonheur présent, dans le calme, bercé par le chant des oiseaux et le clapotis de l'eau de la piscine. Entre-temps, Marlyse est allée changer de maillot.

— Tu es superstitieux, toi ? me demande-t-elle à son retour.

Mes doigts cherchent en vain un bout de bois à toucher. Je n'aurais pas dû quitter mon transat.

— Non, pourquoi ?

— J'ai croisé une Mexicaine. Regarde ce qu'elle m'a vendu...

Je fronce le sourcil :

— Qu'est-ce que c'est ?

— Une pierre porte-bonheur. Il paraît que c'est une émeraude qui viendrait du Bocaya, en Colombie...

— Une émeraude ni verte ni limpide entachée de crapauds, tu plaisantes ?

— Pour ce que je l'ai payée... Ce qui compte, c'est le porte-bonheur.

Elle ne leur avait pas porté bonheur, la marquise, à tous ceux qui, de près ou de loin, avaient voulu porter préjudice à Sa Majesté Muhammad chah agha khan III et à la bégum ! Costa et Fredericci avaient disparu avant même que l'affaire n'ait commencé. Senanedj, peu après. Le FBI, enquêtant sur la Mafia, avait fait savoir par Interpol que le corps d'Angelo Ceppa, important mafioso de Floride, avait été découvert dans la région de Tanger, suite aux révélations d'un jeune Arabe, et que celui du Grec Nicolaos avait été repêché dans le port de Barranquilla. Le policier colombien, en état de légitime défense, avait fait usage de son arme.

Oui, ils défilent dans ma tête, les personnages de cette histoire. Leurs fantômes, plutôt. Prosper Pozzo a connu une rafale meurtrière et anonyme alors qu'il circulait avenue de Villiers, dans le XVIIe arrondissement. Barthélemy Ruberti, à peine sorti de prison, a voulu jouer les séducteurs. Un mari jaloux l'a abattu. Jacques Benedetti a subi le même sort, mais à cause d'une vendetta. Cabudo a été rayé de la carte parce que soupçonné d'être l'indicateur du commissaire Mattei. Gaston Souveix, dit la Raclette, a tenté de se faire oublier en ouvrant, au Venezuela, un café-sex shop. Les affaires ne lui ont pas réussi. Son cadavre, les membres désarticulés, a été découvert, à demi dévoré par les cochons, dans un terrain vague de Caracas. Jo Benutti et

Joseph Ansaldi sont décédés, eux, de mort naturelle. Quant à Paul Leca, affaibli, malade, prévoit-il qu'il succombera peu de temps après sa condamnation ?

Et Flora ? La dernière image que je garde d'elle, c'est un visage de femme traquée, aperçu à la sortie d'une brasserie de la rue de Boulainvilliers, à l'angle de la rue de Passy, au Vrai Saumur. C'était en 1954. Depuis, nul ne l'a revue. Et l'ami Vincent, de la brigade mondaine, n'en a plus jamais entendu parler.

Oui, si la voyante mexicaine de Marlyse avait pu prédire aux auteurs du vol des bijoux de la bégum la suite catastrophique de leurs actes, nul doute qu'ils y auraient réfléchi à deux fois. Même le petit Sanna qui, pour conjurer le sort, lançait ses cailloux en forme de croix.

— Tu vas être en retard à ton rendez-vous, dit Marlyse. La jeep est là.

Elle se serre contre moi dans le véhicule rose bonbon qui dévale la colline en direction du Palacio Federal. Je respire le parfum de ses cheveux, que l'air du large amène sur ma joue.

Ils sont loin, les grognements du Gros, au long des couloirs encaustiqués, semés de peaux de bananes, de la rue des Saussaies.

Depuis que je suis « privé », je me sens un autre homme. Ce qui ne m'empêche pas, souvent, de soulever le couvercle de mon ancienne et fidèle valise de carton bouilli, et d'y contempler une veste pied-de-poule, un pantalon de flanelle aux genoux pochés et une paire de Bata, à doubles semelles, précieuses reliques d'un passé révolu mais toujours présent.

Miami Beach, 1983,
Mougins, 1984.

TABLE DES CHAPITRES

Achevé d'imprimer en avril 1985
sur presse CAMERON
dans les ateliers de la S.E.P.C.
à Saint-Amand-Montrond (Cher)
pour le compte des éditions Grasset
61, rue des Saints-Pères, 75006 Paris